D0681791

INTRIGUE À L'ANGLAISE

Adrien Goetz enseigne l'histoire de l'art à la Sorbonne. Il publie son premier roman en 2003. L'année suivante, *La Dormeuse de Naples* lui vaut le prix des Deux Magots et le prix Roger Nimier. *Intrigue à l'anglaise*, son cinquième roman, obtient en 2008 le prix Arsène Lupin. Il écrit également dans divers titres de la presse artistique. Il est le rédacteur en chef de *Grande Galerie, le Journal du Louvre*. Il est par ailleurs le vice-président d'une association humanitaire, Patrimoine sans frontières. L'Académie française lui a décerné en 2007 le prix François-Victor Noury, de l'Institut de France.

Paru dans Le Livre de Poche :

À BAS LA NUIT !

ADRIEN GOETZ

Intrigue à l'anglaise

ROMAN

GRASSET

© Éditions Grasset & Fasquelle, 2007.
ISBN : 978-2-253-12342-2 – 1re publication LGF

À l'Anglaise

PREMIÈRE PARTIE

Point de Bayeux

« Moi aussi, j'aime ces villes en-
dormies. Mais quand je les vois,
l'envie me vient de les réveiller. J'ai la
manie de remonter les pendules, de
les remettre à l'heure, de ranger les
choses qui traînent, de faire reluire ce
qui est terni, d'éclairer ce qu'on a obs-
curci, de réparer et nettoyer les vieux
jouets de la civilisation relégués dans
les combles. »

Valery LARBAUD, *Allen*.

1

Les yeux dans un verre

Bayeux, vendredi 29 août 1997

« Un premier poste, c'est toujours un peu du Simenon. »

Wandrille, ce play-boy creux et insignifiant, n'avait rien trouvé d'autre à dire. Du Simenon : il veut dire cafés du coin jaunes et enfumés, toile cirée rouge avec des fleurs, pipe dans le cendrier, habitués au comptoir. Il ne se trompe pas. Sauf qu'il n'a même jamais dû lire un Maigret. Il s'est contenté du cinéma, ou de Jean Richard à la télévision. Pauvre Wandrille. Comme il lui manque. Avec son beau prénom, aussi réussi que le sien. Pénélope et Wandrille. Quel plaisir d'avoir des parents cultivés. On en souffre toute sa vie.

À la terrasse du « Petit Zinc », un restaurant devant la cathédrale, Pénélope, seule, les deux coudes sur le bois de la table – sans toile cirée –, déplie avec un soupir le numéro du jour de *La Renaissance du Bessin*. Elle n'attend même plus le prétendant. Ici ! Les deux tours qui encadrent le portail sont les plus austères, les plus monumentales de France, un massif de pierre grise, infranchissable, roman.

Elle n'a même pas pu pousser la porte pour entrer dans la nef. Elle se sent triste. Une héroïne d'opéra abandonnée, une Traviata qui a pris du sirop contre la toux, une Médée sans enfants, une Carmen sans amour, une Sonnambula aux yeux ouverts. Elle se trouve vieillie de dix ans en un seul voyage Paris-Bayeux. En page 2, on raconte son intronisation, ses trompettes d'Aïda. Avec sa photo en vignette, un noir et blanc baveux, qui traduit son sourire crispé en points de suspension.

« Je suis vraiment trop laide. Ils auraient pu attendre que j'enlève mes lunettes, les chiens. La seule chose que je puisse faire ici : perdre huit kilos, me faire prescrire de bonnes lentilles de contact, voir si des lentilles de couleur ça se remarque ou non, essayer de changer de coiffure, non, pour ça j'irai plutôt à Paris, jeter tous mes chemisiers à rayures du temps de l'École du Louvre, m'inscrire dans une salle de gym, faire des UV si je trouve un institut... De toute façon, ça n'est pas dans ce trou que je vais arriver à me caser. Quelle triste vie, pauvre Péné, trois ans de préparation, le concours le plus difficile de France – une fournée de douze conservateurs du patrimoine, pour tout le pays, dont cinq conservateurs de musées, c'est assez peu. Quand on pense aux trois cents polytechniciens qui défilent chaque année –, une thèse commencée, en égyptologie, que je ne finirai jamais dans ce gros bourg à vaches, un stage brillantissime au Louvre en plein dans mon secteur, l'art copte, tout ça... pour finir ici. »

Devant elle, la cathédrale. Pénélope tremble. Le monument lui fait peur, elle ne sait trop pourquoi, un vague souvenir enfoui dans les ronces et les racines. Un souvenir qui sent la cave, l'humus et l'humidité. Cette cathédrale ou une autre...

Non, c'est une certitude, c'est elle, cette façade romane, qui lui donne des frissons, une angoisse vague, incontestable. Elle boit son café et en redemande une tasse. Il faut reconnaître qu'il est bon, un vrai café italien ; on se fait de fausses idées sur nos campagnes. Pénélope se ressaisit. Argumentation en trois points, comme sa dissertation pour le concours des conservateurs : hypothèse, objection, conclusion sans conviction. Ce qu'il faut démontrer : son autre vie continue, à Paris. Il suffit d'y retourner pour redevenir une autre – et puis, elle est ici encore plus anonyme qu'ailleurs. Cette nouvelle existence est une chance. Un premier poste, ça dure trois ans. Elle pourrait louer une cabane au bord de la mer. Parmi les annonces du journal, elle en a vu une assez tentante, dans un village qui s'appelle Saint-Côme. À dix minutes en voiture du centre de la ville. Ouvrir ses volets le matin et voir les vagues, cela console de tout.

Bayeux ne se donne peut-être pas au premier jour. Il faudra voir, visiter les environs, respirer le bon air. Ce journaliste de *La Renaissance* a tout compris. *La Renaissance*, c'est un titre splendide, elle le prend comme un présage. Sa « Renaissance du Bessin » à elle, avec les génies qu'elle ne va sans doute pas tarder à découvrir, son Léonard, son Michel-Ange, son Raphaël... Elle déchire l'article et le plie dans son portefeuille tout neuf, un cadeau de Wandrille, le jour de son départ, hier en fait, le fin fond du passé, l'époque pré-romane, les âges obscurs, la nuit des temps qui se cache derrière les pierres. Elle attendra que Wandrille vienne la voir pour entrer, à son bras, dans la cathédrale de Bayeux.

Pénélope relit :

« *Une nouvelle conservatrice adjointe pour le Musée de la Tapisserie.*

Un sourire pour la Tapisserie. Un prénom prédestiné. À peine sortie de l'École nationale du patrimoine, Pénélope Breuil est arrivée aujourd'hui dans notre ville. "Bajocasse" depuis quelques heures, elle a rejoint l'équipe du Centre Guillaume-le-Conquérant. La jeune femme, qui n'a pas encore trente ans, ne cache pas sa joie. Dès les premiers mots, elle déclare à quel point elle est ravie de son premier poste, dans un musée de réputation mondiale. La bande dessinée du XIᵉ siècle, le récit bien connu de la conquête de l'Angleterre, va faire l'objet de tous ses soins. L'occasion, pour elle, d'élargir aussi le champ de ses recherches puisqu'elle s'était d'abord spécialisée dans l'histoire de l'Égypte ancienne, plus spécialement celle de l'Égypte copte, l'Égypte chrétienne d'après les pharaons. Un domaine où elle a acquis une grande compétence dans les tissus anciens, des connaissances qui lui seront bien utiles comme adjointe à la conservatrice de notre Tapisserie.

Dynamique, sympathique, pleine d'énergie, cette jeune femme moderne, en jean et baskets, sera plus spécialement chargée de l'accueil du public étranger.

*La conservatrice en chef, la fidèle Solange Fulgence
que les Bayeusains connaissent bien, puisqu'elle pré-
side aux destinées de l'institution depuis trente ans,
se réjouit de cette nomination opportune, qui coïn-
cide avec la fin de l'important programme de rénovation dont a bénéficié le musée installé dans
l'ancien séminaire. Un espace muséal qui accueille
chaque année des milliers de touristes venus des
cinq continents.* »

Pénélope scrute la photo. À vingt-neuf ans, elle se
trouve déjà un début de double menton, trop de
taches de rousseur partout, des lunettes atroces, presque des doubles foyers. « Je ferais mieux de me sui-
cider tout de suite, je ne vais pas attendre d'être la
vieille fille qui se finit au gaz. Je vois d'ici leur papier :
"La jeune conservatrice retrouvée chez elle. Personne
n'avait pensé à donner l'alerte. C'est après une
absence d'une semaine qu'une secrétaire du Musée
de la Tapisserie, s'étonnant…" »

Elle n'est ni moderne – elle, une femme rescapée
de l'ancienne Égypte copte –, ni dynamique – difficile
de trouver plus paresseuse qu'elle –, ni sympathique
– elle déteste déjà la moitié de cette ville. Ils vont
voir ce qu'elle va faire, la jeune conservatrice sympathique – des « baskets », ses Campers toutes neuves,
on n'en trouvera pas avant dix ans dans leurs
magasins du « centre-ville » – et encore jamais de
cette couleur-là, des mauves, en série limitée, des
« vintage » de demain. On ne peut pas être journaliste à *La Renaissance du Bessin* et à *Vogue*. Sinon,
rien à redire, ils connaissent leur métier, même son
âge, ils n'ont rien loupé.

Maintenant que tout le monde sait qu'elle n'a pas trente ans, comment faire pour prendre un peu d'autorité sur le troupeau de vieilles taupes qui tricotent en surveillant la Tapisserie ? Rien n'y manque, même pas la blague sur son prénom. À Paris, tout le monde la lui a faite, les mecs de sa promo, les « garçons » devrait-elle dire plus exactement, tous des thons, et à Villefranche-de-Rouergue, les parents, son frère. « Si on avait su, on t'aurait appelée Néfertiti, et c'était ton poste au Louvre tout cuit. » « C'est pas la première fois que tu feras tapisserie » – un frère idiot, marchand de téléphones portables, ça peut arriver à tout le monde. On l'enverra au musée égyptien de Berlin, voir Néfertiti, pauvre ignare.

Elle a laissé sa veste sur le dossier de sa chaise. Déjà, ce bureau atroce, beige et marron, elle ne le supporte plus au bout d'une matinée. Elle a posé sur l'étagère vide une carte postale du portrait de Champollion du Louvre. Être Champollion ou rien : c'est ce qu'elle voulait faire, petite fille, déchiffrer les énigmes, lire les écritures secrètes, comprendre quand tout le monde a donné sa langue au chat.

Sans rien dire, elle est sortie. Elle boit son café, au Petit Zinc, le seul troquet pas trop laid qu'elle ait trouvé, hypnotisée par sa propre image en noir et blanc. Une sphinge.

Chez la marchande de journaux, l'indigestion commence : autocollants, tee-shirts, cartes humoristiques, dés à coudre, bols en plastique, la Tapisserie partout, un cauchemar. Les produits dérivés de son infortune.

Elle n'y est pas encore allée. Elle regarde les scènes qui ont le plus de succès : les « Drakkars » qui par-

tent pour l'Angleterre, Harold le traître sur son
trône, la bataille finale avec le châtiment du félon,
l'œil percé d'une flèche. « Hastings » se déroule sur
les torchons, « La prise du Mont-Saint-Michel » sur
des sets de table, avec son fracas de cavaliers en
cottes de mailles et hauberts, étendards au vent.
Combien de semaines peut-on tenir à Bayeux,
conservatrice (adjointe) au Musée de la Tapisserie,
pardon, « Centre Guillaume-le-Conquérant », sans
aller la voir, en vrai, cette maudite « *Telle du
Conquest* » comme disent les médiévistes enragés ?
Combien de jours peut-on tenir avec des allers-
retours entre la marchande de journaux, le café et le
bureau à moquette beige ?

Le bureau. À désinfecter d'urgence. Une lampe
hideuse, genre vieille lampe à pétrole électrifiée, abat-
jour de la même couleur que la moquette, simili-
parchemin, artisanat monastique en diable, le fin du
fin des années quatre-vingt. Un objet agressif. Pénélope lui a tout de suite réglé son compte, un lancer
de sac à main d'une grande précision. Solange Fulgence a surgi : « Dommage, c'était la seule chose un
peu ancienne de l'étage, un pied en porcelaine de
Bayeux, une fortune chez les antiquaires d'ici, vous
verrez. Enfin bon, profits et pertes, je suis supersti-
tieuse, ça veut dire que vous ne casserez rien d'autre,
vous conjurez le sort en arrivant, ma petite fille. »

Et puis quoi, ta « petite fille », vieille bique ? Pénélope n'a pas ramassé les morceaux, elle s'est conten-
tée d'en prendre un et de le mettre dans la poche de
son jean, contre le mauvais sort. Elle qui croyait
qu'on apprécierait de la voir prendre son poste avec
quelques jours d'avance. Elle n'est nommée qu'au

1er septembre, mais le temps de s'installer, se loger... Toutes les mêmes, ces conservatrices d'avant le concours, recrutées sur place, bagage minimum, mais qui ont gardé les clefs des réserves pendant dix ans, amies du maire et des chanoines, connaissant tout le monde, arrivées par la petite porte, indélogeables et incompétentes. En général, elles ont écrit le guide, deux ou trois livres, et tué le sujet. Que voulez-vous dire de neuf sur la Tapisserie de Bayeux ? Pénélope a envie d'en découdre. Wandrille lui avait bien dit de ne pas venir en jean la première semaine.

Elle avait dû rire, la directrice des Musées de France, en faisant ses nominations. Pénélope à la Tapisserie. Comme Mitterrand en 1981 quand il a casé Édith Cresson à l'Agriculture et Le Pensec à la Mer. Pour un premier poste, on n'a pas tout le choix voulu, on se retrouve toujours « en région ». Pénélope avait eu le malheur de dire tout haut « en province ». La directeur (ou directrice, ou madame le directeur, on ne sait plus), très élégante, avait corrigé d'un ton un peu doux.

« Madame, coupa Pénélope, j'ai passé dix-huit ans de ma vie, mes plus belles années, en province et depuis, je dis "en Province". J'habite Paris, je n'aimerais pas m'éloigner trop.

— Vous aimeriez Bayeux ?

— Non merci. Le musée Baron-Gérard, avec son seul bon tableau, *Sapho se jetant du rocher de Leucate* du baron Gros, une belle scène de suicide pour se remonter le moral tous les matins, je ne suis même pas lesbienne, Sapho m'indiffère, et ces milliers de porcelaines plus ou moins ébréchées. Bayeux, j'y suis passée en préparant le concours. »

Pénélope avait fait, avec son amie Léopoldine, un tour de France des musées : dans la vieille voiture prêtée par son père, en alternant les auberges de jeunesse et les hôtels du Guide du routard. En moins de deux mois, elles avaient pris en note la quasi-totalité de ce que contiennent les musées français, et pas seulement les principaux. Au concours, on brille en sortant les petits exemples que personne ne connaît, pas même le correcteur. C'est grâce à cette méthode imparable qu'elles avaient réussi toutes les deux. La directrice des musées n'en a cure :

« J'étais comme vous, à votre âge. Moi aussi je suis passée par les régions, j'ai trié des cadres dans les réserves de Malmaison. Vous savez, dans ce métier, il faut avoir tout fait. (La voix devenait plus flûtée.) Le poste est au musée de la Tapisserie, c'est mieux. Un musée dont le rayonnement est mondial. Il s'agit bien sûr d'un musée municipal, mais je ne serais pas fâchée, pour des raisons que vous comprendrez dans les mois qui viennent, que l'on y recrute un conservateur du patrimoine de l'État.

— Ah ?

— Je souhaite avoir l'œil sur la Tapisserie. De toute façon, vous n'avez pas beaucoup le choix, je vous conseille d'aller rendre visite à la conservatrice en chef qui est là-bas depuis trente ans, Solange Fulgence, une conservatrice territoriale pas bête du tout, à trois ans de la retraite, si par hasard vous rêviez d'un poste de direction… Succession assurée. Pour une jeune femme de tête, prendre les commandes de la Tapisserie de Bayeux, si j'étais vous, je n'hésiterais pas. Vous verrez, tout est à faire. Je pourrais aussi vous envoyer à Limoges, adjointe au musée Adrien-Dubouché, le poste est impossible à pourvoir depuis six ans, et c'est cette fois un de nos musées nationaux, comme vous ne l'ignorez pas. Vous n'avez pas l'air d'aimer plus que cela les porcelaines…

— Je vous remercie, madame le directeur, de votre sollicitude. »

Retour au studio. Elle l'a choisi sur Internet, jolies photos, loué par téléphone, rue de la Maîtrise, plein centre. Le virtuel a viré assez vite au réel. Au fond d'une jolie cour, sans un bruit, avec un médaillon du XIXᵉ siècle représentant une curieuse tête de chien, Pénélope se retrouve dans un de ces vieux hôtels où l'on pourrait tourner des téléfilms de qualité française, tirés des romans de Balzac, genre *Le Curé de Tours* ou *La Vieille Fille*. Un décor, c'est tout dire, qui rivalise avec le vieux Mans.

« Ah, que de souffles aux provinces », Pénélope récite Saint-John Perse en poussant la porte d'un coup de pied. Lumière légère, pavés disjoints dans la cour, inégaux à souhait, toit moussu, une bonne odeur d'iode et de sel, avant midi, sous les ardoises, vue sur les flèches de la cathédrale.

Elle va déballer ses disques, ses tangos et ses cantates de Bach, installer sa chaîne, construire le décor artificiel du bonheur. Trois ans dans la vie d'une femme, pas si long. Il y a trois ans, étudiante, elle cherchait à éviter de se marier, ne pensait pas qu'elle pourrait un jour avoir un métier – en histoire de l'art, pas d'autre solution que le concours des conserva-

teurs, et dans ces années où l'on en prend sept ou
huit par an, dont la majorité va à l'Archéologie, à
l'Inventaire général, aux Monuments historiques,
rien pour elle : elle n'aime, depuis toujours, que les
musées. Le concours est intéressant, mais il n'est pas
fait pour être réussi. Et puis, le rêve, le coup de bol,
une bonne dissert, classée « dans la botte » à l'entrée,
spécialité « musée », tout s'ouvre, et peut-être le
département des antiquités égyptiennes du Louvre.
La future Christiane Desroches-Noblecourt. Alors
Bayeux, quelle dégelée. Au moment où Pénélope,
native de Villefranche-de-Rouergue, sentait qu'elle
était devenue une vraie caricature de petite Parisienne imbuvable. Et alors ?

Surprise. Sur le palier, à son étage, contre la porte,
un amas de papiers cristal. Cinq bouquets, dès le
deuxième matin, c'est beaucoup pour une fille qui
vient de se dire qu'elle est moche, qu'elle a de grosses
lunettes et cinq kilos de trop. Pénélope pousse du
talon ce bel ensemble digne du reposoir de la Fête-
Dieu, ferme la porte, et s'attelle aux rubans pour
enlever les cartes de visite.

« *Toute la famille est avec toi. Bon courage pour
ton premier poste. Nous sommes fiers de notre petite
fille. Maman et Papa.* »

Pénélope se souvient du goût des malabars qu'elle
achetait à l'épicerie, devant le marché couvert, à
Villefranche. Les promenades dans les montagnes.
Les dessins animés à la télévision, Satanas et Diabolo,
son favori. Ils poursuivaient dans leurs drôles de

machines une élégante pimbêche qui s'appelait Pénélope Joliccœur. C'était son surnom à la maternelle.

« *De la part de Simenon, reviens-nous vite. Wandrille.* »

Même pas de « Je t'embrasse », et ce « nous », qu'est-ce que ça veut dire ? S'il veut me revoir, il n'a qu'à venir.

« *Merci pour le bon moment passé avec vous. J'espère ne pas vous avoir trop trahie (moins je crois que notre vieux photographe que vous devez pardonner), bienvenue à Bayeux, Pierre Érard*, La Renaissance du Bessin. »

C'est rare, un journaliste qui envoie des fleurs, je le rappellerai. Il avait l'air d'un étudiant prolongé qui fait des piges pour payer son loyer, je ne le voyais pas du tout allant chez un fleuriste. D'ailleurs son petit papier n'était pas si mal, penser à l'envoyer à maman, ça l'amusera.

« *J'espère que l'adresse est la bonne, comment as-tu fait pour avoir déjà le téléphone au bout d'un jour ? Fais construire une chambre d'amis, j'arrive très bientôt. Je t'embrasse, avec un bouquet pour parfumer ta nouvelle maison, Léopoldine.* »

Reste le dernier bouquet, étrange. Pas de carte, des roses anciennes, du papier journal et du raphia, le plus sympa. Du rural, du vrai, du raffiné. L'admirateur normand anonyme ? Sans doute un gars du cru, renversé en voyant la photo du journal. Le mystère du bel inconnu. Une menace. Pénélope n'a pas demandé que l'on s'intéresse à elle.

Au moins, comme ça, c'est clair, toute la ville me connaît. Si je mets une annonce dans ce canard, « Pénélope cherche son Ulysse », je vais avoir aux trousses les pêcheurs aux mille ruses de Port-en-Bessin, le Saint-Tropez normand, ou les garçons de plage de Luc-sur-Mer, Luxure-mer, la plage la plus froide de France. Il faut voir les choses de manière un peu positive. Il faut surtout acheter des vases. Quand on reçoit cinq bouquets le jour où l'on s'installe avec une valise et quelques caisses, le plus urgent, ce sont les vases. La difficulté, à Bayeux, c'est d'éviter la porcelaine et les sujets inspirés par la Tapisserie, mais bon, des vases tout simples, un peu design, des verres de couleur…

Demain, elle explorera quelques boutiques sur les rives de l'Aure. Le fleuve Pactole qui arrose Bayeux. Sa propriétaire lui a déjà fait la plaisanterie d'usage : « Vous verrez, chez nous, on roule sur l'Aure, c'est garanti. » Une bonne tête, cette dame de Bayeux, qui a tout fait repeindre avant l'arrivée de Péné. Le temps n'est pas si gris. Aimer Bayeux, ses plages, Arromanches, Vierville-sur-Mer qui domine Omaha Beach, Saint-Laurent, Ver-sur-Mer, les musées du Débarquement avec leurs chars rouillés tous les dix kilomètres. La meilleure tactique, c'est de s'installer. De toute façon, pas de virée prévue à Paris avant un mois. Et pas question de fouilles en Égypte avant deux ans.

Pénélope feuillette le reste du journal, serre le morceau de porcelaine blanche à travers le tissu. C'est passionnant *La Renaissance* : un meurtre à Prunoy-en-Bessin, cadavre aux yeux arrachés, mis dans un verre à dents, sans doute sur le lavabo d'un hôtel borgne, les boyaux dispersés avec art à travers le garage ; un curé pédophile à dix kilomètres de Bayeux, couvert par le pieux silence de l'évêque ; un adolescent violé et égorgé par l'entraîneur de basket dans les toilettes de la piscine municipale, sans que les maîtres nageurs se soient rendu compte de rien. Les profs de gym, quand ils ne sont pas pervers, ils sont idiots. Sinon pourquoi seraient-ils devenus profs de gym ?

2

La colonne Vendôme

Paris, samedi 30 août 1997

Un peu après cinq heures, quand les habitués de l'hôtel se font servir un thé, presque seule dans la piscine du Ritz, la princesse fait ses longueurs.

Sur le dos, elle regarde les personnages peints en trompe l'œil dans le ciel bleu du plafond. Un vrai décor de fast-food, style Pompéi. Du faux marbre mal peint, des silhouettes qui ont l'air d'être en chemise de nuit. Les nouveaux riches qui viennent là devraient râler un peu plus. C'est la déco la plus ringarde du monde. Surtout ces grandes dames romaines qui ressemblent à des cadavres empaillés. La plus pâle, on dirait le fantôme de cette pauvre Pamela Harrimann, l'ambassadeur des États-Unis à Paris, qui avait commencé sa carrière en épousant un de mes cousins côté Spencer, le fils de Winston Churchill. La malheureuse s'est noyée là-dedans, dans cette eau-là. On a la fin qu'on mérite, la piscine du Ritz, c'était pour elle. Chère femme. C'est elle sans doute, à gauche. En robe blanche, un fantôme de manoir écossais. Si le Ritz était hanté ? Il doit l'être, avec ces grands hommes, Hemingway rôde au bar, Marcel Proust dans la salle à manger. Ensuite moi, sur les tapis si moelleux, qui plaisent tellement à mes nouveaux amis. Bientôt, c'est promis, nous irons en Égypte. Ils n'arrêteront pas cette petite musique sous l'eau, le comble du chic, du raffinement. Toujours le même clavecin. Pourquoi y a-t-il toujours de la musique sous l'eau à la piscine du Ritz ? Ils pourraient changer le disque. Si je demande qu'on arrête, on va commenter. On va répéter que tout le personnel est obligé de se plier à mes caprices, on en parlera encore dans dix ans. Encore trois allers-retours et c'est bon.

« Mate un peu ses jambes.

— Ne la regarde pas, la pauvre ! Au moins, elle a droit à une heure de tranquillité dans la journée. Ici personne ne fait trop attention à eux, surtout comme ça, au creux de l'après-midi. On ira goûter dehors, ça sera moins cher. On se surveille, tu sais, dans les palaces, on fait ceux qui ne reconnaissent pas les vedettes, pour ne pas avoir l'air trop badauds. On est au Ritz, quoi. On est peut-être une vedette soi-même.

— Toi ? Attention à eux ? Qui est l'autre ?

— Ben mon petit Wandrille, tu ne lis pas les journaux ?

— Pas depuis que j'écris dedans. Elle n'est pas seule ?

— C'était dans tous les magazines, et son bronzage, c'est le soleil de Porto Cervo, en Sardaigne, le village-vacances tout confort de Karim Agha Khan.

Baiser volé par les paparazzi, un peu flou mais bien net. Mariage scandaleux annoncé à la rentrée, un demi-frère en préparation pour le futur roi William. Ils se connaissent depuis six semaines, elle est déjà enceinte de huit, les journalistes sont surinformés. C'est l'Égyptien que j'attends. Ils repartent demain.

— Tu veux l'interviewer ?

— Pas de temps à perdre. Mieux que ça. J'ai quelque chose à lui vendre.

— À lui ? Marc !

— S'il vient à la piscine, c'est le meilleur moyen d'entrer en contact. J'ai pris un abonnement au Club du Ritz la semaine dernière, dès qu'on a pensé qu'ils pourraient venir, après la Sardaigne.

— Tu sais, je crois que si c'est un mec qui sort avec elle, il a déjà tout. Tu étais à la fête chez Agathe et Henri ?

— Regarde, l'Égyptien, il arrive, il a son blouson, il ne vient pas nager, il vient la chercher. Et derrière, avec la serviette, c'est qui ? Un abonné de la piscine, pas un client de l'hôtel. Garde du corps ?

— Tu reconnais comment ?

— La serviette de couleur. Les membres du Club de sport ont la serviette blanche.

— Comme nous, pas de honte. Elle s'essuie avec une serviette jaune.

— Donc elle descend ici, quelle perspicacité mon vieux.

— Envolés. Tu viens de rater ton marché du siècle.

— Sauf s'ils veulent aller au hammam.

— Ils vont se replier dans leur suite. Tu imagines, si tu avais eu la bague de James Bond, les photos qu'on aurait pu faire ? Une fortune mon grand, tu viens de laisser filer une fortune.

— Ce que je veux lui proposer vaut plus cher. Un scoop, auprès duquel, leur romance, c'est de l'eau tiède. Et ça intéressera aussi les journaux. Et le trône d'Angleterre, mon petit vieux, le trôôôôône d'Angleterre ! »

Impossible de sortir du Ritz par la grande porte. Depuis que « la voiture » est arrivée, vers quatre heures, on a installé des barrières, pour contenir les photographes. Wandrille et Marc sont mitraillés à tout hasard, des bellâtres bien mis, avec le bon sac de sport, on ne sait jamais. Dans le petit restaurant de la rue Danièle-Casanova, chez Éva, à l'angle de la place Vendôme, la conversation continue. Wandrille s'est assis en face de Marc. Éva sert un thé et un double espresso, le chignon haut.

« Au fait, Wandrille, félicitations, on te lit tous les matins maintenant. Et en plus ta petite chronique sur la télé est très bien, je te le dis comme je le pense ; qui aurait cru à la fac que tu finirais comme ça, je veux dire, avec autant de talent, d'humour, de sensibilité surtout, oui, c'est cela, de sensibilité.

— Euh… Merci Marc, tu sais j'ai surtout d'autres plans.

— Tu veux écrire ? Je te connais par cœur, contente-toi de ta chronique. Tu dois déjà tirer la langue. Tu aimerais laisser quel genre de chose à la postérité ? Un roman naturellement ? Une autofiction ?

— Je suis lancé dans un roman historique. Hitler

et son entrevue avec le duc de Windsor, tu sais, l'oncle par alliance de la petite de la piscine, Sa Majesté l'ancien roi Édouard VIII. 1937, Berchtesgaden.

— Merci, on sait, et Wallis l'Américaine facho qui voulait jeter l'Angleterre dans les bras du Führer. Devenir la première impératrice des Indes à porter le brassard à croix gammée. Bon sujet. L'amour, le pouvoir, la violence, la diplomatie secrète, Wandrille je mise sur ton succès. Je te traduirai en anglais.

— Tu en es capable ?

— Tu oublies que j'avais un grand-père british, mon vrai prénom c'est Mark. Le nazisme des Windsor, ça va plaire.

— Pas si fort, tu sais, ici, on est tout près du Ritz, un nid d'espions, infiltré par les services secrets. Tu comprends, le plus fascinant c'est qu'on ne sait pas ce qu'ils se sont dit, à Berchtesgaden. On a une photo. Hitler fait le baise-main. J'invente le reste. On croit que c'était Hitler qui voulait expliquer à l'ancien roi ses plans de domination du monde, je vais raconter le contraire. Mon idée c'est que le duc était venu lui proposer quelque chose de bien précis. Un marché. Une offre. Colossale.

— Les plans du tunnel sous la Manche, un diamant de la couronne gros comme le Ritz, la casquette de Pétain gagnée au baccara à Monte-Carlo, dans un bordel de Marrakech où la duchesse l'avait récupérée ? C'est toi qui aurais dû aller lui parler en premier, à l'Égyptien de la piscine, tu nous aurais présentés ensuite, mon petit Wandrille.

— Pourquoi ?

— Il est le propriétaire du décor de mon futur roman. La maison d'Édouard et Wallis à Paris, c'est son père, Mohammed, qui l'a rachetée. Tout confort. Cachée dans le Bois de Boulogne, invisible, indiscernable, ne figurant sur aucun plan de Paris, même pas la carte IGN officielle. Le général de Gaulle, ce grand snob à l'ancienne mode, l'avait mise à la disposition de ce vieil ami de Hitler dès la Libération.

—. Tu dis n'importe quoi, la maison du Bois, c'est plus tard. À la Libération, les Windsor habitaient boulevard Suchet. »

Marc s'étonne de l'érudition de Wandrille.

« Ça fait deux mois que je collecte toute la documentation. Je ne savais pas que la maison était revendue. En fait, on est un peu sur les mêmes plates-bandes : toi la princesse, moi les vieux, l'oncle et la tante scandaleuse. La nouvelle génération reprend le bail. Pour la suite du téléfilm, on réutilise une toile de fond qui a fait ses preuves. Une jolie maison hantée.

— Possible qu'ils louent à la mairie de Paris, je ne sais pas, à vérifier. En tout cas ils veulent l'habiter, Diana et lui, pour faire la nique à la reine.

— Là aussi, j'ai des photos d'il y a dix ans, au moment où tout le monde en avait un peu parlé, quand Wallis est morte... J'aurais bien aimé visiter. Ils veulent recommencer l'histoire ? Celle qui ne sera jamais reine.

— La fascination de la couronne ! Il achète tout ce qui rappelle la monarchie britannique. Lui et son père sont milliardaires, mais la reine leur refuse, je ne sais pas pourquoi, le passeport U.K. Une délicate torture sadique inventée par la vieille vache. Alors ils rachètent : les ex-bagnoles du prince machin, les pur-sang nés dans les écuries royales, le nid d'amour de Wallis. Même la première femme de cet avantageux quadragénaire, comme bague de fiançailles, avait eu droit à la copie conforme de celle de Diana. Une grosse marguerite en saphir, bête comme tout, avec des diamants.

— Tu as dit à notre nageuse que son Dodi est une midinette accro à la presse people ?

— C'est sa revanche. Elle a choisi le chevalier servant qui pouvait le plus déplaire à son ex-belle-mère.

— The Queen.

— Mais l'instrument capital de la Vengeance, et ils ne le savent pas encore, les amoureux, Némésis fait homme, c'est moi. Quand il lui aura offert, en présent de noces, ce que je suis venu lui vendre, la reine se crèvera les yeux elle-même, avec des aiguilles à chapeaux, de rage.

— Une tragédie grecque. »

Dans le couloir de la piscine du Ritz, juste devant l'entrée du hammam, la soirée princière s'organise. Wandrille et Marc ne devinent pas cette fébrilité. Un fond d'agitation, un peu d'angoisse, du stress et un zeste de ridicule, recette connue, dans un shaker au Hemingway Bar. Conversation à mi-voix, entre des hommes debout devant les boiseries rousses, lumière tamisée. À cette heure, le bar se vide. La fin de la journée est planifiée, sous haute surveillance : police française discrète et prévenue *in extremis* de cette visite très privée, sécurité de l'hôtel, services spéciaux

britanniques et sécurité privée du jeune homme.
Diana et Dodi se sont retirés dans leur appartement.
Inatteignables.

« Pour ce soir, on vous a dit que le dîner dans ce
resto chicos près de Beaubourg risque d'être annulé ?
On ne sait pas trop bien pourquoi. Ils restent ici,
mais après le dîner, qui met-on de service ? Vous
avez besoin de renfort ?

— Non, vous savez, le personnel de l'hôtel est
rôdé, ils savent tout faire, y compris semer les journalistes.

— Donnez-moi votre meilleur.

— Un type exceptionnel, le numéro deux de la
sécurité de l'hôtel en personne, qui fera le chauffeur,
un gars sûr à deux cents pour cent. On prendra l'une
des trois voitures de grande remise du Ritz.

— J'ai besoin d'un nom pour la fiche de service.

— Paul, comme le prénom, Henri Paul. »

Finement dessinée par le soleil couchant, la colonne
Vendôme s'élève vers les nuages. Diana salue Napoléon à travers la fenêtre de la chambre.

Elle n'avait jamais regardé cette bande dessinée
qui s'enroule en spirale vers le sommet, avec ces centaines de personnages, la Grande Armée. Une volute
de fumée coulée dans le bronze vert et mat, des rêves
évanouis. Qu'est-ce que cela peut bien raconter ? Des
projets pour conquérir l'Angleterre ? À quoi bon ?
Conquérir l'Angleterre, c'est facile. Elle, ça lui a pris
moins d'un an. Et puis, on est tout de même mieux
à Paris. Non ?

3

L'œil de Napoléon

Paris, samedi 30 août 1997

« On est tout de même mieux dans le bureau du directeur du Louvre que dans mon placard de Bayeux. J'aurai tenu une journée. Retour par le train du soir, journée à Paris, rendez-vous-surprise au sommet. Appeler Wandrille ? Doit se faire dorer aux UV à l'Interallié ou soulever de la fonte au Ritz, pauvre cervelle. Faudra bien que je le fasse venir à la Tapisserie, il me doit ça, on organisera s'il le faut un week-end Bayeux-Deauville. Je suis quand même la première adjointe, je passe avant les attachés de conservation. Je crois que la mère Fulgence m'aura prise en grippe avant trois mois. Est-ce que j'ose le lui dire en face, à Monsieur Le Louvre ? Un mot de lui à la directrice des Musées de France, s'il me réclame pour les antiquités égyptiennes, je pourrais enfin m'extraire de Bayeux. »

Ce bureau est d'un raffinement presque italien, avec de lourds rideaux, des boiseries noires Napoléon III réchampies de filets d'or, les sièges d'acajou tendus de velours vert. Quelques tableaux au mur, pas trop rares, afin que nul n'accuse le directeur du Louvre de choisir le meilleur dans les réserves pour décorer son bureau, une règle en cristal, un joli pot à crayons sans doute acheté à Venise, une petite boîte en cuir ronde, comme on en fabrique à Florence. Au-dessus d'une bibliothèque basse, une grande toile de Gossec, de sa meilleure période, un paysage peint à la Commanderie de Magnac dans les années 1970, la seule touche contemporaine, peut-être un tableau qui appartient à l'hôte de cette cabine de pilotage de grand yacht. Par les fenêtres, la Seine ourlée de gris. Le silence, l'ordre, le calme, la volupté, à mille lieues du décor directorial beige-grège de la mère Fulgence et de ses splendeurs bayeusannes – bayeusaines, bajocasses ? Sans la regarder d'abord, noyé dans ses papiers, le directeur, décoiffé et rieur, attaque *mezza-voce* :

« Chère Pénélope, je suis heureux de vous revoir. J'ai gardé un très bon souvenir de vos trois mois de stage ici, je sais que je peux vous faire confiance. »

Impossible de mieux commencer, et cette lueur dans le regard bleu à l'instant où il s'est redressé, ses cheveux ultra-blancs en bataille, une chaîne de montre pendue à la boutonnière, mais une Oméga au poignet, comme James Bond – question immédiate dans le cerveau fertile de Pénélope : qu'y a-t-il dans la poche, au bout de la chaîne, une loupe, un médaillon, un portrait, une mèche de cheveux, une montre ancienne en panne un jour sur deux ? Il m'a appelée par mon prénom, s'il continue sur ce ton, j'enlève mes lunettes. Et je le fixe. Je fais ma Belphégor. Ma

Gréco. Rien à perdre. Je suis à Bayeux nom d'un chien.

« Nous préparons, sans doute pour 1999, une exposition sur Dominique-Vivant Denon, le premier directeur du Louvre, notre fondateur. Un personnage énigmatique. Je pense à un titre, "l'œil de Napoléon". ça vous plaît ?

— Il faut faire venir le public. Avec "Napoléon", parfait, il faudrait aussi, selon moi, mettre dans le titre le mot Égypte (tu y es dès la deuxième phrase, du grand Pénélope, continue ma fille). "De l'Égypte au Louvre, Denon, l'œil de Napoléon". Avec le succès de la dernière biographie que lui a consacrée Philippe Smets, ça dira quelque chose à tout le monde.

— Je vois qu'on vous a donné aussi des cours de marketing et de packaging à l'École nationale du patrimoine.

— Ne m'en parlez pas, je suis sortie bonne dernière.

— Après être entrée seconde si ma mémoire est bonne, et on vous a laissé le choix entre Bayeux et Bayeux.

— Hélas ! pas beaucoup de collections venues d'Égypte (ÉGYPTE, Wandrille me l'a toujours dit, il faut mar-te-ler), heureusement j'y passe tous les étés, sur le chantier de fouilles de Thèbes ouest et dans les réserves coptes du musée du Caire…

— Je me souviens de tout cela, vous me l'aviez dit. Vous savez, bien sûr, que nous avons ici l'un des plus riches ensembles au monde de tissus coptes, si d'aventure vous confirmiez votre passion pour les textiles… Que pense donc la Bayeusaine que vous êtes de Vivant Denon ?

— Denon n'est pas venu à Bayeux, je ne crois pas…

— C'est lui qui a fait venir la Tapisserie à Paris, ici, au Louvre, exposée en 1803, dans la galerie d'Apollon, ça devait avoir de l'allure. Son but : prouver aux Parisiens et à l'Europe qu'envahir l'Angleterre ça s'était déjà fait. Napoléon l'usurpateur pouvait renouveler l'exploit de Guillaume le Bâtard. La Tapisserie a fait trembler la monarchie britannique. »

Pénélope fait un vague signe de tête ; il continue :

« J'ai des documents inédits à vous montrer. J'aurais dû appeler cette chère Solange Fulgence, mais j'ai préféré vous consulter d'abord. Elle a d'éminentes qualités, je crois cependant qu'il faut vous donner un mystère à résoudre pour votre premier poste. Je veux éclaircir les conditions de cette visite à Paris de la Tapisserie de Bayeux. Une pointe d'épingle, mais les deux lettres que j'ai trouvées sont assez troublantes, c'est tout le personnage de Denon qui se révèle. J'ai besoin de gens comme vous, vifs d'esprit. »

Pénélope vient de sortir carnet noir et stylo. À ce signal, le Louvre se lance :

« Vivant Denon, quel personnage ! Grand romancier, vous vous souvenez de *Point de lendemain*, le plus beau début de livre de la littérature française. Comblé, il n'éprouva jamais le besoin d'en écrire un autre…

— Pas lu.

— Grand tort. Écoutez : "J'aimais éperdument la comtesse de *** ; j'avais vingt ans, et j'étais ingénu ; elle me trompa ; je me fâchai ; elle me quitta. J'étais ingénu, je la regrettai ; j'avais vingt ans, elle me pardonna ; et comme j'avais vingt ans, que j'étais ingénu, toujours trompé, mais plus quitté, je me croyais l'amant le mieux aimé, partant le plus heureux des hommes." Ça vous plaît ? Denon fut écrivain, diplomate, graveur, dessinateur, copiste et… faussaire. Il a fabriqué des simili-gravures de Rembrandt pas mal du tout. Il devient le plus intrépide des adjoints de Bonaparte en Égypte, le créateur du plus grand musée que le monde verra jamais. »

Pénélope comprend de moins en moins. L'homme poursuit :

« Vous savez que c'est lui qui a choisi, une à une, toutes les scènes militaires qui s'enroulent autour de la colonne Vendôme comme sur la colonne Trajane. »

Le visage de Pénélope n'exprime plus rien. Elle s'en fiche. Elle se tait. Sourit à tout hasard. Il poursuit :

« C'était le plus génial des collectionneurs, qui avait chez lui sous le règne de Louis XVIII, au lendemain de Waterloo, une proue de pirogue amazonienne, des sculptures taïno, de l'art chinois et japonais, une statuette inca, à une époque où absolument personne ne regardait cela… Marie-France ?

— Monsieur le directeur, je dois vous interrompre, c'est un appel de Bayeux, pour Mlle Pénélope Breuil, il faut qu'elle vienne. C'est assez grave. »

Bayeux se manifeste – sois sage, ô ma douleur. La porte en laque noire s'est ouverte. Enfin une secrétaire bien habillée, avenante, l'air intelligent. Tout ici donne à Pénélope l'impression de retrouver l'oxygène. Le poisson rouge que l'on remet dans l'eau après qu'il a failli crever sur la moquette. Beige.

« Elle ne peut déjà plus se passer de vous. Vous l'embrasserez pour moi, la chère Solange, ça lui rappellera nos années d'étudiants. »

Deux minutes plus tard, Pénélope revient, dissimulant un rictus :

« On vient de la tuer. Au moins, j'ai un bon alibi, Monsieur le Président-Directeur, j'étais en conversation avec vous. Je crois que j'aurais tôt ou tard eu envie de le faire moi-même.

— Taisez-vous, enfin. On a tué Solange ? »

Il l'appelle par son prénom. Elle aussi. Pénélope explique :

« Presque. Je crois qu'elle m'appelait de l'hôpital. Elle pouvait parler, ne nous inquiétons pas trop. Elle est du genre increvable. Les infirmières vont comprendre leur douleur. État grave tout de même. Deux balles dans la peau. La jambe et le bas-ventre, aucun organe essentiel. En tout cas pour elle. Je ne sais pas comment ça s'est passé, je n'ai eu aucun détail… Je ne peux pas faire grand-chose de toute façon…

— L'École du patrimoine vous a préparée à assurer une situation d'intérim de direction ?

— J'ai même passé un brevet de secourisme. On nous forme à tout, la directrice des études, conservatrice de l'Inventaire général, fourmille d'idées. Je prends les rênes, je suis prête. Ma première décision : achever, cher maître (elle apostrophe avec naturel le nouvel académicien et s'admire elle-même), l'entretien que nous avions commencé. Vivant Denon rapproche Bayeux de l'Égypte, c'est tout ce qui m'intéresse.

— Tout rapproche Bayeux de l'Égypte. Vous avez vu ce film de Jean-Marie Straub ? Interminable. Magnifique. La caméra tourne sur un pied, au moins une heure, au centre de la place du marché de Bayeux. Puis, l'heure suivante, un travelling, la caméra sur une voiture, une route toute droite, infinie, en Égypte. Le cercle et la ligne. Une voix off lit du Engels. Non ? Vous êtes trop jeune, notre génération a adoré ce genre d'expériences. Engels, Marx…

— Denon ?

— Je vois, vous êtes pressée d'aller panser votre directrice. Je lui téléphonerai. Je n'aime pas trop que l'on fasse feu sur les conservateurs. Crime passionnel sans nul doute ? Denon aussi était un séducteur, peut-être pas au point de faire tomber Solange Fulgence… Vous connaissez le récit de voyage en Égypte de Denon, ce style ! Écoutez cette lettre à Napoléon, Denon veut galvaniser les énergies pour préparer l'invasion de l'Angleterre. Il n'a rien trouvé de mieux que de dresser, à Paris, une statue de Guillaume le Conquérant. Comme il n'en existe aucune, il écrit. »

Pénélope note en diagonale, un peu fébrile :

« *On a exhumé dans les environs des Andelys la statue d'un cavalier qui date du XIᵉ siècle. Cette statue est apparue en morceaux sous le soc de la charrue d'un paysan. Il lui manque la tête. Il s'agissait sans doute de quelque puissant personnage. Nous avons ici, dans les réserves du musée, une* » *belle tête de roi, portant couronne, qui s'ajusterait aisément sur ce cavalier, dont il faut faire refaire un peu le cheval. Nous pourrions concevoir un beau socle dans une pierre de Normandie. Nous organiserions une exhumation officielle. Les gazettes de Rouen et de Falaise seraient tenues informées, ainsi que les journaux de Paris. On publierait partout qu'il vient de sortir de terre une statue du duc Guillaume, conquérant de l'Angleterre, presque intacte et authentifiée par une inscription indubitable. Le transfert se ferait par la Seine, avec des haltes donnant lieu à quelques beaux discours. L'arrivée à Paris permettrait une fête et des illuminations. La statue du duc Guillaume prendrait place sur une belle esplanade, ou sur le pont Neuf ; elle ferait, j'en suis sûr, l'admiration des connaisseurs et de tous les Parisiens. Quant à moi, je voudrais me la contester que je ne le pourrais plus. »*

« Vous avez vu comme il tient compte des journaux ? À son époque ! Un génie. Napoléon a dû refuser cette *forgerie* un peu voyante. Nul ne sait ce que devint cette statue, qui ne devait pas représenter Guillaume et qui ne datait sans doute pas du XIᵉ. Faute de statue, Denon fait venir la Tapisserie. Où se trouvait-elle ?

— Suspendue autour de la nef, dans la cathédrale de Bayeux depuis le XIᵉ siècle.

— Vous en connaissez des tapisseries qui restent suspendues huit siècles en plein courant d'air sans finir en charpie ou en poussière ?

— Pardon, je suis égyptologue. Chez nous, les bandelettes résistent. J'ai pris mon poste depuis deux jours, je n'y connais rien. La Tapisserie devait être roulée dans un coffre, au trésor de la cathédrale, ça s'est vu.

— Il faudrait éclaircir ce point. Et à la Révolution, elle avait été cachée ? Comment Denon la connaissait-il ? On en parlait, au XVIIIᵉ siècle, de la Tapisserie de Bayeux ? Je n'en suis pas si sûr... Je vous fais confiance. Je vais tout vous dire, puisque depuis cinq minutes vous dirigez le musée. Je veux comprendre cette autre lettre, notez les détails :

"Citoyen Premier consul (nous sommes cette fois à la fin de 1803 ou au début de 1804, l'année qui se terminera par le sacre), il faut que l'homme sûr que j'ai au Caire ait eu le temps de surveiller la fin du travail. Baltard et moi avons fait les dessins en une semaine, en observant toutes les caractéristiques de l'époque. Douze religieuses cloîtrées auront tôt fait de donner une heureuse conclusion à notre entreprise. On s'y trompera. Le tout nous reviendra par la mer et je pense qu'avant le commencement de l'année prochaine, nous disposerons de l'ensemble du travail. Avec la statue du duc Guillaume, les Parisiens ne pourront plus rien ignorer de ce haut fait d'armes qui intéresse les amis de la Nation."

— Vous n'avez jamais été frappée, chère Pénélope, de la ressemblance entre la colonne Vendôme et la broderie de Bayeux ? Vous vous troublez...

— Vous venez de le dire, la colonne Vendôme représente une frise de scènes de guerre, un ruban enroulé, sur le modèle de la colonne Trajane de Rome, ou de la colonne Antonine sa sœur...

— Parce que vous croyez que les bons Normands du XIᵉ siècle avaient eu l'occasion de voir la colonne Trajane ou d'en entendre parler ?

— Ma thèse porte sur l'art des monastères coptes.

— On en a trouvé d'autres, dans l'Europe du XIᵉ siècle, des exemples de ce genre de broderie, ce petit point de chaîne ?...

— Le point de Bayeux.

— On l'appelle ainsi depuis le XIXᵉ siècle, depuis qu'il y a des visiteurs auxquels il faut expliquer l'histoire de cette broderie appelée tapisserie, mais avant ? Vous n'avez jamais pensé que votre "point de Bayeux" pouvait avoir été exécuté au Caire par les brodeuses d'un de vos couvents coptes ayant conservé des techniques anciennes, de vieilles toiles, des bouts de laine... Et que ravi du résultat, Denon en donna une version moderne quelques années plus tard, la colonne Vendôme, qui commémore la campagne d'Austerlitz, à une date où l'invasion de l'Angleterre n'est plus de mise ?

— *Point de lendemain*, point de Bayeux – s'il ne comprend pas, cette fois, pense Pénélope, je renonce. La Tapisserie daterait de 1803, fabriquée pour prouver que l'on pouvait conquérir l'Angleterre ? Aussi fausse que la statue du duc Guillaume, qui n'a jamais existé, que le saint suaire de Turin qui a l'air si vrai ? Voulez-vous que j'en découpe un centimètre carré pour le faire analyser au carbone 14 ? C'est un poisson d'avril ? Si vous lui annoncez au téléphone, Solange Fulgence trépasse séance tenante. Elle a écrit dix livres sur cette maudite broderie. »

L'hypothèse que cet homme charmant et sérieux venait de développer avait toutes les apparences d'un

énorme canular… Elle ne disait plus rien, elle fixait
le paysage de Gossec.

« Je sais tout cela, je devine ce que vous pensez,
et la voix du directeur du Louvre se faisait plus insi-
nuante. Ces livres écrits par Solange, lisez-les, regardez la toile, le fil, la trame, tricotez-moi ça, dévidez
et filez en vous émerveillant, fouillez les archives de
votre musée. Ne dites rien à personne vous seriez
tuée par le ridicule, grillée scientifiquement dès le
premier poste. Revenez m'en parler, à moi seul, la
semaine prochaine. Ayez confiance, je ne peux pas
tout vous dire. Pas tout de suite. Si la Tapisserie de
Bayeux est un gag monté par Denon, ça va faire du
bruit. Je vous couvre. On ne vous avait pas dit, à la
Direction des Musées de France, que c'était pour cela
qu'on vous avait nommée ? Une spécialiste des tissus
coptes en mission secrète d'expertise à la Tapisserie
de Bayeux. Cousu de fil blanc. Je plaisante. Ne me
regardez pas comme ça. Je peux compter sur vous ?
Pénélope ? Filez ! »

Impossible de savoir s'il se moquait d'elle. Sur
l'escalier du pavillon Mollien, Pénélope a oublié les
idées farfelues du président-directeur, le cher homme,
elle aurait pu les entendre par téléphone. Il la teste.
Les Coptes n'ont jamais fait beaucoup de broderies,
leurs étoffes sortent de métiers à tisser, une technique
qui n'a rien à voir. Si le dessin, le « carton » de la
Tapisserie, avait été fait vers 1800, on le verrait tout
de suite. Il le verrait, il a l'œil absolu et reconnaît un
faux à la seconde. Rien ne saute plus aux yeux qu'un
pastiche ancien. Et on la connaissait fort bien, au

XVIIIe siècle, la Tapisserie de Bayeux, il en est question dans l'ouvrage fondateur de l'archéologie, les *Monuments de la Monarchie française* de don Bernard de Montfaucon, mis en fiches par ses soins pour préparer le concours. Il ne faudrait pas non plus la prendre pour une bleue intégrale. Elle sait des choses la petite Pénélope. Pour le moment, elle les oublie. Elle a d'autres chats à fouetter.

Il n'est que six heures. Appeler Wandrille. On les attend au Club, sa vie secrète, sa cité interdite, son Xanadu, son sanctuaire d'Éleusis, son Combourg, sa roulotte, sa chambre de liège, son naos, sa planète Terre.

4

Bâtardise et conquête

Paris, samedi 30 août 1997

Dans son appartement, au dernier étage de l'immeuble familial, place des Vosges, une baraque ache-
tée avant la rénovation du Marais par un père cousu
d'or, chef d'entreprise mégalomane et prévoyant,
Wandrille est repassé lire ses messages de l'après-
midi sur son ordinateur. Son « bureau » est une vaste
pièce mansardée, la salle de jeux de son enfance, un
chalet plein de livres et de chaussettes.

Wandrille entre dans la salle de bains, ouvre la
fenêtre sur les arbres, met du gel dans ses cheveux,
s'immobilise devant la glace : le nouvel *out of bed*,
pas mal. La télévision ronronne dans un coin. Avec
ça un costume gris de banquier, classique à mort, et
des Puma – qui seraient le fin du fin de la mode dans
deux ans et demi, selon un ami concepteur de ten-
dances.

Il ne sait plus quoi faire de sa Pénélope. Maintenant qu'elle est à Bayeux, l'occasion de rompre est
presque trop belle, il n'est même pas bien sûr qu'elle

tienne tant que cela à lui. Ce qu'il faut à Péné, c'est un vrai intello, un jeune historien. Pas un journaleux qui apprend la veille ce qu'il raconte dans sa chronique du lendemain. Un homme de bibliothèque alors que lui n'est qu'un téléspectateur, assez doué, bon, mais pas plus.

Wandrille ferme son palais à double tour, traverse la Seine en chantant. Elle est jolie, Pénélope. Il pense à elle. Et ça, il n'y peut rien. C'est un élément dont il faut tenir compte dans une rupture.

Il retrouve son ami Marc, encore émoustillé de l'épisode du Ritz. Antiquaire en chambre et au noir, rue de Sèvres, Marc passe ses semaines à Drouot, amasse, revend, photographie et envoie des images sur le Net montrant ses prises à son fichier de clients. Son trois-pièces est une caverne, avec beaucoup de cadres retournés empilés contre les lambris. Le papier au mur date de l'ancien locataire, comme la moquette écossaise à large tartan, un joli fauteuil Louis XVI un peu crevé, des chaises design dépareillées ; la cuisine sert à classer des cartons entiers de photos et de pages découpées dans des catalogues de commissaires-priseurs. Marc ne dîne jamais chez lui et déjeune tous les jours dans le même troquet, en trois quarts d'heure, devant l'hôtel des ventes. Avec ces châssis à l'envers, on peut imaginer qu'il cache des chefs-d'œuvre. Il a un mouvement de prestidigitateur quand il en saisit un et le retourne pour le commenter. Sur ses murs, il accroche ce qu'il garde pour lui. Qu'il finit toujours, pris à la gorge, par fourguer. À chacune de ses visites, Wandrille a cru découvrir un appartement différent.

« Cette odalisque langoureuse ?

— Un dessin de Flandrin, l'élève d'Ingres.

— Pas réussi à le revendre ? Quand la fais-tu passer à la casserole celle-là ? *Ad casserolam !*

— Tu plaisantes ? C'est une copie à la mine de plomb de *La Dormeuse de Naples*, le tableau perdu d'Ingres, la toile mythique, celle que le maître lui-même a cherchée toute sa vie. Celui qui la retrouvera, dans un grenier de Naples ou dans les réserves de la collection Bagenfeld – si tu veux une piste – pourra s'arrêter de bosser. C'était le pendant de la *Grande Odalisque*, celle du Louvre, une Européenne blonde aussi belle que la brune orientale, mêmes dimensions, même style, peintes l'une après l'autre. En attendant, j'ai déjà mis la main sur la copie dessinée par Flandrin.

— C'est ça que tu veux vendre à l'Égyptien ? Il a l'air d'aimer les blondes.

— Mieux, regarde, voici ce que je lui ai trouvé. J'ai fait tirer une grande photo. L'original du truc est au coffre. »

Marc tend à Wandrille un cliché sur papier brillant, qu'il vient de sortir d'une enveloppe en kraft, avec des gestes de chirurgien ou de perceur de coffres dans les vieux films.

« J'ai mis la main sur la dernière scène de la Tapisserie de Bayeux, tu te rends compte. Et je ne te dis pas ce qu'elle représente : la monarchie sapée à la base, illégitime dès 1066. En prime, un détail, qui n'en est pas un, et qui s'applique, avec mille ans d'avance, à la situation un peu scabreuse de nos perdreaux du Ritz. Je t'expliquerai. Une bombe ; c'est pour ça que je l'ai mise en lieu sûr. Il faut que je te raconte comment je suis tombé dessus. Je n'ai pas compris tout de suite ce que c'était ni ce que ça valait. Ensuite, j'ai cherché à qui je pouvais vendre un scoop pareil.

— Tu veux dire, qui pourrait t'en offrir le plus d'argent.

— J'ai éliminé le musée de Bayeux, des pauvres, la reine d'Angleterre, radasse comme pas deux et je crois que si j'avais fait une offre ma vie eût été en danger, tu connais l'élégance des services secrets de Sa Majesté, le permis de tuer... C'est alors que j'ai pensé à cette sympathique famille égyptienne qui cherche à progresser dans le beau monde. »

Ce que Marc montre n'est pas la photographie d'une tapisserie, mais celle d'un dessin. Une « belle feuille », très soignée, bien encadrée dans une bordure dorée à palmettes Empire. On y reconnaît tout de suite le déroulé complet de la *Telle du Conquest*, l'envol des Drakkars. Un hasard objectif.

« C'est drôle, fait Wandrille sans réfléchir, depuis deux mois que j'en entends parler de cette Tapisserie, avec Pénélope. Tu sais que l'autre, comment s'appelle-t-elle déjà, la directrice des Musées de France, l'a nommée là-bas. Un enterrement de première. »

Le visage de Marc se ferme. Wandrille regrette aussitôt ses paroles :

« Péné est conservatrice de la Tapisserie ?

— Adjointe ! Elle avait pourtant bien réussi son concours. Tu veux qu'on aille lui montrer ça, elle te l'achèterait, si l'Égyptien ne marche pas dans la combine.

— Tu plaisantes. Secret d'État. Je ne devrais même pas te montrer cette photo, ou alors il faut que tu promettes que tu ne lui en parleras pas.

— Tu sais une copie XIXe de la Tapisserie, même un dessin bien précis, aquarellé, encadré, ça n'ira pas chercher loin. Tu comptes vraiment faire chanter la couronne anglaise avec ça ?

— C'est une copie, tu as raison, ou pour mieux dire, un relevé exact et complet. Tu comprends ? La seule version intégrale de la Tapisserie, avec les scènes finales. Celles qui manquent à Bayeux.

— Il manque un bout à la Tapisserie ? On trompe le public qui vient en confiance par cars entiers, c'est un comble !

— Suffit, c'est trop dangereux. Avec Pénélope dans ta manche. Je ne peux rien te dire. »

Wandrille a encore la grande photo en main. Balayage laser, regard d'espion, il photographie mentalement la fin : un roi sur son trône. Une architecture de cathédrale stylisée, tracée autour de lui. Inscription *Wilhelmus Coronatus*. Une assemblée de personnages. Des jambes et des pieds mal posés au sol. Le nouveau roi montre du doigt un prêtre reconnaissable à ses ornements et à sa tonsure. Inscription : *Odo*. Marc lui arrache l'image. Le film est fini. La pellicule se déchire. Écran blanc.

« Bon, trêve de plaisanterie, on n'a rien pu faire comme sport au Ritz, avec tes histoires, on va nager ailleurs ? Une bonne piscine municipale sans ragots ? »

Wandrille nage tous les trois jours, comme un imbécile. Tout à l'heure, avec ce bavard, l'arrivée de Diana, impossible de faire ses longueurs en paix. Les

deux grands échalas marchent vers la piscine du marché Saint-Germain – le Ritz est devenu trop voyant,
les journalistes bourdonnent, on ne sait même pas
combien mesure le bassin. Wandrille rumine, il
n'écoute rien des bavardages de Marc.

Comment ce dessin dans un coffre-fort peut-il
être, aujourd'hui, une menace pour la couronne
anglaise ? Quel rapport entre la situation pour le
moins « délicate » des pauvres Diana et Dodi,
traqués à Paris ? Wandrille, pour remettre Marc en
confiance, joue à détourner la conversation :

« Ces photos dans ton entrée, ce sont tes vacances
en Croatie ?

— Oui, l'île de Mljiet, un rêve, tu sais, la seule île
du monde qui ait en son centre un lac sur lequel
flotte une autre île. L'île dans l'île, tu imagines, et au
centre de l'île, un monastère, et au centre du monastère, un cloître, et au centre, un puits, et dans le
puits...

— Quoi ?

— Vous irez, Pénélope et toi.

— Si on est toujours ensemble l'été prochain, tu
sais... Et toi, tu as déjà des projets ?

— J'ai bloqué une semaine pour Bayreuth.

— Bayreuth ? Démodé. Verdurin. Je ne savais pas
que tu étais wagnérien ?

— Je ne le suis plus. J'ai mis tellement longtemps
à avoir les places. »

Ce doux papotage, qui se brisait comme des
vaguelettes sur les rochers croates, dura encore le
temps de descendre l'escalier sentant le chlore et le

balai. Ici, bonnet obligatoire. En deux minutes, Wandrille a tiré en lui-même la bonne conclusion : aller
dès le lendemain à Bayeux, raconter tout à Péné. Ce
sera une occasion de se réconcilier. Si seulement elle
avait eu l'idée de passer à Paris aujourd'hui ! Peut-
être, elle lui manque. Non, demain, c'est dimanche,
impossible d'annuler les parents : virée à Bayeux,
lundi matin, ou lundi soir, ou mardi...

Demain, le 31 août, comme dans la chanson
– « le 31 du mois d'août, et m... pour le roi d'Angleterre, qui nous a déclaré la guerre !!! » Demain, 31
août 1997, il ne se passera rien. Une grande journée
cotonneuse. Son maillot de bain Paul Smith séchera
au-dessus de la baignoire. Bonne journée pour commencer à écrire.

5

Le pont de l'Alma

Bayeux, lundi 1er septembre 1997

Le lundi matin, la princesse fait son fameux sourire d'il y a dix ans, la biche blessée, icône un peu pâlie dans un cadre en bois blanc, derrière un carreau jauni par la fumée des cigarettes. Tailleur rouge à revers noirs, un peu godiche, chapeau rouge à large ruban, trop assorti, démodé tout ça, du Chanel des années Mitterrand. Sous la photo, une date à l'encre noire, déjà virée au marron : « Bayeux, 9 septembre 1987 ». Un souvenir. Depuis vingt-quatre heures, une relique. Dès l'ouverture du café qui vend les journaux, un peu après huit heures, la vague d'émotion qui balaye la planète depuis la veille humidifie Bayeux. Non loin de là, les plages du Débarquement pleurent à chaudes larmes.

« Saintes vaches ! C'est moi qui l'ai prise, la photo de la pauvre Lady Di, quand elle est venue à Bayeux, avec son prince, du temps qu'ils s'entendaient encore. Qui aurait pu imaginer ça ? Tout le monde avait vu leur mariage à la télévision, elle était belle, avec sa longue traîne blanche sur le tapis rouge, mon Dieu ! Et le carrosse qui attendait en bas de l'église ! On avait préparé la visite, tout pavoisé, la ville avait été passée au petit chiffon. Ils avaient d'abord voulu voir Caen, vous savez le tombeau de Guillaume, à Saint-Étienne, l'abbaye aux Hommes. Ici, on le voit toujours comme Guillaume le Conquérant, le duc de Normandie, mais pour eux, c'est leur premier roi. Vous connaissez l'histoire des bombardements ? Pourquoi tous les gens de Caen, en 44, s'étaient réfugiés à Saint-Étienne avec des couvertures et des réchauds à alcool ? Le curé, il s'appelait M. des Hameaux, je m'en souviens, leur avait bien dit, il en savait plus long que les autres. C'est la prophétie : la monarchie tombera en Angleterre quand il ne restera plus rien du duc Guillaume. Et les aviateurs de la RAF ont bombardé Caen, mais épargné l'église, et surtout pas touché à Bayeux. On ne savait pas bien où était la Tapisserie, à l'abri dans un château ultra-secret, ultra-protégé. On l'avait transportée dans une barrique de cidre, qu'on disait, mais on ne savait pas bien où. C'est pour ça qu'on n'a pas eu les bombes ! Bayeux, c'est sacré. On n'y touche pas. La ville est intacte. Charles et Lady Di (elle prononce La Didi) étaient venus voir si tout allait toujours à Caen, faire un peu leur tournée, l'inspection traditionnelle. Puis, crochet par Bayeux, pour la Tapisserie, ils aiment les travaux d'aiguille, vous auriez été là, vous les auriez vus, comme moi je les ai vus. Votre pauvre patronne, Mademoiselle Fulgence, elle était là. J'ai dû en faire des photos ratées pour garder celle-là, et le photo-

graphe du *Ouest*, qui vient toujours ici, m'a dit que
pour lui c'était pareil : avec le chapeau qu'elle avait,
on n'arrivait pas à voir ses yeux, elle baissait tout le
temps la tête ! En tout cas, ça vend toujours bien,
quand elle fait la couverture. Saintes vaches ! Du La
Didi, ça part deux fois plus vite. Surtout ici, on est
envahis par les Anglais, toujours la faute de votre
Tapisserie. Faut pas se plaindre non plus. On va la
voir partout, la Lady Di, maintenant. Vous voulez le
Ouest et *La Renaissance*, Mademoiselle ? C'est vous
qu'ils auraient dû mettre en couverture, après votre
photo de l'autre jour. On m'en a posé des questions ! »

Pénélope paye et part. Elle n'a pas beaucoup
dormi. Une nuit agitée d'éclats de porcelaine. Il pleut
déjà, en plein mois d'août. Ce ne peut être qu'une
courte averse, le temps va s'éclaircir. Elle descend en
courant l'escalier du passage Flachat, qui longe un
des côtés de la cathédrale et aboutit sur la jolie place
où se trouve le musée des Beaux-Arts et de la croûte,
des porcelaines raccommodées et de la dentelle
jaune : le musée Baron-Gérard. La mauvaise humeur
monte : en réalité, c'est un très intéressant musée,
avec de belles œuvres néoclassiques, mais bon, Pénélope suffoque et se rabat sur le journal, le récit complet de la curée mortelle qui a conduit au cercueil
cette pauvre princesse. Voilà qu'elle s'identifie, saintes
vaches !

Elle s'installe sous l'« Arbre de la Liberté », un
platane au tronc géant, planté le 10 Germinal an V
(30 mars 1797). C'est écrit dessous, sur une marche
de pierre. Pénélope a eu la mémoire endommagée
par ses concours, elle retient sans réfléchir toutes les

dates, même celles qui ne servent à rien. Sous l'eau qui frappe les grandes feuilles, il fait beau. C'est Angkor. L'odeur de la terre mouillée monte du mur. Les grosses racines font éclater les pierres. Son téléphone sonne l'*Hymne à la joie*. C'est Wandrille.

« Figure-toi que j'étais avec elle, l'après-midi même. Avant-hier. Sa dernière journée. Au Ritz. Je suis l'un des derniers à l'avoir rencontrée, tu te rends compte ? Ce frimeur de Marc m'avait donné rendez-vous à la piscine. Elle était là. Mince, sublime, des jambes !, en maillot noir. Marc a toujours des affaires louches. Il aurait mieux fait de négocier au bord de l'eau, maintenant, c'est torpillé. Il voulait vendre je ne sais pas quoi à Dodi, des chars Leclerc, des AMX 30 pour prendre Buckingham d'assaut, je n'ai pas le droit de te le dire, j'ai juré, ma grande. On doit être parmi les derniers à l'avoir vue presque à poil. On aurait fait une photo, les millions ! Et toi, Bayeux ? Tu sais que je prépare une descente ? J'ai l'horaire des trains sous le nez.

— Tu veux venir ? J'ai moi aussi, à ta disposition, un presque cadavre. Moins chic. Une vieille fille, ma patronne, tu sais Solange Fulgence, on lui a mis deux balles et je ne suis pas sûre qu'on en voulait à ses charmes. On n'avait pas dû la voir en maillot de bain depuis le 6 juin 44. Les Américains avaient failli rembarquer.

— J'avoue tout, mon cœur, je ne la sentais pas, cette vieille, j'ai payé un type. Comme ça tu es débarrassée. Tu prends la direction de la boîte, tu organises le prochain défilé de Christian Lacroix devant ta

Tapisserie, tu invites le dalaï-lama, tu lances un festival du film d'humour britannique, tu la secoues un peu ta broderie. Ça somnolait avec la mère Fulgence, place à Pénélope. Ne me remercie pas, je l'ai fait parce que c'est toi. Je dois te quitter, tu sais, j'ai ma chronique à tartiner, je te rappelle plus tard. Au fait, il faut que je te parle quand même de ce drôle de truc que m'a montré Marc, une version complète de la Tapisserie, un dessin du XIXe siècle, ça t'intéresse ? Pardon, je suis obligé de te laisser, on m'appelle sur l'autre ligne. »

Si Wandrille veut venir, il y a l'Hôtel Notre-Dame, rue du Bienvenu, ça ne s'invente pas, et il ne sera pas loin non plus de la cathédrale. Rien n'est jamais bien loin de la cathédrale. Un hôtel propret, avenant. Une seule étoile, ça le changera le pauvre chéri. À moins de le loger dans le petit studio de la rue de la Maîtrise. C'est à lui d'en faire la demande. Ils iront tous deux bavarder sous le baobab de la Liberté.

Dans le bureau à moquette de la directrice, silence funèbre. Pénélope ose à peine entrer, elle doit tout de même expédier les affaires courantes. Elle a aussi envie de comprendre. Un coup d'œil à l'agenda directorial de Mlle Fulgence. En évidence, ouvert sur la table de réunion, une sorte de cahier de textes d'école. Pénélope ne pensait pas trouver si vite ; elle lit, stupéfaite. Demain après-midi, programme entouré de rouge :

« Vente aux enchères à Drouot. Salle 6. Assister absolument. *Préempter.* »

Souligné trois fois. Pénélope sort son carnet, recopie, sans oser comprendre ce qu'elle a sous les yeux.

En marge « Accord de la direction des Musées de
France obtenu (commission d'acquisition exception-
nelle du mois d'août). Aucune limite de budget.
Directement sur les crédits du ministère si nécessaire.
Tel direct de la m. : 06 99 31 20 29 ».

Appeler l'hôpital. Préempter quoi ? Le numéro
de portable de la ministre ? À cette bourrique de
Solange ? Pénélope s'est assise dans le fauteuil à
roulettes, plein cuir beige. Elle s'acharne contre le
standard des urgences. On refuse de passer la com-
munication. L'hôpital de Bayeux fait barrage de tous
ses corps. « On ne peut pas joindre Madame Fulgence Solange, elle vient de perdre connaissance.
Vous êtes de la famille ? » Pénélope a raccroché au
nez de l'infirmière-chef. Elle est seule. Il faut prendre
une décision. Si possible, d'abord, comprendre ce
qu'elle doit faire.

Kiosque de la gare, au petit matin. Pénélope, qui
a résisté à l'envie d'appeler Wandrille toute la soirée,
passe devant trente-six sourires de Diana princesse
des cœurs – même en première page de *La Renaissance*. Indigestion de niaiseries, parfait pour cette
petite tête de Wandrille.

Elle achète *La Gazette de l'hôtel Drouot*. Une seule
vente signalée demain en salle 6, c'est l'été, le marché
tourne au ralenti ; la « visite » était ce matin, c'est
raté, il faudra aller directement à la vente sans avoir
vu la camelote. Rien qui concerne le musée dans
le descriptif, sauf le lot 57, « ensemble de den-

telles anciennes et broderies régionales ». Comme le numéro risquait d'être un peu maigre, les éditeurs de la *Gazette* ont détaillé la liste des lots presque au complet pour chacune des ventes, une litanie burlesque. De la coiffe. De la fripe. Du vieux jupon. Du volant ajouré. Crédits illimités pour ça, l'autorisation ministérielle exceptionnelle, une réunion de la commission nationale des acquisitions en plein mois d'août alors que tout Paris est à l'île de Ré ou dans le Luberon ? Non, je rêve, j'en rajoute, c'est encore mon imagination romanesque. En voiture. À nous Paris. J'en viens, j'y retourne. Je vais faire une surprise à Wandrille. Pas de Club le soir, cette fois, il faut être sage, du travail, rien que du travail. Sauf si j'invite la ministre au Club, maintenant que j'ai son numéro, ça la changera, la pauvre, de quoi accélérer mon avancement.

Jamais encore préempté en vente publique. Les petites camarades de l'École du Patrimoine disent que c'est grisant. Le marteau du commissaire-priseur à peine tombé, on se lève et on lance : « Droit de préemption des Musées de France pour le musée de… », tête de l'acquéreur. On achète au prix qu'il voulait payer. On devient la République en personne.

Cette gare est superbe. Le plus beau bâtiment de la ville – Pénélope délire maintenant à voix haute, mais le hall est désert, aucun Bayeusain pour entendre cette ineptie – beaucoup mieux que leur mastodonte de cathédrale.

6

« Les Fils de 1066 »

Bayeux, mardi 2 septembre 1997

« Comme c'est joli Bayeux, on y resterait bien, ce serait si simple. C'est pratique, en cas d'assassinat, les urgences sont en face du musée. »

Wandrille, qui a traversé la gare au pas de charge, découvre la ville avec émerveillement. Tout lui plaît, la couleur de la pierre, les mousses sur les escaliers, la cour du XVIIIe siècle qui permet d'entrer dans le musée de la Tapisserie, l'harmonie du grand porche classique en pierres blanches. C'est tellement plus beau que la place Vendôme. On s'y sent mieux. Les arbres, ça change tout.

Dans son imper, sous le soleil, Pierre Érard se hâte. Les meurtres, les crimes, les assassinats, ce n'est pas vraiment son domaine. Il n'a pas encore fini son enquête sur le meurtre de Prunoy-en-Bessin, le plus sanglant de ces dernières années, il se précipite à la Tapisserie. Le degré d'horreur est moins grand, l'intérêt pour le lecteur, s'il sait s'y prendre, sera supérieur – ce qui touche à la Tapisserie intrigue toujours. Son article est fait, mais il a envie de voir un peu ses concurrents, son collègue de *Ouest France*, dont la plume brillante est bien connue, qui va encore faire monter les ventes avec un bon titre et quelques formules bien frappées.

Pierre Érard a téléphoné à un neveu, interne à l'hôpital, qui a trahi allégrement le peu de secret médical qu'il savait, pour que le papier puisse paraître avant ceux des autres dans *La Renaissance du Bessin*. La tentative d'assassinat de la conservatrice en chef, une rosse bien connue dans la ville, mais qui n'avait aucun ennemi, occupera un bon quart de la première page, à côté du reportage qui rappelle la visite de la princesse Diana dix ans plus tôt. Elles s'étaient déjà croisées en cette occasion.

Si Pierre Érard se lance dans cette affaire, c'est sans doute qu'il a envie de retrouver Pénélope. Elle lui a bien plu, avec son air sage et enthousiaste, et puis, on sent qu'elle cache quelque chose, cette fille. Son regard pétille plus que celui des bonnes laitières historiennes qu'il a croisées à l'université de Caen, quand il faisait des études de lettres pour devenir écrivain. Pénélope, c'est exactement la fille qu'il lui faudrait, qu'il n'aura jamais, une jeune conservatrice dans le vent, drôle, pas coincée, qui joue les archéologues en vacances.

Elle lui a parlé de l'Égypte, sa passion – le voyage que Pierre a toujours voulu faire, un rêve d'enfant. Ce serait si bon de partir avec elle, qu'elle lui serve

de guide dans la Vallée des Rois. Le double coup de
feu tiré sur Solange Fulgence est une aubaine, pas
besoin d'attendre la prochaine expo de photos à la
mairie pour aborder de nouveau, un verre de cidre
municipal à la main, au « coktèle », la jeune Pénélope, espoir des musées de Bayeux. Pierre a délaissé
avec soulagement l'autre affaire dont il est chargé
pour le journal, ce meurtre de Prunoy-en-Bessin. Des
sauvages, on a mis les yeux du cadavre dans un verre
à dents. Jusqu'où ira la barbarie dans nos campagnes ?

Sur le seuil du musée, choc d'imperméables. Wandrille a le sien sous le bras, qui tombe par terre. C'est
l'éternel combat de la France en bleu marine contre
la France en camel. Pierre Érard disparaît dans un
nuage couleur mastic un peu sale, qui sent encore le
chien mouillé et le coffre de voiture.

« Attention ! »

Pierre Érard regarde son adversaire dans les yeux.
Il ne reconnaît aucun des journalistes habituels. Mais
sur la qualité de l'imper marine pas de doute. Les
lunettes, le costume de velours, le stylo qui dépasse
de la poche, un Leica en bandoulière. Un journaliste
un peu plus luxueux que ses confrères habituels. Un
magazine de Paris se serait-il intéressé à l'affaire Fulgence en pleine affaire Diana ?

« Vous venez pour l'attentat ?

— Quel attentat ? La princesse ?

— Solange Fulgence, la conservatrice. »

Wandrille se présente :

« Je suis un ami de Pénélope Breuil, je passais la voir.

— Pierre Érard, grand reporter, de *La Renaissance du Bessin-La Voix du Bocage*. Je connais moi aussi Pénélope, Pénélope Breuil. Je lui ai consacré un portrait, pour son arrivée. J'aimerais bien qu'elle m'en dise plus sur cette histoire de coup de feu. Je ne sais même pas si elle était présente quand c'est arrivé. »

Ils entrent. Une troupe d'enfants d'une dizaine d'années sort sous la conduite de deux accompagnatrices hurlantes, heureuses que ce soit fini. La saison, avec les Américains et les Anglais, touche à sa fin.

Les bureaux sont désertés. Une lumière de sacristie plane sur les couloirs de la conservation. La secrétaire reconnaît Pierre, elle sourit.

« Mlle Breuil vient de partir. On l'a appelée à Paris. Elle n'a pas dit quand elle rentrerait.

— Moi qui voulais lui faire la surprise.

— Je voulais l'interroger sur les circonstances de l'attentat.

— Puisque je vous dis qu'elle est à Paris, messieurs, ça ne sert à rien de l'attendre. »

Pénélope ne répond pas à son portable. Sur les marches, Wandrille sourit à Pierre Érard comme si c'était un vieux copain. Ils descendent ensemble vers le jardin. Une plaque commémorative de la visite porte les noms de Charles et Diana, personne n'y a encore fait porter des fleurs.

« Elle a pris le premier train du matin, et moi qui suis parti dès l'aube pour l'attendre à l'ouverture de son bureau. En ce moment elle arrive à Saint-Lazare. Nos destins se sont croisés, l'éternelle tragédie de ma vie ! »

Wandrille éclate de rire, ce qui le rend sympathique à Pierre :

« Restez à l'attendre. Faites un tour de ville. Posez votre sac dans un bon hôtel, il y a l'Hôtel Notre-Dame, rue du Bienvenu, qui n'est pas trop mal. En attendant, allons déjeuner, le Petit Zinc est assez réputé, cuisine familiale de qualité. On va acheter les journaux place de la cathédrale, la marchande est très au courant de tout ce qui se passe, une de mes meilleures informatrices. »

Le déjeuner confirme la bonne impression que Wandrille se fait, depuis son arrivée, de la capitale normande – non, la capitale, c'est Caen, non, c'est Rouen. La capitale des ducs, au Moyen Âge, c'était Caen. Bayeux, c'est l'évêché. Pierre lui explique tout cela. Le restaurant plaît à Wandrille : belle salle en pierres blanches, avec les inévitables poutres apparentes des agents immobiliers. L'aubergiste a fait du feu. Dans un coin, une télévision montre les images de dimanche matin : un cercueil couvert d'une bannière armoriée sort d'un hôpital. On reconnaît le prince Charles. Il a pu venir à Paris durant la nuit, l'ambassade a employé la procédure d'urgence. Il a été un des premiers à voir le corps.

« Pas facile d'être journaliste ce matin, tout le monde nous hait, on dit que nous avons tué cette pauvre Diana. Est-ce que j'ai la tête d'un paparazzo ? Bayeux, il ne s'y passe jamais rien. Mais bon, le charme de cette ville, c'est aussi ça, nous sommes tous un peu historiens. Il s'en tisse, en réalité, des intrigues ! Qui prennent des années, mais qui, si on les racontait... Des amours, des rivalités, des passions, et depuis toujours, cette petite ville n'est paisible qu'en apparence. Le feu couve sous le givre.

— Vous avez du style. Sous le givre : je trouvais qu'il faisait plutôt beau.

— Ça change vite vous savez, c'est aussi cela, cette région, beaucoup d'imprévu.

— Et des passions vraiment ? Vous, par exemple, votre passion ? »

Pierre Érard se sent obligé de prendre tout son temps pour allumer une cigarette. Sur son briquet en plastique blanc, vogue un drakkar. La serveuse leur apporte des poulardes Vallée d'Auge, sert du cidre.

« J'ai une vraie passion, pas bien flambante, un peu ridicule, pour l'histoire locale, je n'y peux rien. Je suis né ici. La Tapisserie représente beaucoup, c'est notre identité. Il existe même une association, "Les Fils de 1066", qui se réunit chaque 14 octobre, pour l'anniversaire de la bataille d'Hastings. Le 14 octobre se rassemblent ceux dont les ancêtres figurent sur le "Mémorial de Falaise". La liste des compagnons de Guillaume. Leurs noms sont sur une stèle à Falaise, qui se trouvait autrefois dans la chapelle du premier donjon ducal, celui du père de Guillaume le Conquérant, le duc Robert le Magnifique, une belle plaque gravée en 1927. »

Wandrille sent que cette pierre commémorative est importante pour le journaliste :

« C'est une liste qu'on ne trouve que sur cette pierre à Falaise ? Et à la gare ?

— Moquez-vous, ce sont les cheminots morts pendant les dernières guerres.

— Tout aussi respectables à mes yeux.

— Je ne dis pas le contraire.

— Vos "Fils de 1066", c'est comme les vétérans du Débarquement, mais à l'envers et neuf siècles avant ? Ce sont des Anglais ou des Français ?

— Les deux. C'est la différence avec les anciens de 44. Ceux d'Hastings sont tous du même camp. Les Anglais descendent des Normands, ils méprisent ceux qui descendent des Saxons pas encore anglo-saxons, des compagnons d'Harold, le méchant de la Tapisserie, l'adversaire du duc Guillaume.

— Pas de descendants des compagnons d'Harold alors ?

— Pour nous, les Saxons d'Harold ce sont les nazis de l'époque, leurs descendants se retrouvent à Nuremberg. Ils n'ont jamais formé d'amicale, à croire qu'ils se sont tous éteints dans les oubliettes de l'histoire. En 1966, mille ans après, le *Times* a publié une annonce, dans sa page "Carnet mondain", sous la rubrique *In Memoriam* "*Harold of England, killed in action defending his country from the invader, 14th October, 1066*". Personne n'a jamais su qui faisait insérer ces trois lignes, qui ont paru chaque année, depuis, aux environs du 14 octobre… Vous imaginez les descendants des compagnons d'Harold, mettant en déroute nos braves qui ne font que ripailler avec des tripes à la mode de Caen et de la bière viking depuis les années vingt !

— Les années vingt ? On a attendu longtemps pour la créer cette association !

— 1927, on avait fait une grande fête pour les neuf cents ans de la naissance du Conquérant. Toute la ville était décorée dans un joli style néo-viking années folles, j'ai quelques cartes postales qui montrent ça. À l'époque, il y avait des centaines de descendants des compagnons de 1066. Ils dansaient le charleston et le fox-trot le soir au Tennis-Club de Ouistreham.

— Ils sont morts ?

— Pire ! Un historien anglais, un certain Douglas, en pleine guerre, en 1943, a lancé une bombe dans la revue *History*. Un Blitz : il s'est mis en tête d'éplucher la liste, en se limitant aux documents de l'époque. Il n'en reste plus aujourd'hui que vingt-sept absolument attestés, une catastrophe. »

Wandrille, qui imite Pénélope, a sorti un carnet. Pierre Érard connaît par cœur des cascades de noms. Soit ce garçon vient d'écrire un papier sur le sujet, soit c'est sa passion. Il fixe Wandrille :

« On ne sait pas avec quoi était peuplé le champ de bataille : on ne peut plus citer que vingt-sept gars ! Vous savez, aux États-Unis, il existe l'annuaire des descendants des passagers du *Mayflower*, les héritiers des premiers Pèlerins, c'est un peu pareil. C'est chic.

— Je sais, le fin du fin. Et pour beaucoup de snobs de la côte Est on dit : ceux-là, c'était le second ou le dixième voyage du *Mayflower*. Dans le genre, il y a aussi les Cincinnati, les descendants des combattants de la révolution américaine, côté français et côté américain. Les descendants de La Fayette y retrouvent ceux de la grosse Martha Washington. Ils font des galas de charité à périr d'ennui où le président Giscard d'Estaing rêvait de se faire inviter, c'était dans *Le Canard enchaîné*, ça leur a fait une de ces pubs ! Vos descendants de 1066, c'est quel genre ? Du hobereau local ?

— En 1927, ils étaient tous là, les châtelains des environs, avec leurs généalogies truquées et leurs parchemins embellis. Ils étaient d'assez bonne foi, on leur avait donné leurs vrais faux papiers au moins deux siècles plus tôt, ils avaient grandi dans la légende. On y retrouvait les vieux noms de la province, ceux que les généalogistes complaisants du temps de Louis XIV avaient transformés en descendants des compagnons du Bâtard. Le marquis de Clinchamps, les Combray, les Malherbe ; côté anglais : les Montgomery, les Percy, les Arundel, Lord Harcourt, un Lord Contevil, un peu timbré qui se dit issu de la famille d'Odon de Conteville, rien moins, vous vous rendez compte, et je n'oublie pas les descendants d'un certain Guillaume Le Despensier. »

Wandrille, machinalement, note les noms. Il s'arrête sur celui-là :

« Il est connu ?

— Il a fait souche en Angleterre, Le Despensier est devenu Despenser, puis Spencer : la famille Spencer, qui est celle de la princesse Diana, vous suivez ? Elle descendait d'un compagnon de Guillaume plus sûrement que Mr. Charles Mountbatten-Windsor, son dadais de mari que toute l'Angleterre, durant des années, a appelé Plum Pudding.

— De quoi faire une petite chronique. D'autant qu'elle avait gardé son côté dépensier.

— Depuis cet historien anglais, Douglas, je peux vous dire qu'il ne reste plus grand monde sur la vraie liste, et les noms qu'il a retrouvés ne sont pas les bons, tous inconnus : Robert de Vitot, Roger fils de Turold, ou Gérelme de Panilleuse.

— Gérelme, c'est joli, bonne idée de prénom.

— Nous n'avons pas en Normandie de marquis de Panilleuse, ni de Lord Panil-Heuse, ça s'est perdu en route, en dix siècles, que voulez-vous, tout tombe en quenouille.

— En eau de boudin.

— Il y a quelques rescapés : le marquis de Breteuil qui cherche à descendre en ligne directe de Guillaume, fils Osbern, sire de Breteuil, on prête aux riches, mais je crois que c'est un peu flou toutes ces filiations.

— Je n'imaginais pas qu'un drame pareil pût se produire, ironise Wandrille, en vain.

— L'association n'a tenu aucun compte des travaux de Douglas, et continue à se réunir au complet. Leur bible s'intitule le "Falaise Roll", la liste des compagnons, avec une biographie pour chacun, un ouvrage assez rare, j'en ai un exemplaire à la maison.

— Vraiment ?

— L'association regroupe ceux qui peuvent prétendre que leur nom y figure. J'en fais partie. C'est pour ça que je suis aussi bien informé.

— Vous êtes noble, monsieur Érard ?

— Dans les bateaux de Guillaume, on trouvait un peu tout le monde, chevaux, nobles et roturiers. Sur le Mémorial on voit des gens qui s'appellent Malet, Pontchardon, Corbet, Quesnel, Pointel, que sais-je encore, Tesson, Lebreton, Taillebois, vous voyez, prenez l'annuaire de Bayeux, ils sont encore tous ici. On m'a fait entrer à l'association après un gentil reportage que je leur avais consacré, parce qu'il y a un certain Étienne Érard sur le Mémorial. C'est un prétexte pour faire un bon gueuleton une fois par an, et j'apprends toutes les histoires de la région. Ma famille n'a pas bougé du coin, de mémoire d'homme. Si je m'en remets aux simples lois statistiques, je dois bien descendre d'un ou deux bouseux de 1066. Votre téléphone. Répondez, je vous en prie. C'est peut-être... C'est peut-être elle.

« Je te dérange ?

— Je suis avec un de tes admirateurs, figure-toi, le jeune et fringant Pierre Érard, de *La Renaissance du Bessin-La Voix du Bocage*, et nous parlons de toi. Ulysse est à Ithaque et ne t'y trouve pas !

— Tu es venu ? Tu es à Bayeux ? C'est idiot, j'aurais dû t'appeler hier soir pour te dire que je rentrais en urgence à Paris.

— Tu aurais dû m'appeler pour me souhaiter une bonne nuit.

— Ou toi, mufle ! J'ai bien peur de ne pas pouvoir attraper le dernier train. Il faut que je passe à Drouot. Je rentre demain matin, je te ferai visiter la Tapisserie.

— Je t'attendrai. Je suis certain que tu n'y as pas mis les pieds depuis le voyage de ton école en CM2. Avec Pierre Érard, qui est un puits de science et de dates historiques, j'en aurai appris dix fois plus que toi, c'est moi qui te ferai la visite. Tu es à Drouot ?

— Pas encore. Je dois aller préempter de la porcelaine et du napperon, ou je ne sais quoi, enfin, ça
a l'air important pour Solange ; la pauvre, j'exécute
quasiment ses dernières volontés. Ensuite, je vais au
Club sans toi, je veux voir comment se comporte une
petite nouvelle, on m'a dit qu'elle faisait venir un
monde fou depuis une semaine. Ou tu préfères que
j'attende ton retour ? J'ai beaucoup hésité, mais, à
mon avis, avec l'émotion mondiale et la pauvre Diana
dans tous les journaux, on va avoir des clients.

— Fais comme tu veux, à demain. Je te confie le
Club. À moi Bayeux ! »

À peine le téléphone éteint, la secrétaire du musée
fait irruption dans la salle de restaurant. Elle, si aimable tout à l'heure, avec sa robe bleue à petites fleurs
blanches. Wandrille l'avait remarquée, il suffirait
qu'elle se coiffe autrement. Elle ne sourit plus :

« Monsieur Érard, je savais bien que vous seriez
là. J'ai été appelée par la police ; comme vous m'aviez
dit de vous prévenir pour tout ce qui arrivait de
grave, j'ai couru. Ils ont cambriolé la chambre de
Mlle Fulgence à l'hôpital, tout a été mis sens dessus
dessous, les appareils et tout, même le matelas, un
homme qui avait une blouse d'infirmier. Dieu sait ce
qu'il pouvait bien chercher ! On a pris les dossiers
qu'elle avait sur sa table, avec des photos et tout. Il
l'avait allongée par terre, sur le linoléum, elle a dû
souffrir.

— C'est sûr, Pénélope m'a raconté qu'elle aimait
plutôt la moquette.

— Taisez-vous, laissez-la finir. Elle n'est pas...

— Il lui avait débranché la perfusion, poursuit la secrétaire qui n'entend ni Wandrille qui ricane ni Pierre Érard, soucieux et grave. Cette fois, il paraît qu'elle est tombée dans le coma. C'est atroce. Elle va mourir. »

DEUXIÈME PARTIE

La Gifle d'Aelfgyva

« Caroline avait acquis l'art des gifles et la technique des coups de dents, des coups de pied et des coups de griffes. »

Cécil SAINT-LAURENT,
Caroline Chérie.

7

Le tombeau de la reine Mathilde

Bayeux-Paris, mardi 2 septembre 1997

Dans un demi-sommeil, ce matin, la prose de Solange Fulgence flotte au-dessus des passagers du wagon, fantôme drapé d'érudition vague et de pédagogie vaporeuse. Personne, dans la poignée d'égarés réfugiés dans ce train trop matinal, ne cherche à résister au sommeil. Pénélope, sans savoir que le Parisien Wandrille prend, à la même heure, le chemin de Bayeux, a emporté, dans son cartable, – je vais désormais dire « ma vache » pense-t-elle en souriant – en plus de *La Renaissance du Bessin* et d'*Ouest-France*, édition de Bayeux, deux-trois livres, avec le tampon de la documentation du musée. Celui de Wolfgang Grape très complet, celui de Mogens Rud, un archéologue danois. Le livre de Lucien Musset, le meilleur de tous. Trois bons ouvrages, truffés de notes savantes, plus que le guide de Miss Fulgence, qui n'a pas inventé le point de croix. Un petit livre rouge où cette Mao Tsé-Toung de la Tapisserie a même cru bon de donner, en annexe, outre la liste complète des compagnons de Guillaume dont les noms figurent sur le Mémorial de Falaise, le texte intégral du « téléguidage » dont elle est l'auteur et qui la lança dans les milieux des services éducatifs, au cœur des années pop. Les flammes postales de Bayeux portent fièrement : « Tapisserie de Bayeux-Visite téléguidée. » Mogens Rud en reproduit un exemplaire dans son livre, ça avait dû l'amuser.

Les yeux de Pénélope mélangent tout avec les titres du journal de la bonne sœur, deux rangées devant elle, qui va sans doute descendre à Lisieux. La princesse et la Tapisserie. Tout se tisse, se tricote, se démaille – et elle s'endort, elle aussi, une boule dans la gorge, bercée par le mouvement du train.

Pénélope rouvre les yeux, à demi. Elle feuillette le premier livre de sa pile, passe des images au texte sans faire attention. C'est drôle comme les historiens eux-mêmes ont l'air de ne pas y croire, de trouver cette Tapisserie trop belle pour être vraie.

Wolfgang Grape commence par dire : « Nous ne connaissons du haut Moyen Âge aucun autre ouvrage de cette dimension et de cette précision technique », puis : « la figuration minutieuse d'un repas et de ses préparatifs est unique et inconnue dans l'art du Moyen Âge, du moins jusqu'au XIIIᵉ siècle ».

Plus loin, il met en doute certains détails, au point de se demander si la Tapisserie est « récit ou fiction » : les architectures sont toutes « irréelles », « il n'est pas certain que ce type de haubert à pantalon de cotte de mailles ait existé » – du moins pas avant

Courrèges, pense Pénélope les yeux perdus dans les haies du bocage.

Quelques lignes plus loin, de pire en pire, pour la bataille, Grape poursuit : « Ce type de représentation constitue une nouveauté dans l'art médiéval et ne connaîtra aucun équivalent dans les siècles suivants. »

Les yeux de Pénélope glissent sur la page, comme si l'auteur du livre lui susurrait avec un sourire incrédule : « Aucune œuvre de la fin de l'Antiquité, aucun sarcophage couvert de représentations guerrières ne se rapproche des scènes de la Tapisserie ; les cavaliers et leurs chevaux ne sont jamais représentés sous un jour aussi spectaculaire dans l'art romain. »

Pénélope est tellement frappée par ces phrases qu'elle les recopie dans son calepin : « Par quel miracle les boucliers pouvaient-ils faire face à la pression des vents et des vagues en haute mer ? » Il y en avait des pages entières. Elle note le plus étonnant.

On sent bien que si on avait révélé à l'excellent historien que la Tapisserie avait été fabriquée sous Napoléon, il se serait senti soulagé. La Tapisserie apparaît, aux yeux de l'histoire de l'art, comme une incompréhensible, imprévisible et terrifiante anomalie. Tellement vue et revue que ce caractère étrange, anormal, est devenu invisible.

Pénélope rêve, prend du recul pour regarder le chef-d'œuvre comme si elle l'avait découvert, comme si la Tapisserie venait de surgir du néant. Elle la voit avec ses yeux d'archéologue. Elle doute. Son attention est retenue par un paragraphe intitulé « Visages de profil », qu'elle commence à lire en égyptologue : « Une autre innovation [...] consiste à recourir massivement à la représentation de profil des visages, ce qui a là aussi pour effet d'accélérer le cours du récit. [...] Le profil est la norme dans les cycles les plus longs de l'enluminure anglo-normande datant du début du XIIe siècle, le psautier d'Albani, la vie de saint Edmond ou un livre illustré du Nouveau Testament. Ce recours intense à la figuration de profil ne trouve son origine que dans une seule œuvre : la Tapisserie. » Était-elle donc si connue, aux XIe et XIIe siècles, cette broderie sans précédent ni équivalent qui ornait la cathédrale normande ?

Pénélope n'avait jamais vraiment pensé à cela : qui avait vu la Tapisserie à la fin du XIe siècle ? D'autres images surgissent, elle entre dans la Vallée des Reines. Elle reconnaît le profil de Nofretari, la femme de Ramsès II, elle caresse du regard ses bras bronzés, ses bracelets. Elle suit la courbe du dessin, la silhouette de la reine d'Égypte. Un sursaut. Le train est à Caen.

« Deux minutes d'arrêt, buffet gastronomique, prochain arrêt Lisieux, correspondance pour Trouville-Deauville. » Un visage de profil, avec des yeux de face, un corps de face, des jambes de profil. Les voyageurs défilent comme les Normands de la bataille. Par la fenêtre, impossible de voir les tours de l'abbaye aux Hommes, trop éloignées du côté de la ville, l'église qui abrite la tombe de Guillaume. À l'abbaye aux Dames, c'est la tombe de Mathilde, la cousine du Conquérant, reine d'Angleterre, duchesse de Normandie et fille du comte de Flandre. Pour lui donner le droit d'épouser son cousin, le pape, ou son représentant normand, avait exigé l'édification de ces deux abbayes, les plus belles de Normandie. Il y a vingt ans, on a soulevé la dalle de marbre noir de

Tournai qui recouvre le tombeau de la Flamande, pour y trouver les restes d'un corps de jeune fille, très petite, aussi délicate et charmante que Nofretari.

Pénélope vole au-dessus de la ville de Caen et de ses clochers. Elle continue à somnoler en regardant quelques photos dans ses livres. Elle est presque seule dans ce wagon, il se remplira peut-être à l'arrêt d'Évreux. Beaucoup d'habitants d'Évreux travaillent à Paris. Comme la vie doit être quotidienne ! Au moins elle, elle n'est ni riche ni heureuse – eux non plus sans doute, encore que... – elle s'amuse. Elle aime l'imprévu, l'instant qui la transforme en héroïne de roman. Une héroïne qui sombre à nouveau, avec délices, dans les vaguelettes du premier sommeil. Les séquences de la Tapisserie se dessinent – et des brumes de la mer, elle croit voir venir des navires, des coques composées de larges planches de bois qui débordent les unes sur les autres, voûtes d'églises renversées et lancées sur les vagues.

La beauté des scènes ne lui était jamais apparue : elle imagine ces couleurs quand elles étaient fraîches, ces bouquets orange et bleu, ces jaunes à côté de ces rouges, ces traits obliques qui rythment le récit, donnent à chaque séquence son équilibre et sa justesse. L'écume de la mer sur le bois, le bruit du ressac. Des couleurs pures, juxtaposées, pas de nuances, pas de modelé, un dessin net et clair. Personne ne dit à quel point une chose aussi connue peut être belle. Il suffit de la regarder comme si c'était la première fois.

Dans la Tapisserie aussi, une scène, la plus étrange, se passe en rêve. Le roi Harold s'est assis sur le trône d'Angleterre, on voit que c'est la nuit parce que, dans le ciel, passe une comète qui le menace. Mogens Rud,

l'historien du Nord, écrit : « l'étoile à la longue che-
velure ». Et sous l'image, une flotte de navires, sans
mâts, sans armes, sans marins, comme des nuages,
part à la rencontre de ses angoisses. Harold tremble.
Il voit déjà se ruer vers lui les vaisseaux tout armés
du Bâtard.

8

Les bottes rouges de Pénélope

Bayeux-Paris (suite du voyage),
mardi 2 septembre 1997

Bernay. Le wagon est pris d'assaut par des vestes
Barbour matelassées et des lodens râpés. Les antiquaires de Bernay, les châtelains fauchés des environs,
se parlent, se reconnaissent. Pénélope doit remettre
ses livres dans son cartable. Un jeune homme vert
vient de s'asseoir à côté d'elle : veste verte, velours
côtelé vert, chaussettes vertes, il ne s'excuse pas, ne
demande pas si la place est libre, il a acheté deux
torchons, *Diana le rêve brisé* et *Diana : était-elle
enceinte ? La terrible hypothèse.*

Ce qui ennuie Péné, ce n'est pas tant ce premier
poste que de perdre pied. Elle sait ce que valent les
histoires d'amour à distance. On commence par faire
semblant, six mois, on s'appelle deux fois par jour
et les retrouvailles sont flamboyantes. Puis, dans
l'année, d'autres rencontres – Wandrille trouvera une
mondaine idiote, elle rencontrera un charcutier de la
place Saint-Patrice, un jeune élégant de Bernay – et

l'inévitable rupture. Elle tient à Wandrille. Quand elle pense à ses amies, ces savantes conservatrices de sa « promotion », qui peuvent-elles rencontrer ? Un chartiste archiviste mordu de poussière, un étudiant lettreux en chaussettes blanches, au mieux un musicien, un jeune prêtre ou un médecin veuf ou divorcé un peu plus âgé.

Avec Wandrille, elle les mouche toutes : il est beau, l'emmène le vendredi soir chez Maxim's, comme dans les romans de Drieu la Rochelle, le samedi après-midi au bar du Ritz ou à la mosquée de Paris boire un thé à la menthe. Elle n'a aucune envie de lui parler de son métier, de l'entraîner au Louvre et aux expositions. Avec lui, elle vit dans un monde auquel aucune de ses amies n'aura jamais accès. Ensemble, ils ont leur Club où ils organisent les soirées les plus incroyables, celles qui font communiquer les âmes avec les champs de l'au-delà, Nofretari et Mathilde de Flandre. Si elle le perd, elle se laissera couler, pour une longue vie dont le seul but sera de pouvoir un jour prendre une retraite de conservateur général, ensevelie sous les publications et les catalogues. Une vie qu'elle s'est battue pour avoir, et qui ne lui suffit pas.

Une seule vie, pour Pénélope, allons bon : elle aime les motifs du tissu et ce qu'ils donnent à l'envers. Les deux côtés de la Tapisserie. Les personnages que l'on voit et, de l'autre côté, les dessins incompréhensibles formés par les bouts de laine qui se croisent et se mélangent. Elle a besoin des deux.

Le voyage scolaire en Normandie, il avait fallu deux mois d'exposés et de panneaux en carton au fond de la classe pour le préparer. Pénélope était une petite fille. C'est là qu'elle a vu pour la première fois le schéma du point de Bayeux. Curieux mécanisme de la mémoire : cela fait plus de dix ou quinze ans que cette image était quelque part dans son cerveau et qu'elle n'avait jamais rien fait pour la convoquer. Et là, d'elle-même, elle ressort d'un tiroir, avec à-propos. Proustien. De ce voyage, il ne lui reste que des bribes. Elle ne voit pas l'arrivée à Bayeux, la descente du car. Elle se souvient de ses bottes rouges, des bottes que sa mère lui avait achetées en solde et dont tout le monde se moquait.

« T'as récupéré les après-skis du Père Noël ? Pénélope est une ordure. Regardez la Mère Noël. » Elle entend sa mère : « Ton institutrice a dit que tu lui avais fait une belle frayeur. Tu n'étais pas restée avec le groupe. »

Elle s'était cachée dans un lieu obscur, difficile de se souvenir. Des grilles de prison, un soupirail peut-être, et sa première rencontre avec la peur.

Seule dans une caverne, avec ses bottes ridicules, au moins là, personne ne les verrait, personne ne ferait plus attention à elle. Puis les cris du groupe qui la cherche. Elle se blottit derrière des pierres. Impossible de se souvenir de la fin. Comment passe-t-on de la cathédrale immense à cette grotte obscure ? Une seule autre fois, Pénélope a revu avec netteté ce souvenir du voyage scolaire à Bayeux.

Lors de son premier voyage en Égypte, au centre de la Grande Pyramide, dans la chambre funéraire de Chéops, devant le sarcophage vide. En touchant la pierre : cette matière rugueuse dans l'obscurité, cette émotion. Elle avait vu, en un éclair, le bout en caoutchouc de ses bottes de petite fille, et entendu la voix du guide qui lui demandait de ne pas trop traîner parce qu'elle avait pris un peu de retard sur la troupe. Cette voix, écho familier de son enfance, la première fois où elle avait connu l'angoisse, qui était aussi la première fois où elle avait senti qu'elle aimait la solitude. Que le monde extérieur cesse d'exister, qu'on la laisse, puisqu'elle n'intéresse personne et que tout le monde se moque de ses bottes neuves. Encore aujourd'hui, Pénélope hésite à se remémorer l'incident, fait un léger détour dans son cerveau, en se mentant à elle-même. Elle a mal, à la fois d'entendre la voix de l'institutrice, les rires des autres, elle retrouve son envie de se cacher, d'être seule et d'avoir peur.

Quand on lui a proposé Bayeux, elle y a pensé, une fraction de seconde. Mais cela n'a pas grand sens, une jeune fille adulte ne refuse pas un poste à cause d'une anxiété d'enfant.

Les habitués se lèvent. Une dame dit à sa fille : « C'est Pont-Cardinet, mets ton cache-nez. »

Wandrille n'attend pas à la gare. Comment peut-elle se laisser avoir par cette brute, elle la chétive Pénélope, sérieuse, aimante, aimable, presque pas névrosée, l'aimer lui, le minable, le mondain, le médiocre, le médisant, le méprisable, le méprisant, le moche, qui se croit irrésistible, qui pense connaître le monde entier, être l'arbitre des élégances, le prince des gourmets, l'Apollon du Belvédère, lui qui n'a pas lu un livre depuis dix ans, et encore, c'était au lycée parce que c'était au programme du bac ? Pauvre type, il aurait pu, quand même, appeler pour savoir quand arrivait le train. Encore heureux qu'elle voyage sans bagages. Juste son cartable, avec les livres.

La gare Saint-Lazare ne ressemble pas au tableau de Claude Monet qui se trouvait dans les quatre documents tirés au sort qu'elle avait eu à commenter à l'oral. La haute nef de verre pour absorber la fumée des trains. Pour une gare aussi, on dit : une nef. Pénélope a envie d'être chez elle, dans sa chambre, celle qui n'existe plus. Elle a dû rendre son petit studio de la rue Servandoni, pour s'installer à Bayeux, jouer le jeu. Où est-elle chez elle à Paris ? Chez Wandrille ? Certainement pas. Au Louvre, peut-être, dans certaines salles où elle est si souvent allée qu'elle les connaît par cœur, à toutes les heures de la journée. Mais on n'est pas chez soi au musée, il faut pouvoir y vivre la nuit. Elle revoit, en une seconde, le visage de ces deux femmes qui sont venues ensemble au Club la dernière fois. Celle qui avait l'air si triste et son amie, brisée, et leurs visages à la sortie, les quelques mots qu'elles ont adressés à Wandrille. Cette idée du Club, c'est un peu l'Armée du Salut des âmes, l'Assistance publique, ils devraient demander une subvention à la Mairie de Paris. Un endroit où elle se sent chez elle parce qu'il est hors du temps, en marge de l'histoire. Un lieu d'échanges. Pourquoi ne pas y retourner, ce soir, après Drouot ?

9

Drôle de trame

Paris, mardi 2 septembre 1997

« Avant-dernier lot, divers morceaux de tapisseries au point de croix, dentelles anciennes de Malines et de Bruxelles, l'ensemble pouvant composer un joli patchwork, trois copies de scènes de la Tapisserie de Bayeux sans doute assez récentes au vu des couleurs, plutôt belles si on les transforme en abat-jour, je mets le tout à cinq cents francs. Rien n'est mité. Vous vous souvenez de *Drôle de drame* ? L'évêque et son cousin, comme c'est bizarre, le tueur de bouchers, la serre aux nénuphars. Vous avez en tête l'abat-jour avec des détails de la fameuse Tapisserie, c'était à la mode à l'époque. Nous vous offrons ici une chance unique de vous approprier ce grand moment de cinéma. Pour ces drôles de trames, y a-t-il preneur ? »

La salle ne réagit pas. Elle est presque vide d'ailleurs, comme tout Drouot en cette saison, même les marchands de ferraille en mocassins de crocodile sont en vacances. Pénélope s'est assise au fond. Elle attend que les enchères montent. Elle pense qu'elle n'arrivera pas à ouvrir la bouche au moment où ce sera à son tour de parler.

Le commissaire-priseur, maître Vernochet, bonimente. Un modèle du genre, blazer bleu à boutons dorés, comme il y a dix ans, pochette criarde, cravate club. Il est assisté comme il se doit d'un jeune homme blond à mèche, en costume clair, le style fils de marchand de biens de Touraine qui n'a jamais pu faire trop d'études et que l'on a placé là, « par relations ». Le commissaire-priseur le couve du regard avec tendresse, sans doute se revoit-il au même âge. Il doit se dire qu'avec la fortune du père et le château fort de la mère, il lui vendra chèrement sa charge.

La vente roule. Péné attend le moment où elle va faire éclater l'orage. Le jeune commissionnaire, en dévoilant le contenu de la « bannette » devant les enchérisseurs assis au premier rang, plisse le front pour se donner l'air un peu intelligent. Futur expert, pense Pénélope perfide. Il doit faire des ravages dans les rallyes pour oies blanches, celui-là. En attendant qu'à la plus grande surprise de la patrouille des jeannettes avisées, qui s'étonnera de ne plus avoir de nouvelles du jour au lendemain, un vieux papa gâteau ou une Américaine embijoutée qui aura l'âge d'être sa mère ne l'installe dans un palais de Marrakech. Pénélope en a connu des dizaines, sur ce modèle, à l'École du Louvre, elles en riaient avec son amie Léopoldine – ils ne les regardaient pas ; ils ont tous raté le concours, qu'elles ont réussi.

Le difficile, pour ces petits messieurs, c'est la réinsertion, la sortie de cage dorée, quand le protecteur ou la vieille rapace croqueuse de diamants, sentant leur fin prochaine, en trouvent un plus frais. Retour

aux chambres de bonnes. Papa, le vrai, le gros maqui-
gnon, ne veut plus signer de chèques et paraît plus
tonique et sportif que jamais, tandis que le château
fort maternel commence à avoir besoin d'entretien.
Et il faut, avec le maigre bagage de ses yeux bleus
sans étincelle, faire face aux réalités de la vie.

L'enchère progresse par cinquante francs, du
menu fretin. C'est lent. Pénélope tient son sac à main
sur ses genoux comme une bombe artisanale.

Elle retrouve de temps à autre un de ces survivants
des amphis d'histoire de l'art. Elle tombe sur lui, derrière un agenda vide, potichisé dans une galerie, trop
bronzé en institut, devant des appliques Louis XV
trop dorées pour être honnêtes, attendant le client qui
ne vient guère. Ou, le degré du dessous, installé en
Joconde sur un stand aux Puces, guettant l'Américaine. Pour eux, une jeune conservatrice, c'est un
gibier de choix, la perspective de refiler une statuette
néo-médiévale de quelque obscur Théodore Gechter
à un musée de troisième zone. Elle fait celle qui ne
reconnaît pas, passe, au bras de Wandrille, cent fois
plus élégant, plus branché et plutôt vif d'esprit. Ne
pétille pas qui veut.

L'enchère monte. Plus de dix mille francs, cela
devient cher pour des abat-jour et des coussins à
monter soi-même. Pénélope s'enfonce dans sa chaise
pliante, devient invisible. Qui pousse ainsi la cote ?
Elle a beau regarder, elle ne voit qu'un homme en
imperméable, au troisième rang, qui fait un geste de
la main dès que le commissaire-priseur donne un
chiffre. Pas de second enchérisseur. Seule hypothèse :

le commissaire-priseur a reçu un ordre, la veille, avec un prix. Ou il veut acheter pour lui, c'est interdit sur le papier, mais ça se fait semble-t-il. Jusqu'où est-il capable de suivre ?

« Je vois que la dentelle ancienne et la tapisserie vous plaisent. C'est la mode, vous avez raison, ça donne tout de suite beaucoup d'allure à un vieux fauteuil. Oui, j'ai preneur à douze mille. Qui dit mieux ? »

L'assistance commence à chuchoter. Des têtes nouvelles dans l'embrasure de la porte. L'enchère grimpe avec régularité, comme si le commissaire-priseur voulait ne pas attirer l'attention. Le prix passe les vingt mille francs. Invraisemblable. On murmure : « Encore une erreur d'expertise, comme d'habitude. Il n'a pas dû voir ce que c'était, et ce n'est pas son assistant qui aura pu l'aider, vous le connaissez le petit Sébastien, pas méchant, mais bon, il en a fait des heureux en attendant celui-là, c'est déjà ça. » « Vous les aviez regardées ces vieilles dentelles ? Quel est l'intérêt ? Sur des robes de haute couture, il paraît que ça va revenir, les dentelles. Ou alors c'est quelqu'un qui veut récupérer le voile de famille de sa grand-mère pour marier sa fille aînée ? – Oh vous savez, les dentelles de famille, ça s'achète cher, au prix de l'heure. – De la dentelle ancienne, bien jaunasse, avec une robe coquille d'œuf, ça pose une mariée, toujours facile de dire que ces toiles d'araignée datent de la trisaïeule. – Silence, on a passé trente mille, c'est du délire. »

Le marteau tombe. Trente-cinq mille francs. Pour l'homme à l'imperméable. Pénélope se lève, sa voix tremble. C'est son premier « coup », et elle ne sait pas ce qu'elle fait. Elle obéit à un ordre donné par sa hiérarchie, un point c'est tout, pas de réflexion.

En automate, elle s'entend dire, comme si c'était son destin qui se nouait :

« Droit de préemption des Musées de France pour le musée de la Tapisserie de Bayeux. »

Dans ces cas-là, le commissaire-priseur s'interdit de commenter, et fait taire d'un geste les murmures de la salle. Il passe au lot suivant. Pénélope se lève. Elle s'était assise en bout de rangée. Elle va effectuer le paiement tout de suite, sur les fonds d'acquisition du Centre Guillaume-le-Conquérant.

Elle pourrait attendre, laisser « son » lot à l'étude, mais elle a envie de voir ce qu'elle vient d'acheter, d'emporter le mystère avec elle.

Elle va s'installer dans un café et examiner tout. La secrétaire qui prend son chèque n'a pas l'air de s'émouvoir. C'est Pénélope qui a la curieuse impression d'être une voleuse ; c'est bien la première fois qu'elle achète quelque chose aussi cher avec l'argent des autres.

10

La Gifle

Pénélope repart avec un gros carton dans les bras. Elle chantonne : « C'est Pont-Cardinet, mets ton cache-nez. » Cap sur le premier café venu ; non, pas ceux qui sont en face de Drouot, remplis de marchands qui viennent fureter, plutôt l'anonymat des grands boulevards. Elle remonte la rue Drouot, dans la direction du métro. Après, elle prendra un taxi, par sécurité. Ne pas faire comme le jour où elle a acheté sa chaîne et où elle a dû, avec Léopoldine, traverser Paris en bus avec les énormes cartons qui trouaient les sacs.

Elle se sent un peu bête, seule dans la rue, reine de tragédie sans suite et sans escorte, avec ce paquet entre les mains. Sa gorge se serre. Elle n'a pas le temps de se dire qu'elle a été stupide d'emporter tout avec elle. Elle n'a pas le temps de presser le pas et de se battre contre ses pressentiments.

Elle ne voit pas l'homme qui est au coin de la rue. Il se dresse déjà devant elle. En un instant, elle fixe son visage, son trench, ses chaussures. Il la gifle. Il lui arrache le paquet. Part en courant. Premier réflexe : quel goujat ! Second réflexe, à pleurer : un ongle cassé ! Quelle cruche. Il est trop tard, on ne l'aperçoit plus, il est parti en courant vers les boulevards. Enfin, la douleur.

Plus qu'une gifle, pas tout à fait un coup de poing, assez pour que Pénélope se retrouve en bas du trottoir. Elle s'assied. Personne ne s'arrête, personne ne semble avoir vu, personne n'a cherché à rattraper l'homme. Elle ne crie pas. Nul ne se préoccupe d'une jeune femme assise par terre. Elle se recroqueville dans la posture d'une statue-cube de l'Égypte ancienne, un bloc de basalte, les bras autour des genoux.

Une prostration de dix secondes. L'angoisse, d'un coup, la galvanise. Elle court vite, quand elle veut, pas très longtemps. Elle se lance, rien à perdre. Sur les boulevards, elle croit le voir un peu plus loin, après le métro. Elle bondit, écarte les passants. Elle devrait crier, comme dans les films, « Au voleur » ou quelque chose de ce genre. Aucun son ne sort. Elle trébuche, c'est l'échec, il a filé. Ce n'était peut-être pas lui. Elle s'en veut d'avoir perdu du temps. D'avoir réfléchi.

Pénélope ne peut plus bouger. Les bottes rouges, ridicules. Elle les revoit encore. Elle aimerait se blottir dans le silence de la cave, le silence de ce souvenir d'enfance qui revient sans cesse la hanter depuis qu'elle est à Bayeux. Elle s'en veut. Elle a peur.

Dans les jours qui suivront, Péné cherchera à se souvenir du visage de l'homme, en vain, elle ne retiendra qu'une expression de brutalité, un type quelconque aux yeux ridés, assez grand, la cinquantaine, impossible de se souvenir de la couleur de ses yeux ou de ses cheveux. Si elle le revoyait, elle pourrait peut-être le reconnaître. L'enchérisseur de la vente ? Peut-être. Ni le commissaire-priseur, ni le jeune homme aux yeux vides. L'enchérisseur en imperméable, pendant la vente, elle ne l'a vu que de dos.

Elle ne se souvient pas qu'on ait jamais porté la main sur elle. Ses parents ne l'ont jamais frappée, ni même menacée d'une fessée. Personne ne l'a giflée, elle n'a giflé personne. C'est la surprise, pas la douleur, qui lui a fait lâcher le carton auquel elle se cramponnait. Elle s'en veut. Elle aurait dû mordre, hurler, lui griffer le visage. Pénélope se sent une petite fille blessée qui, seule dans la foule des boulevards en cette fin d'après-midi, dérive à chaudes larmes.

« Au secours, Wandrille, on s'attaque à moi. »

Au téléphone, elle tremble et ne s'arrête pas de pleurer. Elle reste debout, dans la rue, sans un geste. Elle décrit, quand même, pour le plaisir, le commissaire-priseur un peu louche et son bon à rien de protégé. Elle raconte qu'elle est allée déposer une plainte au commissariat, on l'a écoutée avec politesse. C'est si courant, ces agressions sur les boulevards.

Wandrille ne rit pas. Il est sérieux au bout de la ligne. Encore une première fois, ou presque. Elle l'écoute. Elle attend quelque chose de ce garçon avec lequel elle forme, tout de même, elle a horreur du mot, un « couple », depuis trois ans. Et il la réconforte. Il est, Pénélope n'en est pas trop surprise, à la hauteur. Elle peut se confier. Elle lui demande ce qu'elle doit faire. Il propose de venir. Elle reprend un peu le dessus, trouve l'énergie de lui dire que ce n'est pas la peine. Elle n'est plus en danger.

Ce n'est pas à elle que cet homme en voulait, juste à ces quelques morceaux de toile. Il sera toujours temps d'éclaircir ce mystère, de comprendre s'il y a un lien avec la tentative d'assassinat perpétrée contre la vieille Fulgence. Elle se calme, se détend, recommence à marcher, vers la station de taxis.

« Écoute-moi bien. Il y a du neuf à Bayeux. Ta secrétaire, qui par parenthèse informe ton cher Monsieur Érard d'absolument tout, il doit même la payer si ça se trouve, est arrivée comme une Furie antique, les cheveux en bataille, le badge soulevé par la colère et la terreur, dans la salle du Petit Zinc où nous finissions de déjeuner. La chambre d'hôpital de Solange Fulgence vient d'être visitée. On l'a un peu secouée je crois, mais elle est en vie. La chambre a été passée au peigne fin. Celui qui a fait ça cherchait quelque chose. Je vais aller me renseigner, je te dirai tout.

— Tu crois que celui qui m'a assaillie...

— ... ne pouvait pas être le même, c'est tout ce dont je suis sûr.

— Je vais rentrer à Bayeux, il le faut.

— Pour le moment, tu es mieux à Paris, et puis, il faut que tu retrouves un peu tes esprits. Couche-toi et viens me raconter tout ça demain. Tu as les clefs de mon appartement, fais comme chez toi, d'ailleurs tu es chez toi, il y a des draps propres, fais-toi couler un bain, mets un disque de tango. Imagine que pendant ce temps, je suis installé comme un pape à l'Hôtel Notre-Dame, je vois la cathédrale de ma fenêtre, le soleil commence à tomber et la lumière est vraiment belle. Je sens que je vais aimer ta jolie ville. Tu as une équipe très agréable, tout le monde se connaît, c'est une petite famille chaleureuse cette maison de la Tapisserie, tous blottis autour du téléguidage en onze langues. Quand tout ira mieux, tu me feras le plaisir de les réunir, pour un cidre de bienvenue, pour les remercier de s'être tous souciés de Solange. Je crois que tu l'avais jugée trop vite, elle est adulée, très respectée. Elle a modernisé le musée et donné du travail à cette savante troupe. J'ai testé toutes les pâtisseries. Je prépare un guide comparatif, *Les Pâtisseries de Bayeux*. Je compte te le dédier. Tu crois que tu pourrais me pistonner pour que l'on puisse le vendre à la boutique du musée ? J'en ai parlé aussi avec la dame qui tient le tabac-journaux de la cathédrale. Saintes vaches, elle est emballée ! »

11

Pénélope retrouve Wandrille

Bayeux, mercredi 3 septembre 1997

Pour sa première visite à la Tapisserie, la jeune directrice a révisé. Dans le train de retour, elle a lu – et moins somnolé qu'à l'aller. Pour achever de se calmer et pour s'éclaircir les idées, se donner l'illusion qu'elle continue sa vie d'autrefois, ses révisions pour le concours. Se masquer un peu que la vraie vie semble avoir commencé – moins facile à réussir que des écrits suivis par des oraux.

Wandrille critique sans pitié la muséographie des premières salles, le chef-d'œuvre des intuitions pédagogiques de l'immense Solange Fulgence. Cela s'appelle maintenant, explique Pénélope, un « espace d'interprétation », la grande mode dans les musées, il faut reconnaître que c'est assez bien fait, et utile. Une annonce en trois langues avertit les plus demeurés que ce qu'ils vont voir dans ces salles n'est pas la Tapisserie. Ceux qui souhaitent la voir doivent suivre la flèche rouge, pour ceux qui vraiment n'en

auraient aucune envie, les flèches bleues les condui-
ront à la salle de cinéma.

« Tu crois qu'il se passe des choses louches dans
la salle de projo, ça se pelote dans les groupes sco-
laires, dis ? On va tout voir ? Et la boutique ?

— Imbécile, la boutique, figure-toi, est un modèle
du genre, très bien fournie, très bien tenue, avec les
meilleurs livres et des objets de fort bon goût, je te
préviens, pas d'ironie déplacée. Suis-moi, je crois
qu'il y a d'abord quelques salles pédagogiques…

— Pas ce mot-là, je sors ma mitrailleuse. Encore
un coup de ces nullasses d'institutrices qui mènent
le monde. Elles ne peuvent pas voir un chef-d'œuvre,
se laisser aller à l'émotion, il faut qu'elles expliquent,
qu'elles rendent tout cucul. On va vous raconter avec
des mots tout simples, laisser l'enfant aller à la découverte, vous montrer un spectacle audiovisuel, vous
donner des consoles Internet, des audioguides, des
télécrans magiques, des bornes interactives, pauvres
vieilles ringardes. Sales pionnes. On est venu voir la
Tapisserie de Bayeux, pas ces salles hideuses pour
groupes de semi-débilisés. Regarde, des mannequins
en cire, incroyablement nuls, avec un moine de
camembert qui fait les gros yeux, des maquettes, une
photo de Charles et Diana ! dans le musée !

— Oui, regarde mieux la vitrine, c'est le fac-similé
du livre le plus vénérable d'Angleterre, le *Domesday
Book*, le registre des possessions données par Guillaume à ses compagnons dans l'Angleterre conquise.
Offert par le prince de Galles lors de sa visite au
musée, avec Diana, s'il te plaît, en 1987, gentille
attention, alors on a mis ici la photographie de la
visite. J'approuve la collègue qui a fait cela. Ces salles

d'initiation, c'est très utile. Tu as une conception élitiste des musées, mon pauvre Wandrille. Pour ceux qui ne connaissent que les magazines avec Diana en couverture, voici un accès immédiat à la Tapisserie, l'idée que ce monument est toujours vivant, qu'il parle leur langue. Et je ne sais pas ce que tu as contre les institutrices ; d'abord je ne vois pas pourquoi tu mets tout de suite le mot au féminin. Tu n'aurais pas été nul en classe quand tu étais petit, toi, par hasard ? ça n'est pas joli de se venger. Je voudrais te voir face à une classe de cours préparatoire en banlieue, ou ici, dans un chef-lieu de canton des environs, même dans ton quartier, à Paris, tu ferais moins le fier. Elles sont héroïques, les "institutrices", comme tu dis, pauvre tache, et elles sont très bien faites, ces salles, mes salles pédagogiques !

— Bon, si tu veux, je vais faire un effort pour entrer dans le moule pédagogique. Regarde Diana, comme elle était belle ! Pour moi qui l'ai vue quelques heures avant…

— Crie moins fort, tu vas provoquer un attroupement.

— Jalouse. Et cette Tapisserie, on a encore quinze salles à traverser ou on va la voir directement ? Viens, suivons les flèches rouges. Ou préfères-tu que nous ressortions, on pourrait commencer par la cathédrale ?

— La cathédrale, plus tard, ça me fera plaisir de la voir avec toi, mais il faut que nous prenions notre temps. Je veux revoir des choses là-bas…

— Là-bas ! tu exagères, ce n'est pas l'autre monde, c'est juste à côté. Ta sécurité est menacée, je ne te quitte plus. Ils ont flingué Solange, ou peu s'en faut, moi vivant, ces salopards ne t'auront pas.

— Tu es toujours en contact avec Pierre Érard ?

— C'est "mon agent à Bayeux", en attendant qu'on le mute à La Havane. Je l'ai chargé de te surveiller, comme il est amoureux de toi il fera ça très bien, il est intéressé aux bénéfices. Je veux comprendre qui a tiré sur Solange, et qui est revenu lui débrancher tous ses appareils, la malheureuse. Un ennemi des vieilleries, de mèche avec celui qui t'a débarrassée de tes achats. Qui peut s'acharner sur cette toile vieille de mille ans ? Et puis, est-elle vraiment vieille de mille ans ? Tu me l'as dit, le Louvre jette le ver dans le fruit. Si ça se savait, à Bayeux, que tu as été nommée pour une mission secrète et confidentielle d'expertise…

— La Tapisserie date bien du XIe siècle. Surtout, je crois que la seule personne qui puisse nous expliquer ce qui se passe, c'est Solange. Demain, si elle est revenue à elle…

— Elle ne sortira pas aussi vite du coma. Donnons-nous une heure pour éclaircir le mystère de la Tapisserie. C'est ma méthode, je l'emprunte à Arsène Lupin et à Pierre Mendès France : on se fixe une échéance pour résoudre une question difficile, ça marche toujours. Ma petite Péné, on va repérer tout ce qui ne colle pas. Tu vas voir, je ne suis pas venu de Paris pour rien. Je suis à l'affût du moindre anachronisme, de la plus petite ressemblance avec Napoléon. Rien de tel qu'un œil neuf. Entrons. »

Un sas, une porte coupe-feu, un rideau noir.

« Non merci, je m'en passe de votre audioguide, je suis avec la conservatrice.

— Wandrille, je t'en supplie, pas de scandale.

— Oui, quoi, j'ai mon audioguide à lunettes, tu les fais faire quand tes fameuses lentilles ? Tu sens comme j'empeste. J'ai mis *Drakkar de Feu*, de Zaraza, en ton honneur, tu aimes ?

— Commence par apprendre qu'on ne dit pas drakkar, c'est un barbarisme plus ou moins forgé au XIXe siècle.

— Comme ta Tapisserie alors ?

— Les navires normands du XIe siècle s'appellent des Esnèques.

— Cuistre. »

Une impression : le couloir de la Grande Pyramide, à sa première visite, toujours ce premier voyage en Égypte. Aussi marquant que le voyage en car de la petite fille de Villefranche-de-Rouergue partant à la découverte de la Normandie. Un corridor obscur, aux murs couverts de tissu noir, le sentiment de déjà-vu qui angoisse Pénélope. Comme Wandrille l'anguille frétille à ses côtés, elle ne laisse rien paraître. Main dans la main, ils entrent dans la grande salle de la *Telle du Conquest*.

12

Audioguide

Bayeux, mercredi 3 septembre 1997

Elle retire sa main. Pas assez vite. Une gardienne de la salle, qui vient de se lever à son arrivée, les a vus. Ça va jaser.

La lumière qui éclaire la bande de toile est douce. Dans la pièce noire voûtée de bois aux teintes chaudes, alors que ses yeux ne sont pas encore habitués à l'obscurité, les formes apparaissent, les premières scènes.

Le palais de Westminster, la barbe du vieux roi Édouard, les animaux. La grotte de Lascaux. Pénélope et Wandrille entrent dans un espace hors du monde, une réserve médiévale comme une réserve indienne. Dans l'enfance de Péné, la Tapisserie était présentée sur les murs d'une pièce inondée de lumière. Elle ne se souvient pas de cette impression de mystère dévoilé, d'entrée, par effraction, dans le secret de l'aube des peuples. Depuis quelques

secondes à peine, elle sent que cette salle lui fait du
bien. C'est pour cela qu'elle s'est passionnée pour
l'art. Dès ses années de lycée, entrer dans un musée
pour rester seule devant une œuvre lui a procuré
cette sensation. Les musées devraient faire autant de
publicité que les eaux minérales : sources de bienfait
pour votre corps, reconnues d'utilité publique. Certains ont besoin de s'asseoir dans la position du lotus,
d'assister à des conférences de télévangélistes ou de
s'imposer des régimes extrêmes. Pour Pénélope,
depuis qu'elle a quinze ans, le meilleur moyen de
vivre en harmonie avec le monde, avec l'espace et le
temps, c'est d'entrer dans un musée, de communier
avec la beauté, la laideur, l'humour, la passion, tout
le reste. C'est ce qui se produit, pour d'autres, au
théâtre. Un jour qu'elle avait expliqué cela à Wandrille, il s'était moqué d'elle : tu devrais écrire un
livre, *La Clef du bien-être*, ou *Comment l'amour de
l'art peut changer votre vie*. Tant pis pour lui. Qu'il
continue, pour se sentir mieux, à faire des pompes
et des étirements. Pénélope profitera du résultat.
Pour elle, le musée, ça marche. Elle se tait.

« Mauvaise présentation, grogne Wandrille, déjà,
on n'en voit que la moitié, il faut cheminer dans cette
espèce de souterrain. La broderie se replie en deux
à mi-parcours, ça n'a pas de sens. Le visiteur, ma
petite Pénélope, doit pouvoir bénéficier d'une vision
d'ensemble. Si je veux comparer une scène du début
et une scène de la fin, je dois pouvoir le faire d'un
seul coup d'œil, comme les gens du Moyen Âge
quand elle était accrochée dans la cathédrale...

— Je partage ton avis cette fois, la présentation que j'avais vue quand j'avais dix ans permettait cela. La Tapisserie, avec ce système, est protégée d'une lumière trop forte. Cette pénombre d'église, de trésor de cathédrale lui va bien, tu ne trouves pas ?

— Raconte. Fais comme si j'étais le plus obtus et le plus imbibé des touristes qui vient de descendre du car – c'était ça, ton job, au début, avant que tu ne prennes la direction, l'accueil des publics, je te le rappelle. Voilà, je suis tes publics et je t'écoute. À part la conquête de l'Angleterre, je ne sais rien. La reine Mathilde, on la voit où, elle a mis combien de temps à broder tout ça, c'est long comme quoi d'ailleurs ?

— Soixante-dix mètres. La reine, née Mathilde de Flandre, d'abord duchesse de Normandie, femme de Guillaume, a inspiré les historiens du XIXe siècle, ce sont eux qui ont raconté qu'elle avait fabriqué tout cela de ses blanches mains. En réalité, il faut imaginer un atelier de brodeuses, ou de brodeurs, puisque tu as noté qu'il ne s'agit absolument pas d'une tapisserie, et les historiens se disputent pour savoir si c'est un atelier anglais ou un atelier normand...

— On ne leur dit pas tout de suite de chercher entre Le Caire et Alexandrie ? Tu as vu cette foule de personnages de profil, c'est frappant, ces têtes d'animaux, ces espèces de mosquées fabuleuses. C'est un mélange de Vallée des Rois et de Mille et Une Nuits leur Tapisserie de Bayeux, tu ne trouves pas ? C'est du copte, du plus pur copte, du copte tout craché, la quintessence du copte...

— Je les ai vus, comme tout le monde, ces profils. On va tout regarder. Cela dit, tu as raison, dans les manuscrits du XIe siècle, jamais on ne voit autant de visages de profil. Regarde ce que j'ai apporté avec moi, le petit livre rouge de Solange Fulgence, la bible. Si nous voulons comprendre non seulement la Tapisserie mais tout ce que Solange y voit, c'est indispensable. Elle commence par donner des chiffres, elle a tout comptabilisé : 1 515 sujets, c'est-à-dire, 626 personnages, 505 animaux et 55 chiens qu'elle met à part, elle doit bien les aimer, chère Solange, 202 chevaux et mulets, 37 édifices, 41 navires, 49 arbres.

— Guillaume veut envahir l'Angleterre, prépare une expédition, s'embarque et gagne, c'est ça ?

— Tu mésestimes l'auteur, ou les auteurs. La construction est plus subtile. On suit d'abord ce héros élégant, Harold, on le trouve sympathique. À mi-chemin, on découvre qu'il est félon.

— Ne me regarde pas comme ça.

— Première scène, le vieux roi d'Angleterre, barbu et couronné, Édouard le Confesseur, envoie le prince Harold vers la Normandie. Harold, ce jeune homme à moustache, est son beau-frère. Harold, on le reconnaîtra, avec cette moustache genre "Brigades du tigre", de scène en scène jusqu'à la moitié de l'histoire, après il se rase. On ne comprend pas bien pourquoi, si c'est réel ou si c'est symbolique, comme s'il entrait dans la clandestinité, ou comme si l'auteur de la Tapisserie avait voulu courir le risque qu'on ne le reconnaisse plus, ou du moins pas au premier coup d'œil.

— Il avait dû perdre un pari avec ses joyeux compagnons. Ou alors, cette moitié-là a été dessinée et brodée par d'autres, c'est possible, non ? Cette fois, tu as dit l'auteur, au singulier.

— S'il y a eu plusieurs mains pour broder, il est probable tout de même que le dessin ait été exécuté par une seule et même personne, le "carton" est homogène, si tu veux. Tu m'interromps sans cesse. Harold s'embarque donc, et fait naufrage sur les terres du comte de Ponthieu. Guillaume, puisqu'il est duc de Normandie, a toute autorité sur le comte de Ponthieu. Il est informé et sauve Harold. Comme s'ils étaient amis, il l'entraîne dans une campagne militaire en Bretagne. Tu vois, ici, la prise du Mont-Saint-Michel…

— Qui n'est pas en Bretagne, je t'arrête tout de suite. Car le Couesnon…

— Dans sa folie, a mis le Mont en Normandie, ritournelle archi-connue. C'est la plus ancienne représentation du Mont, on le reconnaît bien, le dessinateur a compris que c'est une abbaye en équilibre sur une montagne, et le tout au milieu des flots. Tu imagines à quel point ce pouvait être inhabituel, pour des yeux du XIe siècle. Du Mont, ils chevauchent jusqu'à Dol, et le duc Conan II s'enfuit, en offrant les clefs au bout d'une lance à Guillaume, qui triomphe. Regarde, Conan quitte la forteresse avec une corde. Nous sommes déjà à une petite moitié du récit.

— Et il n'est pas encore question de la conquête de l'Angleterre.

— Ici, scène centrale, Harold jure sur deux reliquaires, mais on ne sait pas très bien ce qu'il promet. Peut-être de reconnaître sa fidélité au duc Guillaume, on n'en est pas certain, ça n'est pas écrit. Ensuite, scène inexplicable : sous un bâtiment qui ne ressemble à aucun de ceux que l'on trouve sur la Tapisserie, un homme, un religieux, il a la tonsure, donne une gifle à une jeune femme. On connaît son nom, écrit au-dessus : Aelfgyva. Quel rapport avec l'histoire ? Ton avis ?

— Et la petite scène porno qui est au-dessous, elle en parle, madame Solange, dans son livre ?

— Assez vite, elle ne s'étend pas, ce n'est pas le genre de mademoiselle Fulgence.

— Étendue, elle a pourtant fini par l'être.

— On trouve une ou deux images un peu lestes dans les marges, difficile de dire si cela a un rapport avec le récit principal. En haut et en bas de la bande de toile ce sont deux frises très intéressantes, avec des animaux fabuleux, des personnages étranges comme sur les chapiteaux romans, quelques scènes qui sont le seul témoignage de la pornographie des années 1060…

— Tu te rends compte : ces bonshommes exhibitionnistes dans une cathédrale, même accrochés en haut des voûtes ! On n'imagine pas forcément ce qui choquait les gens au XIe siècle. Cette frise, ou plutôt ces deux frises, rien à voir avec l'argument principal ?

— À la fin si, comme si la bataille prenait tellement d'importance qu'elle envahissait les bordures. On voit même une scène très réaliste où les survivants viennent dépouiller les cadavres. Ces saynètes secondaires sont très curieuses et tous les historiens que j'ai pu lire s'en tirent assez mal. Comme si l'essentiel du sens s'était perdu. Tu crois que c'est un indice pour remettre en question l'ancienneté du cycle ? Ton avis ? Tu m'écoutes ?

— Avec ravissement. Première remarque, ça a vraiment l'air très vieux. Mais surtout, c'est très reprisé ton histoire. Si je regarde de près, j'ai l'impression que ça a été remanié comme une toiture de manoir normand, très trafiqué, avec des laines pas toujours de la teinte exacte. Vous avez pensé à passer le tout à la machine à laver, genre 20 degrés, un lavage doux, textiles délicats ?

— Tu es expert. Un cinglé avait lancé l'idée, dans les années quatre-vingt, il avait même expliqué au maire que la seule cuve de la bonne taille pour shampouiner le chef-d'œuvre était la piscine municipale, heureusement que l'inspecteur des Monuments historiques est intervenu ! Si j'étais seule maîtresse à bord, je ferais "dérestaurer" le plus possible. Enlever les bandes de tissus de consolidation, retirer tout ce qui est du XIX⁰ siècle, en particulier dans les lettres des inscriptions latines, je crois avoir compris que certaines sont un peu des réinventions des restaurateurs. En particulier à la fin. C'est une inscription anti-anglaise qui date, cette fois on en est sûr, les historiens sérieux le confirment, de Napoléon. Et puis, une fois ce travail accompli, qui équivaudrait à deux ans de fermeture (personne ne voudra jamais à la mairie et à l'office du tourisme), une présentation à l'horizontale ou sur un plan incliné, pour éviter la tension d'un tissu qui a neuf cents ans. On le poserait sur une table de soixante-dix mètres de long.

— Je te dessine le bâtiment : salle pédagogique à l'entrée, une seule, couloir de cent mètres, boutique à la fin. Construction en bois, du dernier cri, bâtiment "de haute qualité environnementale" certifiée. Je suis moins cher que Ieoh Ming Pei, on peut discuter. Toi, en bonne Pénélope, tu n'as qu'à faire débroder le XIX⁰ siècle pendant la nuit, ça évitera la fermeture. Je massacrerai les prétendants, ne t'inquiète pas. Je veux la suite de l'histoire, mais en deux mots, on ne va pas rester des heures, et j'ai mon examen critique à faire ensuite.

— Et la gifle ? On a raconté n'importe quoi sur cette jeune fille au nom étrange : une sœur ou une fille de Guillaume promise à Harold ? Guillaume avait des filles, l'une s'appelait Cécile, une autre Agathe ou Adèle ou…

— Aude ? C'est elle ! Harold aime Aude.

— Pitié ! S'agit-il d'une gifle rituelle signifiant l'accord, un rite nordique ? Ce qui est étrange, c'est que les deux personnages, le gifleur et sa victime, sont sous une sorte de portail très ouvragé, comme on n'en voit aucun autre sur la Tapisserie. Deux colonnes entortillées de serpentins avec des têtes de dragons au sommet, très réussies. Ce devait être, pour les contemporains, une scène tellement célèbre qu'elle se passait d'explication. On en a perdu la clef. Ton idée ?

— C'est toi sortant de la vente aux enchères, la même scène. Tu es une Aelfgyva des temps modernes. Au fait, après ton dépôt de plainte à la police, tu as pensé à signaler à la Direction des Musées que tu t'es fait barboter un truc que tu venais d'acheter, une petite fortune pour ce que c'est, avec l'argent des contribuables ? Ton musée est assuré ? Tu as eu l'idée d'aller voir le commissaire-priseur pour avoir une description un peu précise du lot, une idée de sa provenance, des indices, des pistes ? C'était tout de même les premières choses à faire, non ? Pénélope ? »

13

Déchirure

Bayeux, mercredi 3 septembre 1997

Léopoldine a fait la leçon à Pénélope quand elle lui a tout raconté, sous le sceau du triple secret, ce matin, au téléphone. Léopoldine est en train de devenir une conservatrice modèle. Elle lui a expliqué que c'était de la folie, après avoir exercé le fameux « droit de préemption », de signer un chèque et d'emporter l'objet. On fait toujours livrer par l'étude, le paiement s'effectue par le biais du service financier du musée, pas avec le chéquier des dépenses courantes ; Pénélope avait été mortifiée. Léopoldine est tellement plus brillante qu'elle. On l'a nommée à Épinal.

« Regarde, Wandrille, ce que tu as sous les yeux. Un suspens du XIᵉ siècle. Meurt Édouard le Confesseur. On l'enterre à Westminster. Là-haut, dans les nuages, cette main qui sort du ciel : le doigt de Dieu. C'est lui qui ordonne cette foule de personnages. Et qui dirige les doigts des brodeurs. Sans attendre, Harold se fait couronner roi d'Angleterre. Au-dessus, c'est la première représentation de la comète de Halley, présage de grandes catastrophes. Tu sais qu'elle revient l'année prochaine…

— À la place de la reine Élisabeth II, je m'inquiéterais. Que peut-il encore lui arriver ? Le château de Windsor peut disparaître dans les flammes, on peut l'obliger à payer des impôts, abolir la Chambre des lords héréditaire, interdire la chasse au renard ? Non, ça c'est trop affreux.

— Ça n'arrivera jamais ! Regarde la suite. Guillaume fait armer des vaisseaux, c'est la descente vers Hastings, la punition du prince félon, la bataille, mais tu vois, ce n'est pas le sujet principal. À la limite, le vrai héros et antihéros à la fois, le personnage central, c'est Harold. Le roi Harold. Les chroniques l'appellent "l'homme le plus hardi d'Angleterre", le chef de la famille, très riche et très puissante, des Godwin. Guillaume de Poitiers, en son temps, écrit qu'il était parmi les Anglais celui dont la puissance et la gloire étaient les plus grandes. Harold était une espèce de vice-roi. C'est peut-être la vraie raison pour laquelle la Tapisserie le montre tant : il devait avoir été très populaire en Angleterre, sa réputation avait pu s'étendre jusqu'aux côtes normandes. Si Guillaume l'a vaincu à Hastings, il doit aussi, dans l'esprit des gens, vaincre la légende dorée d'Harold.

— J'aimerais bien voir à quoi ça ressemble cette plaine d'Hastings.

— Chaque année, des fanatiques organisent une grande reconstitution en costumes, ils invitent les conservateurs de Bayeux, Solange les dédaignait un peu, mais si ça t'amuse… Harold, tu vois, n'a pas le mauvais rôle dans ma broderie, mais dans leurs mascarades, personne ne veut jouer son personnage. Glorifier l'adversaire : la grandeur défunte d'Harold doit servir la gloire naissante du duc-roi. Harold, comme le père de Guillaume, le duc Robert, vivait en union inégale, *more danico*, je t'expliquerai plus tard ce dont il s'agit, avec la belle Édith-au-Cou-de-Cygne, qui lui donna au moins trois enfants.

— Que dit le bréviaire rouge de Solange ?

— Elle voit la Tapisserie, ce qui est assez ingénieux…

— Chère Solange…

— … comme une pièce en trois actes. Le premier est centré sur Harold, pour bien montrer que ce prince valeureux et, dans un premier temps, moustachu, devait se soumettre au duc de Normandie, son sauveur, son seigneur, son suzerain. Tout culmine avec cette scène du serment sur les reliques, dans la cathédrale de Bayeux. Deuxième acte, retournement, Harold se révèle parjure. D'où la scène, qui nous ramène, au milieu exact de la bande, dans l'abbaye de Westminster. Harold, au mépris de la parole donnée, se fait sacrer roi d'Angleterre.

— Imagine qu'il ait été dans son droit. Qu'Édouard le Confesseur, à son lit de mort, ait désigné ce grand seigneur populaire et établi dans l'île comme son unique héritier.

— L'histoire est un mensonge raconté par les vainqueurs. La seule vraie preuve du parjure d'Harold, c'est finalement cette toile brodée pour servir la gloire de Guillaume le Bâtard. D'ailleurs il n'est jamais qualifié de traître ni de félon dans les inscriptions latines qui figurent au-dessus de chaque scène.

— Troisième acte ?

— C'est la justice. La punition du crime et du vice.

— Spectacle rare, on comprend qu'on en ait fait toute une banderole.

— Ici Guillaume tient conseil, et tu noteras le rôle capital que joue son demi-frère Odon, évêque de Bayeux, né du mariage de la belle Arlette de Falaise, mère de Guillaume, avec Herluin de Conteville. C'est lui, bien reconnaissable à sa tonsure. Odon semble mener le troisième acte, et c'est peut-être lui qui a écrit le scénario de la Tapisserie. Guillaume fait construire une flotte, scène assez amusante, qui comble tous les historiens de la vie quotidienne. »

Pénélope et Wandrille se sont plongés dans la contemplation de la scène du festin.

« Sublime ! La première représentation au monde d'un méchoui avec des brochettes ! Tu ne crois pas que la Tapisserie aurait été inventée après les premiers contacts diplomatiques avec le Maroc, une petite fantaisie de style colonial du XIXᵉ siècle ? Et cette marmite qui cuit, si ça se trouve c'était du couscous. Regarde celui qui sort ses petits pâtés du four et les dispose sur un plat avec une sorte de pince, c'est inimaginable. Il y a même un couteau sur la table. Je ne savais pas que la Tapisserie de Bayeux donnait des recettes de cuisine.

— Ce n'est pas si absurde de l'avoir transformée en torchons dans la boutique de souvenirs de la cathédrale. Il nous reste à voir les scènes les plus connues, la charge des cavaliers, en cinémascope, contre les troupes d'Harold. La Tapisserie s'anime.

— Ça se termine en queue de poisson. Harold reçoit une flèche dans l'œil, on ramasse les morts, on les déshabille... Et puis plus rien... Une déchirure dans la toile.

— Plusieurs hypothèses : un travail inachevé.

— Encore un historien imbécile. Quand on a brodé soixante-dix mètres, on ne relâche pas l'effort si près du but. Il restait combien ?

— Je peux te le dire avec précision : huit lés cousus ensemble faisant entre huit mètres et huit mètres vingt. Il restait entre deux et trois mètres trente. Autre manière de calculer, si on dit que la Tapisserie était faite pour être accrochée aux piliers de la nef de la cathédrale, alors il manquerait plus de dix mètres. Plus long. Elle pouvait aussi bien avoir été faite pour une salle de palais, on n'en sait rien. Mais l'histoire est finie : Guillaume entre dans Londres et se fait couronner roi à Westminster, il n'y a plus rien d'autre à raconter. On retrouvait sans doute Westminster pour la troisième fois, pour la dernière scène, le vrai couronnement, la légitime succession du roi Édouard. Trois cathédrales scandaient le récit, avec chaque fois une forte scène montrant le pouvoir. Deux ou trois images, pas plus, nous manqueraient. »

Wandrille, songeur, reconstitue ces quelques mètres dans les ténèbres de la salle d'exposition. En réalité, il a du mal à les imaginer. Une tragédie sans catastrophe, c'est ce qui l'intéresse le plus :

« D'autres hypothèses, pour la fin, mademoiselle la conservatrice ?

— On a dit que la Tapisserie n'était pas achevée parce que l'évêque Odon de Conteville, demi-frère de Guillaume, qui figure partout à la place d'honneur aux côtés du Conquérant, était tombé en disgrâce.

— Absurde, on finit le travail sans lui et si on veut l'éliminer de l'histoire, suffit de découdre. Débroder et rebroder, l'enfance de l'art quand on s'appelle Reine Mathilde. Hypothèse suivante ?

— On a perdu la fin, soit à la Révolution, soit sous l'Empire, soit avant, quand la Tapisserie était roulée et que les dernières scènes étaient plus exposées que les autres.

— Plus intéressant. Où est la fin de la Tapisserie de Bayeux ? Ça vaudrait cher ?

— Inestimable.

— Et dans ta vente aux enchères ? Tu les avais vus ces bouts de tissu que la mère Fulgence voulait préempter, tu ne peux pas en avoir des photos chez le commissaire-priseur ? Si c'était la scène finale qu'on t'avait piquée ?

— Tu sais, j'y ai pensé. »

Ils sont seuls, dans la lumière de la vitrine courbe. Leurs yeux sont habitués à l'obscurité. Wandrille fixe Pénélope, comme s'il voulait l'embrasser. Il souffle, un prestidigitateur.

« Abracadabra, maintenant, puisque tu as été sage, je te révèle le mystère des mystères : la scène finale, je l'ai vue, elle existe. Je t'avais dit que je me donnais une heure pour élucider le mystère, nous y sommes. J'ai triché, je possédais un indice secret depuis le début. La scène finale, on me l'a montrée. Enfin, une copie faite au XIXe siècle, un beau dessin dans un cadre Empire que Marc a acheté aux Puces.

— Une copie qui daterait alors du passage par Paris de la Tapisserie sous Napoléon. Figure-toi que le patron du Louvre enquête sur le sujet en ce moment, Marc le sait ?

— Je ne crois pas. On en connaît des copies anciennes de la Tapisserie, vous en avez dans vos réserves ?

— Les Anglais ont voulu en faire une, au XIXe siècle, j'ai appris ça hier dans le livre de Mogens Rud. Un certain Charles Stothard, membre de la Société des Antiquaires de Londres, en 1818, est venu s'installer à Bayeux. Il passa deux ans à exécuter un relevé minutieux et complet. C'est lui qui, en étudiant de très près le tissu et les traces presque invisibles des petits trous laissés par les aiguilles a permis de reconstituer beaucoup de tracés disparus, qui ont été restaurés ensuite sur l'original, en particulier dans les lettres des inscriptions latines. Mais en son temps déjà, la Tapisserie se terminait sur les scènes que nous voyons aujourd'hui. La femme de Stothard fut soupçonnée d'avoir dérobé un petit morceau de l'original, qui passa aux enchères et fut acheté par le Victoria and Albert Museum de Londres. On dit qu'elle était innocente, mais rien n'a jamais été prouvé.

— Encore un coup des Anglais, tu veux dire que le Victoria and Albert Museum possède un fragment de la Tapisserie ?

— Il a été restitué à Bayeux en 1871, mais comme la Tapisserie avait déjà été restaurée à cette date, on l'a laissé dans un carton, qui se trouve en effet dans nos réserves.

— Des réserves ? les journalistes n'aiment que ça dans les musées. Tu me montres ? »

14

Dans les réserves

Bayeux, mercredi 3 septembre 1997

Une porte, que Pénélope ouvre d'un coup de badge, fait communiquer les « espaces d'exposition » avec les bureaux de la conservation. Au second étage, une pièce aux murs couverts de meubles à tiroirs : les réserves.

« On y conserve surtout des documents, rien de capital, j'y suis venue le premier jour pour me rendre compte. Attends que je retrouve la cote, voilà, c'est cette étagère… »

Avec grandes précautions, Pénélope, qui a mis des gants blancs, sort une boîte en carton. À l'intérieur, deux reliques de quelques centimètres. Wandrille se tait. Elle est heureuse de l'impressionner :

« C'est assez émouvant, on peut toucher la vraie toile de la Tapisserie sans avoir à débrancher le système d'alarme de notre immense vitrine. Regarde la trame, compare l'envers et l'endroit. Les petits nœuds pour arrêter les bouts de laine, ça a mille ans mon grand ! Ce qui est très troublant, c'est que le fragment découpé par le voleur, ou la voleuse, n'avait pas été choisi au hasard. C'est un morceau très anodin en apparence, une portion de la bordure décorative, mais qui offre l'intérêt de fournir un échantillon des deux "points" utilisés dans la broderie, celui qui sert pour les simples traits fins et celui qui est utilisé quand il y a une grande surface à couvrir, je te renvoie au livre de Solange, elle explique ces deux techniques de manière lumineuse.

— Avec l'échantillon prélevé dans son sac à ouvrage et le dessin complet relevé par son tendre époux, Mrs. Stothard pouvait, le soir à la veillée, de retour dans sa froide demeure du Devon…

— Oui, jouer à la reine Mathilde, si tu veux, broder une autre *Telle*, mais je crois qu'elle ne l'a jamais fait. Au British Museum, ou au Victoria and Albert cela aurait eu fière allure. La Tapisserie d'un côté, la frise des Panathénées prélevée à Athènes sur le Parthénon, de l'autre, belle symétrie. Les deux plus célèbres farandoles de personnages de l'histoire de l'art. Bayeux a su défendre son patrimoine. Mieux qu'Athènes. »

Dans un coin de la pièce, Pénélope ouvre une caisse de bois doublée de fer-blanc, qui contient deux gros cylindres, comme des bobines de fil. Wandrille ne peut pas imaginer ce que peut être cette sculpture contemporaine. L'enveloppe qui a protégé la Tapisserie pendant la Seconde Guerre mondiale a échoué ici, elle porte encore la marque et l'adresse de Godefroy, le menuisier de Bayeux qui l'a conçue. Pénélope est ravie de son effet.

Wandrille et Pénélope sont sortis de leur réserve, ont repassé la porte des bureaux et se retrouvent devant la billetterie. Deux groupes attendent, et une bonne trentaine de visiteurs individuels. Pénélope commence à développer son idée d'un système de réservation par Internet, Wandrille la coupe :

« Et pendant la Révolution ?

— La Tapisserie a eu son grand homme, un certain Lambert-Léonard Leforestier, avocat de Bayeux, qui se trouvait là au moment où on songeait à utiliser cette vieillerie pour faire une toile de bâche destinée à couvrir un fourgon militaire. Il a tempêté tant et si bien que la Tapisserie arriva dans son étude et qu'il la rendit à la municipalité après la Terreur. Juste avant le voyage à Paris de ce rouleau de toile sous Napoléon, l'époque sans doute de ce dessin que possède Marc. Que veut-il en faire ? Le Centre Guillaume-le-Conquérant peut lui proposer…

— Il dit que vous n'avez pas d'argent.

— Il se trompe. Tu penses que la broderie dessinée est complète, tu es sûr ?

— Je te promets, je l'ai vue de mes yeux, mais il m'a arraché la photo des mains. Marc voulait vendre ça à Dodi al-Fayed, il prétend que c'est un vrai bâton de dynamite qui peut faire sauter Buckingham. Tu y crois ?

— Vendre Harold à Harrods, ce serait bien ; si je m'associe avec lui, cette fois, j'aurai la Une de *La Renaissance*. On avertira Pierre Érard avec une journée d'avance… Mais tu l'as vue, toi, cette fin, raconte.

— Sortons, pas ici, un troupeau de vieilles biques guette nos confidences.

— Tu exagères, mes chères visiteuses, mon public. Ce soir, tu reprends ta chambre à l'Hôtel Notre-Dame, ou ça t'arrange de venir camper à la maison ?

— Je crois que je vais repartir.

— Tu avais promis de veiller sur moi.

— Je vais revenir dès que je pourrai. Il faut tout de même que je sois à Paris demain assez tôt, je dois assister à la conférence de rédaction au journal, j'ai séché les deux dernières, il faut se montrer, tu sais, dans ce métier, sinon on engage quelqu'un d'autre qui viendra se faire mousser à votre place. À Bayeux, tu ne crains pas grand-chose. Tu appelles à l'aide et en deux heures je suis avec toi, ne t'inquiète pas. »

Ils marchent en direction du parvis de la cathédrale. La rue qu'ils empruntent porte le nom de Lambert-Léonard Leforestier, le sauveur de la Tapisserie. Une boutique propose des modèles de tapisserie à exécuter soi-même.

« Regarde, Péné, ça ne convient pas du tout, c'est de la tapisserie au point de croix ! Quel scandale ! Comme s'il s'agissait de broder l'*Angélus* de Millet. Jamais Mrs. Stothard, la voleuse, n'aurait commis pareille bévue. Si ces dames touristes aiment manier l'aiguille, il faut qu'elles acceptent de changer leurs habitudes, même après quarante ans de point de croix. Ce ne doit pas être bien sorcier, apprendre deux points de broderie du XIe siècle. Regarde ces maisons, j'adore cette ville, c'est une jolie rue, ta fameuse rue de la Maîtrise. Ne fais pas cette tête. Elle rejoint la rue Quicangrogne. Parfait pour toi, ils n'auront pas à la débaptiser quand tu seras une gloire locale. »

15

Heil Édouard !

Paris, jeudi 4 septembre 1997

« *Dans son nid d'aigle de Berchtesgaden, Adolf Hitler ne sait pas comment s'habiller. Comment reçoit-on un ancien roi ? L'homme le plus élégant du monde ? Quand on est à la montagne et qu'il vient en visite secrète ? En uniforme. Au salut militaire, il sera obligé de répondre par le même salut, la main levée. Une image fondatrice de l'Europe nouvelle. Au second plan, la duchesse. La photo d'époque est en noir et blanc : la couleur de sa robe devait déjà être celle de ses yeux, le bleu Wallis.* »

Wandrille est assez content de son début. Il est assez content de tout, de sa gueule, du compte en banque de son père, de son appartement place des Vosges, de son nouvel ordinateur portable, de sa chronique sur la télévision pour ce nouveau journal branché, à écrire chaque soir, un billet qui soulage sa conscience quand il s'installe pour huit heures d'affilée devant son poste. Il s'est battu pour obtenir sa « chronique », cette misérable « chandelle » de rien du tout, une petite colonne en haut de laquelle trône son effigie, comme le Napoléon de la place Vendôme – et qui est en train de lui faire une jolie réputation dans le monde et la ville.

Il est content aussi de la trentaine de livres qu'il vient d'acheter, toute la documentation sur « son » sujet – si elle croit qu'il passe son temps à la piscine, ou à se regarder en souriant dans la glace, elle va être surprise, lady Pénélope. Tout est empilé dans la grande pièce, qu'il appelle parfois le salon, sur la table qui ne sert plus guère aux dîners d'amis, où il s'assied, conscient de son éminent rôle social, pour écrire.

Son imprimante a rendu son âme noire au diable, il ne peut pas vraiment juger du résultat. Sa première phrase surtout est assez bonne. Ajouter, peut-être « en caleçon », cela donnerait : « Dans son nid d'aigle de Berchtesgaden, Adolf Hitler, en caleçon, ne sait pas comment s'habiller. » Non, ce serait trop. Trop facile. Cela risque de lui donner un côté Chaplin sympathique. Et Wandrille efface les mots qu'il vient d'écrire. Paragraphe suivant.

Il a débranché son téléphone, éteint son portable, glissé deux glaçons dans un verre de Lagavulin. Il aime bien ce whisky un peu tourbé, un goût de thé fumé bien fort.

Après l'entrevue secrète de 1937, Hitler avait son plan : conquérir l'Angleterre, déposer le roi et la *Queen cookie* (le délicieux surnom de la future grosse reine mère du temps où elle était encore la duchesse d'York, embarrassée de son empoté de mari), rétablir sur le trône Édouard VIII avec son Américaine, séduire les Anglais et les Yankees. Calmer le jeu. Gouverner l'Angleterre avec un couple de mannequins snobs et populaires. Faire tourner à plein régime les camps d'extermination. Tout était prêt. Impossible d'écrire ça tel quel, mais le lecteur doit le comprendre.

Wandrille dispose d'un épais dossier de fiches et d'articles, des centaines de photos du duc et de la duchesse, tous les livres écrits sur eux, depuis l'autobiographie châtrée intitulée *Histoire d'un roi* jusqu'aux tissus d'ordures les plus putrides – insistant sur la formation initiale de la future duchesse dans les bordels de Shanghai et autres détails parfaitement invérifiables.

Parmi les photos, le mariage au château de Candé, dans une France de conte de fées, la lune de miel dans les îles de la côte dalmate, le duc jeune homme, avant son mariage, avec les mineurs du pays de Galles, une photo floue prise à Monte-Carlo et trouvée, sans mention de provenance, sur Internet, Wandrille puise un peu au hasard, pour alimenter chacun de ses chapitres. Il écrit toujours avec quelques photos sous les yeux, pour donner à son récit une plus grande authenticité, comme s'il était un témoin oculaire. Il puise dans une boîte à chaussures, cette fois, une image archi-connue qui le retient un peu plus. Il sent que la page suivante va éclore. Il se rassied au clavier.

Il installe l'image devant lui, à la place d'honneur, sur son bureau : la photo quasi officielle du couple, dans les années soixante, à Paris, dans la maison du

Bois de Boulogne, posant sur le canapé de leur salon au temps béni de la Café-Society. Quasi officielle, parce qu'ils ont accroché derrière eux une sorte de couverture brodée aux armes d'Angleterre – avec le lambel blanc, cette traverse horizontale à trois pendants verticaux, caractéristique des princes de Galles, qui figure depuis le Moyen Âge sur les armoiries de l'héritier du trône. Sur la série de photos qui montre la maison, ce riche tissu brodé sert de dessus-de-lit dans la chambre du duc, qui ne manquait pas d'humour. Mais cette fois, sur la photo posée dans le salon, ils l'ont accroché pour faire un fond.

Le *duce* britannique sourit, aucune ride car le cliché a été retouché à sa demande, la duchesse paraît vingt-cinq ans, un prodige. Ils se regardent. Tout est parfait : sa robe bleue, sa broche Cartier, cadeau de mariage, ses chaussures à lui, glacées comme des miroirs.

Wandrille fixe du regard un élément anodin du décor. C'est le canapé, gris clair, avec cinq ou six coussins à la mode anglaise, le chic cosy des Windsor. Et là, image extraordinaire ! Il pousse un cri, rebranche son téléphone, fait le numéro de Pénélope. S'arrête au dernier chiffre. Raccroche. Il appellera plus tard. Débranche à nouveau la ligne fixe, vérifie que le portable qu'il a éteint dix minutes plus tôt l'est toujours.

L'un des coussins sur lequel repose le couple maudit est une de ces merveilles que l'on achète à Bayeux, dans la boutique de la place de la cathédrale. Un coussin avec une scène de la Tapisserie : ils y sont donc allés ? À quelle date ? Il faudra vérifier. Un cadeau de bon goût choisi par la reine mère ? Pénélope va en redemander.

Wandrille tente de reconnaître le motif, la scène ; si c'était le couronnement du félon, ce serait drôle. Une espièglerie de plus de celui qui aimait commencer ses phrases, en exil, par « Du temps où j'étais encore Empereur des Indes… ».

Oui, c'est bien cela, la touche d'ironie, le sacre d'Harold, le roi « saxon », à Westminster. Ce qui aurait pu se produire avec l'appui de la Luftwaffe, puisque le sacre d'Édouard VIII n'avait pas pu avoir lieu durant son court règne officiel. Wandrille pioche sur sa table basse *La Tapisserie de Bayeux* de Lucien Musset, achat récent effectué à la librairie du musée. Seconde surprise, plus grandiose encore.

Aucune image ne correspond. C'est bien Westminster, comme dans la scène de l'enterrement d'Édouard le Confesseur, la première scène de la Tapisserie ; on reconnaît la nef, mais les personnages ne sont pas du tout les mêmes.

Sous la fesse de Wallis, par où le scandale est arrivé, le coussin est comme ombré de satin bleu, on voit dépasser de petits pieds du XIe siècle qui ne sont pas ceux qui figurent sur cet épisode de la Tapisserie.

Comparaison immédiate : Wandrille, qui se trouve de plus en plus fort, au comble de la surexcitation, comme s'il avait déjà compris, et qu'il était sûr de ce qu'il allait trouver, va chercher le vieux numéro du magazine de déco où l'on voit, photographiée pièce par pièce et avec un soin maniaque, la maison du Bois de Boulogne : « Le duc et la duchesse de Windsor nous ouvrent leurs portes. » Deuxième page, en plein soleil, non pas un coussin, sur le canapé gris perle, mais trois, l'un sur l'autre, bien alignés, un peu en biais, pour que l'on voie celui du dessus et les motifs des deux autres qui dépassent. Trois scènes de la Tapisserie de Bayeux qui ne se trouvent pas à Bayeux. Les scènes qui manquent. Difficile à voir en détail, mais la masse générale des couleurs ne trompe pas. Wandrille contrôle scène par scène. Il va falloir faire un agrandissement de ce détail. La perspective empêche de voir ce que représentent les scènes, mais elles sont bel et bien là.

Le duc de Windsor avait mis bien en évidence, dans son salon et sous sa femme, pour leur portrait d'apparat – puis devant les yeux des centaines d'invités ravis et abrutis, les grandes figures de l'archéo-jet-set, qui avaient défilé chez eux à Paris pendant trente ans – le trésor inestimable, plus précieux que tous les joyaux de la Tour de Londres, le trésor avec lequel il avait quitté le trône… Wandrille médite un instant la pensée qui vient de naître, pousse un nouveau cri de triomphe. Il tient tout : son roman, Pénélope, les mystères de Bayeux ! Ces trois scènes !

Les trois images que le duc, mis au rancart par son frère et sa belle-sœur, avait tenté de vendre à Adolf Hitler ! Ça va faire parler, ça ! L'image fondatrice de la monarchie britannique : les trois scènes finales que tout le monde croit perdues depuis la nuit des temps, la conclusion de la *Bayeux Tapestry*, la victoire d'Hastings, l'entrée de Guillaume dans Londres, le couronnement du Bâtard conquérant à Westminster.

Des milliers d'yeux avaient vu cette image qui avait fait le tour du monde, tous les snobs de la terre avaient épluché, un genou à terre, ce reportage montrant la maison des Windsor, personne n'avait remarqué ce détail, personne avant Wandrille. Personne sauf sans doute Élisabeth la reine mère et Élisabeth II, la reine, furieuses et impuissantes. Wallis et Édouard possédaient chez eux, à Paris, les derniers mètres de la Tapisserie de Bayeux, l'image fondatrice de l'histoire de la monarchie en Angleterre. Ils en avaient fait des coussins.

Wandrille lui-même ne savait plus très bien si ce qu'il se racontait, depuis deux minutes, à voix haute, était son roman ou la réalité. Il cria encore, pour entendre le son de sa propre voix : c'était réel, incroyable, invraisemblable, il venait de le découvrir, lui, le premier.

Reste à savoir comment les Anglais possédaient ces morceaux de toile normande. Pourquoi nul n'en avait parlé, pourquoi aucun historien n'avait semble-t-il jamais été admis à les voir. Et surtout, énigme plus actuelle, ce qui avait poussé Édouard VIII à les emporter avec lui en abdiquant.

À la mort du duc, Élisabeth, la reine actuelle, est venue voir son oncle. Là aussi, on a des photos, Wandrille les sort d'une enveloppe. Les journaux ont écrit que le matin de sa mort Philippe d'Édimbourg était venu brûler des lettres. La correspondance avec Hitler ? Peut-être, mais surtout, Wandrille en est certain, il est venu reprendre trois coussins, pour les emporter à Londres, les trois coussins qui fondent en droit la monarchie en Angleterre.

Ultime vérification, Wandrille va chercher dans une chemise un numéro un peu passé de *Point de Vue-Images du monde*. Dans les années quatre-vingt, un reportage montre cette maison, peu après la mort de Wallis. Une visite des lieux désormais vides. Le canapé s'y trouve, à la même place, mais avec d'autres hideux coussins : la duchesse a brodé elle-même les portraits de ses cinq petits carlins, des coussins en forme de chiots, n'est-ce pas délicieux, avec le plus jeune qui tire la langue.

Restent deux questions, se dit Wandrille : pourquoi Édouard VIII après son abdication s'était-il emparé de ce trésor historique ? Et surtout, point essentiel, pourquoi ces trois images étaient-elles si secrètes ? Qu'avaient-elles de si compromettant pour n'avoir jamais été exposées dans un musée, à la National Gallery, au Victoria and Albert, au British Museum avec les frises du Parthénon, ou – en échange de la *Joconde*, par exemple, dont la France se serait ainsi enfin débarrassée –, en dépôt au musée de Bayeux ?

Le couronnement de 1066, c'est précieux, c'est historique, comme le baptême de Clovis pour l'histoire de France, mais ce n'est pas un enjeu politique. Ça n'intéresse pas les nazis. Ni les conservateurs, ni les travaillistes, ni les autonomistes irlandais, ni grand monde.

Il y a quelque chose qui manque dans cette histoire. Pénélope n'en sait sans doute pas beaucoup plus. Sauf que ces coussins, elle les a peut-être eus entre les mains.

Ces trois bouts de tissus, comment les retrouve-t-on dans une vente ordinaire à Drouot, à la fin du mois d'août, s'ils sont censés être à Buckingham, volés par le prince consort Philippe en personne ? Étaient-ils restés en France, mis à l'abri par la duchesse ? Et qui les arrache des faibles mains de cette pauvre Péné ? Qui y attache encore un si grand prix, au point de tirer sur Solange Fulgence parce que, sans doute, pour toutes ces questions, elle a toutes les réponses ? Philippe, duc d'Édimbourg, époux modèle d'Élisabeth II que Dieu sauve, toujours lui, en imper beige et col remonté ?

Wandrille rebranche son téléphone fixe et allume son portable.

16

Au petit point

Devant la fenêtre qui donne sur la cour, à l'opposé de sa table de travail, Wandrille vient d'installer le matériel qu'il a acheté ce matin. Il a dévalisé une mercerie. Il a demandé à sa mère le plus vieux de ses torchons, en s'assurant que c'était bien une toile de lin. C'est devenu rare le vrai torchon à l'ancienne, en pure toile de lin.

Au fond de lui-même, quand il s'interroge sur son être et sa philosophie de la vie, Wandrille se trouve profondément féministe et militant. Pourquoi les travaux d'aiguille seraient-ils réservés aux femmes ? Les marins ont toujours fait du point de croix ; et au début de son roman *Kaput*, Malaparte évoque le roi de Suède en train de broder. Les souverains du Nord sont des Vikings, ils aiment le fil et la toile, les voiles des vaisseaux, les sacs de marchandises.

Le duc de Windsor lui-même, au cours d'un de ses lointains voyages de jeunesse, avait réalisé au point de croix la garniture d'un tabouret, qui se trouve toujours dans les appartements privés de la souveraine à Balmoral. Une monstruosité, dont il est très difficile de trouver une photographie. Il partageait cette passion sans doute ancestrale avec son frère, le père d'Élisabeth, autre intellectuel. Élisabeth II joue aux courses, parie sur les chevaux, chasse et pêche, s'y connaît bien en mécanique automobile, il ne semble pas qu'on l'ait beaucoup vue avec une aiguille et un dé. Coudre, c'est une affaire d'homme.

Wandrille, à la réflexion, se sent aussi défenseur des droits des hommes – contre ces femmes qui se sont approprié des activités merveilleuses, cuisiner, jouer avec les enfants, coudre et recoudre. Wandrille, plus royal que tous « les royaux » réunis, n'a jamais délégué à personne le soin de recoudre ses boutons de chemise. Il sait même faire les ourlets de ses pantalons, s'il le faut. Jamais non plus il ne s'était avoué franchement qu'il aimait ça. Jusqu'à aujourd'hui. Il n'osait pas.

L'inspiration lui est venue dans le train. On ne comprend rien, tant qu'on n'a pas essayé soi-même. En arrivant chez lui, il a dégagé l'embrasure de la fenêtre où s'empilaient les vieux journaux, placé une chaise de manière à avoir la lumière du côté gauche, pour que sa main droite ne l'empêche pas de voir son ouvrage, et, plein d'entrain, il était descendu à la mercerie. Il n'y était jamais entré.

Difficile d'imaginer une telle caverne d'Ali Baba, à la mesure de l'attrait secret qu'exercent les travaux de fil : broderie, point de croix, bien sûr, mais aussi confection de tapis en boutis, tissages divers, variété de laines à l'infini, patrons, gabarits et « diagrammes ». Invitations en pile pour le grand salon « L'Aiguille en fête » à la porte de Versailles : un monde insoupçonné s'ouvrait à lui.

Wandrille avait pris quelques notes sur un bristol, à partir du livre de Solange, complété par ses observations. Il a acheté un cerceau, enfin un « tambour », pour bien tendre la toile, d'assez large diamètre, un double cercle de bois qui permet de coincer le torchon. C'est plus maniable et plus simple qu'un métier à broder, comme on devait en utiliser au XIᵉ siècle. Avec son tambour en bois – il avait refusé celui en plastique, bien moins cher, que la mercière lui proposait aussi – il pourrait poursuivre son ouvrage dans le train. Au XIᵉ siècle, naturellement, on ne se serait pas encombré d'un lourd métier à broder du plus pur style roman pour un voyage en chemin de fer.

Il a ensuite recherché ses couleurs. Première hésitation : devait-il opter pour une reconstitution des teintes d'origine, plutôt vives, ou en choisir de plus sourdes, s'approchant des tons actuels pris par la Tapisserie ? Difficile de trancher. Pour privilégier le coup d'œil final, il se range à la seconde solution.

La Tapisserie a été faite de manière simple. Cinq couleurs principales vont lui être nécessaires : un rouge un peu brique, qu'il a encore tout à fait en tête, un bleu-vert genre canard laqué, un vert d'eau bien délavé, un ocre jaune et un bleu-gris. Il a aussi besoin d'un vert plus foncé, un jaune d'or très pâli et un bleu marine presque noir, utilisé notamment pour certains chevaux. La mercière avait tout ça. Elle souriait.

Les couleurs de la Tapisserie n'ont rien de réaliste : on peut y voir, avant Gauguin, un cheval bleu ou un cheval rouge, un cheval ocre dont les jambes, qui se trouvent au second plan, apparaissent bleu foncé, suggérant une sorte d'effet de perspective assez intelligent. Ou, à l'inverse, un cheval bleu nuit, monté par le duc, avec deux jambes sur quatre représentées en marron clair, et des sabots verts et rouges. Ces détails, pour les voir, pour bien les comprendre, il faut avoir envie de broder et se retrouver devant une mercière.

Chez lui, Wandrille a commencé par dessiner, sur du papier d'abord, un sujet simple, un homme et une femme, pas de chevaux ni d'architecture, pas de bateaux ou d'animaux fabuleux. Il ne calque pas, il joue à faire un pastiche vraisemblable. Il veut savoir si c'est faisable, s'il peut faire illusion. Si c'est difficile ou non de refaire la Tapisserie de Bayeux.

Il trace les contours d'un chevalier en cotte de mailles et d'une dame voilée qui ressemble à la belle et étrange Aelfgyva. Puis, il les reporte par transparence devant sa vitre sur son torchon, bien tendu sur le cerceau de bois. Sur la tapisserie, on ne voit plus rien du tracé initial au crayon, qui s'est effacé au fil du temps, mais qui devait bien exister à l'origine.

Il a envie d'épater un peu Pénélope. Elle a tout de même réussi un des concours les plus difficiles de la République, elle a toujours l'air de s'amuser, elle prend avec humour cette nomination à Bayeux. Ce qu'il veut : lui faire aimer cette jolie ville et il n'aura pas à se forcer car tout lui plaît là-bas, plus encore que dans les villages du Kent ou de la Toscane. Un jour les agents immobiliers et les voyagistes redécouvriront ce triangle d'or, entre Bayeux, Caen et Falaise. Wandrille se concentre un peu. Aiguille en main.

Deux « points » coexistent, selon Solange.

Il faut revenir au petit livre rouge. Son explication est un peu confuse, mais Wandrille a trouvé une illustration en gros plan et un schéma assez bien fait.

Il se penche sur son torchon. En réalité, la technique est simple. Le premier point est appelé « point de tige », très classique, celui qu'inventerait n'importe quel néophyte voulant s'improviser brodeur – Wandrille se régale de ce vocabulaire de spécialiste qu'il va pouvoir resservir encore tiède à une Pénélope médusée. Le point de tige sert pour les lignes qui forment les traits des visages, les mains, les lettres des inscriptions, et pour border les surfaces, faire les contours.

Le plus difficile, ce sont ces grands aplats de couleur. C'est là qu'intervient, Wandrille se prépare, le fameux « point de Bayeux ».

Il faut commencer par tendre des fils d'une extrémité à l'autre, bien parallèles et bien serrés, comme des hachures. Solange recommande d'en compter dix par centimètre, sans se rendre compte que cet anachronisme lié aux systèmes métrique et décimal est des plus suspects. Puis, dans l'autre sens, on tend d'autres fils de laine, distants cette fois d'à peu près trois millimètres ; il reste ensuite à fixer ce carroyage, cette sorte de petit tissage, à la toile. Là, il faut vraiment du doigté, il s'agit de lancer sur toutes ces lignes de laine orthogonales un point léger qui vient en diagonale et permet de donner du mouvement et du volume. De petits accents imperceptibles, musicaux, qui sautent aux yeux quand on s'approche. C'est la difficulté, ce qui donne l'effet Tapisserie de Bayeux. Ces masses de couleur n'ont plus qu'à être cerclées d'un petit point de tige final, qui reprend le tracé du dessin original, un peu comme les plombs d'un vitrail, pour adopter l'audacieuse comparaison de Solange.

Wandrille pense que c'est beaucoup plus beau que le vitrail. Dans un vitrail, au début du Moyen Âge, les aplats sont monochromes, teintés dans la masse du verre ; ici, on peut composer des nuances en mélangeant les couleurs des fils. Surtout, il est évident que ce système vise à créer des reliefs, des zones plus riches, avec des effets de matière, très spectaculaires et qui peuvent donner lieu à de vraies prouesses. Une impression visuelle très forte, différente sans doute de ce que l'on voit aujourd'hui. La Tapisserie a certainement été lavée plusieurs fois, repassée par des religieuses zélées, qui ont tout aplati. La broderie d'origine devait vibrer à la lumière.

Wandrille se lance, le doigt guidé par la main de l'archange saint Michel, patron de la chevalerie normande. Par la fenêtre, il devine son décor familier, la place carrée, les bruits des enfants qui jouent, les arbres qui entourent la statue de Louis XIII et, au fond, la plaque de l'entrée de la maison de Victor Hugo, son musée préféré. Les dessins fous faits avec de l'encre et du café, ces visions de cauchemar, ces hallucinations mégalomanes inventées par l'écrivain exilé le fascinent. Wandrille se promet à chaque visite d'aller un jour voir la maison hantée de Guernesey, l'autre musée Victor-Hugo : une escapade idéale pour sortir Pénélope de Bayeux.

Il a emporté en passant le dé à coudre de sa mère. Le travail s'annonce vite plus délicat que sur les dessins du petit guide rouge, mais c'est un coup à prendre, en quelques heures d'exercice sur de vieux mouchoirs, il devrait être paré. Wandrille se débarrasse vite du dé. Très heureux. Il se sent bien. Il pense à sa découverte, à la manière dont il va raconter tout ça. Il commence le récit pour lui-même. Un petit roi qui brode son propre duché.

Il jubile. Le soleil commence à baisser, il n'a plus conscience du temps qui passe. Il est attentif à quelques idées simples, ne pas dépasser la ligne tracée au crayon, bien espacer ses points, ne pas embrouiller ses laines. Il se lève pour allumer sa lampe, se rapproche, éteint la télévision pour ne pas se laisser distraire.

Un nouvel homme est né, pense-t-il, au comble du ravissement.

Et si je changeais de sujet pour mon livre ? C'est beaucoup plus intéressant cette affaire de Tapisserie. Il quitte son tambour à broder, griffonne ce qui pourrait être le début d'un autre roman, ou une quatrième de couverture.

« Il manque trois mètres à la Tapisserie de Bayeux. Que sont-ils devenus ? Que représentaient-ils ? Peuvent-ils encore exister quelque part ? Pourquoi leur possesseur ne les montre-t-il pas ? Quel enjeu ces quelques bouts de lin et de laine peuvent-ils représenter dans le monde actuel pour qu'on se batte et qu'on assassine afin de les récupérer ? »

Il hésite à appeler Pénélope. Il savoure, en tête à tête avec lui-même, sa découverte. Existe-t-il, ce bout de tissu – séparé des soixante-dix mètres de Bayeux, à quelle date ? par qui ? pour quelle raison ? avant ou après le passage de la Tapisserie à Paris sous Napoléon ? – qu'Édouard VIII emporte avec lui en abdiquant, se disant que, devenu duc de Windsor, il pourrait peut-être un jour en avoir besoin, qu'il tente de vendre à Hitler, ou de monnayer contre son retour, ou je ne sais quoi, ça c'est un peu moi qui invente, mais bon, il faut bien broder. Ces toiles sacrées existent encore transformées en coussins dans les années soixante. On en perd la trace après la mort du duc. Elles resurgissent la semaine dernière. Et on se les arrache à nouveau.

Il pousse la porte de sa chambre, déplie l'accordéon de cartes postales qui reproduit l'intégralité de la Tapisserie et le punaise au mur. Le voilà cerné. Il regarde, il mémorise. Il s'allonge sur son lit, entouré par les petits personnages de 1066.

Et si je demandais son avis à Marc ? Il n'a pas donné signe de vie depuis l'accident de Diana. Lui, il doit être effondré. Il perd ses « clients » – il sait peut-être où se trouve la marchandise, les trois coussins, dont il est le seul à posséder un relevé précis. Wandrille en conserve un souvenir trop flou pour dire si son dessin correspond à ce que montre la photographie des Windsor. Marc sait peut-être pourquoi ces trois scènes ont une telle importance.

Si ça se trouve, il est en danger. Wandrille se relève, fait tomber son aiguille et son fil de laine bleu nuit. C'est amusant tout ça, mais ce n'est pas qu'un jeu pour grand garçon. Il fait le numéro de la rue de la Maîtrise. Pénélope ne répond pas.

17

Face à face au Louvre

Vendredi 5 septembre 1997

Les yeux de Pénélope errent sur la petite broderie, un fin travail d'aiguille, des caractères bâton, en coton bleu, ton sur ton – sur la poitrine, au bon endroit, selon les règles de l'art, « à la hauteur du coup de poignard », pense-t-elle avec un frisson.

Elle se recule un peu. Le directeur du Louvre est un des hommes les plus chic de Paris. Il fait broder ses initiales sur ses chemises, mais avec une certaine discrétion, il faut qu'il enlève sa veste pour que l'on puisse les voir. Et cet homme enlève rarement sa veste. Le col est élimé, juste ce qu'il faut, un chef-d'œuvre de haute chemiserie qu'il pourra bientôt offrir à sa consœur directrice du Palais Galliera, le musée de la mode et du costume. La cravate est un peu quelconque, mais la cravate, c'est le parangon de la fausse élégance, le vrai dandysme, c'est la chemise, la cravate doit s'effacer. Il parle :

« Je suis effondré. Dites-moi si Solange peut s'en

tirer, et dites-moi aussi tout ce que vous avez appris sur Vivant Denon et Bayeux.

— Tout était ici, monsieur le directeur, à la bibliothèque du Louvre et à la bibliothèque d'art et d'archéologie Jacques-Doucet de la Sorbonne, j'ai tout trouvé en une heure ce matin.

— Racontez-moi, n'épargnez aucun détail ; tout est suspect.

— Dominique-Vivant Denon, l'œil de Napoléon comme vous dites, a eu l'idée de faire venir, pour une exposition temporaire, la Tapisserie à Paris. Il l'a fait dresser dans la galerie d'Apollon, au cœur du Musée, afin de convaincre, dit-il dans une lettre, "les vrais amis de la gloire nationale" de la possibilité technique d'une invasion de la perfide Albion. Mieux encore, il commande à un savant italien bien connu à l'époque, le conservateur des Antiquités du Musée, Ennio Quirino Visconti, un livret explicatif, vendu 12 francs, commentant la Tapisserie. J'ai même retrouvé la lettre de Denon aux futurs maréchaux Soult et Davout, demandant de distribuer cette plaquette aux officiers de leurs divisions pour qu'ils en donnent connaissance à leurs soldats.

— Il s'agit bien d'une opération de propagande, d'intoxication. Vous voyez comme il ne néglige rien, il pense à tout, il est admirable. Et cette plaquette, elle est illustrée ?

— Oui, mais sans doute dans la précipitation. Denon avait fait reproduire sept planches qui avaient déjà servi au premier grand texte consacré à la Tapisserie, publié en 1729 et en 1733, par Antoine Lancelot dans les *Mémoires de littérature* tirés des *Registres de l'Académie royale des inscriptions et bel-*

les-lettres. Selon Brown, le meilleur historien de la Tapisserie… »

Pénélope est trop précise, elle récite ses fiches ; le directeur lance :

« Le meilleur historien de la Tapisserie, avec Solange Fulgence, ne l'oubliez pas ! On me dit qu'elle va mieux.

— Selon Brown, poursuit Pénélope qui n'écoute rien, Antoine Lancelot se contentait de reproduire une copie en couleurs trouvée dans les papiers de Nicolas-Joseph Foucault, ancien intendant de Caen. Il n'avait peut-être même pas vu de ses yeux l'original. D'où de nombreuses différences entre la Tapisserie et ces gravures publiées sous l'Empire. En réalité personne n'avait directement dessiné, ni même vu, cette fameuse Tapisserie depuis belle lurette. Denon devait avoir sur son bureau les textes de Lancelot et les deux premiers volumes, 1729 et 1730, des *Monuments de la Monarchie française* de Montfaucon, quand il a décidé de faire venir la Tapisserie de Bayeux à Paris. C'était toute la documentation qui existait en son temps sur la *"Telle du Conquest"*, qui se trouvait dans un coffre au trésor de la cathédrale et dont toute l'Europe, à l'exception de quelques érudits originaux, ignorait l'existence. Originaux, car il fallait l'être pour s'intéresser, en pleine vogue des Grecs et des Romains, à ces siècles boueux du Moyen Âge. Denon, parce qu'il est politique, et pas du tout par goût de l'art du XIe siècle, demande qu'on achemine la caisse dans son bureau de Paris, le bureau de directeur du Louvre… Il la déroule, l'admire et décide de la montrer. Cela vous va, monsieur le pré-

sident-directeur ? C'est le début de l'histoire officielle de notre broderie…

— Ou alors, il constate qu'elle est mangée des
mites et décide de faire rebroder en Égypte une
Tapisserie plus conforme, plus politique, inspirée de
l'originale abîmée, ou peut-être même égarée dans la
tourmente révolutionnaire. Car vous n'avez aucune
trace de cette arrivée de la caisse, comme vous dites,
à Paris.

— Vous y tenez. La Tapisserie brodée en Égypte.
Ce n'est pas bien de se moquer d'une honnête cher-
cheuse comme moi.

— N'en parlons plus, vous y repenserez. »

Le directeur se lève pour fermer la fenêtre. Une
voiture de police passait sur le quai du Louvre.

« J'oubliais de vous demander à nouveau des nouvelles de la pauvre Solange Fulgence. Pardon d'insister. J'ai eu sa secrétaire au téléphone, conclut le
Chéops du Louvre, le pharaon de la dernière pyramide, l'œil rieur. Solange n'est pas sortie du coma ;
dire qu'elle était enchantée de votre nomination,
depuis le temps qu'elle attendait une collaboratrice.
Comment a-t-on pu cambrioler sa chambre d'hôpital ? C'est invraisemblable, racontez-moi, on ne m'a
rien dit. Je vais appeler le ministre de l'Intérieur si
ça continue.

— Je crois que l'on entre un peu comme on veut
dans les hôpitaux, surtout par l'accès des urgences.
Avec les touristes, les malheureux médecins et infirmiers sont sur la brèche toute la journée. Il suffit
d'une canne blanche et de lunettes noires, de mur-

murer que l'on a rendez-vous. Personne ne se souvient de celui qui est entré. Il savait où était la chambre, il n'a pas hésité longtemps. L'opération, si je puis dire, a duré moins de cinq minutes. Solange Fulgence n'a pas crié, mais quand l'infirmière de l'étage, qui venait de sortir avec une feuille de résultats à transmettre au médecin, est revenue dans la chambre, presque immédiatement, pour rechercher son stylo, elle l'a trouvée au pied du lit, les appareils de perfusion renversés. Surtout, les deux ou trois dossiers qu'elle avait auprès d'elle, ceux qui étaient dans son cartable au moment où elle quittait son bureau, lors de l'agression, étaient renversés, avec des pages dans tous les sens.

— Pourquoi ces dossiers étaient-ils là ?

— C'est la question que j'ai posée. Ils avaient été emportés, à sa demande expresse, par les ambulanciers qui avaient pris en charge Mlle Fulgence. On ne savait pas bien où les mettre, parce qu'on pensait que cela pouvait être important, le porte-documents avait été posé sur sa table de nuit, et oublié.

— Qui le savait ?

— Le personnel de l'hôpital, qui n'a rien à voir avec cette affaire.

— Dans les petites villes, tout se sait. Et ces documents où sont-ils maintenant ? Concernent-ils la Tapisserie, du moins pour ce que l'agresseur a bien voulu nous en laisser ?

— Je ne sais pas encore. J'ai demandé que l'on transporte le tout dans les bureaux de la conservation. Cela n'a pas été possible. La police a gardé le dossier. »

Pénélope n'a rien dit. Elle n'a pas raconté son agression, rien dévoilé de cette préemption dont elle avait la responsabilité. La Direction du Louvre n'a rien à voir avec cela. Elle en référera simplement à la Direction des Musées de France. Tant qu'elle est seule à enquêter, elle ira plus vite. S'il faut commencer à écrire des rapports en deux exemplaires – surtout pour expliquer qu'elle n'a pas été à la hauteur. Qu'elle a frôlé sinon la faute professionnelle du moins la gaffe de débutante caractérisée. Elle entend encore la voix de Léopoldine lui donner de bons conseils.

À la sortie du Louvre, Wandrille attend avec un parapluie devant le petit escalier qui conduit à l'entrée du pavillon Mollien, la porte de la Direction. Il a fini par la joindre *in extremis*, au dixième appel sur le portable. Ils courent ensemble vers sa voiture, dont il ouvre galamment la porte. « Demain samedi, ma petite Péné, que dirais-tu d'un peu de Normandie ? Dans deux heures, tu es à Bayeux. C'est moi qui conduis, j'ai beaucoup de choses nouvelles à te raconter. Je suis un autre homme, j'ai découvert un sport. Tu ne devineras jamais. Et j'ai surtout exhumé un secret historique. Je sais ce qu'on t'a volé, d'où venait le butin si tu veux. Par quoi commençons-nous ? »

18

Sur l'oreiller

Bayeux, vendredi 5 septembre 1997

« Éteins.

— Je lis, attends un peu. J'ai acheté tous les magazines sur l'aire d'autoroute de Beuzeville. Maintenant que je connais par cœur le petit livre de Solange.

— Tu sais que j'aime parler dans le noir.

— Je t'écoute.

— Je t'aime.

— Moi aussi.

— Tu préfères Paris ou Bayeux ? Pénélope ?

— Oui ?

— Tu préfères Bayeux ?

— C'est pas si mal, Bayeux, je m'y ferai. Il fait beau. Je trouve la cathédrale un peu froide. Elle me fait peur, enfin presque peur.

— Moi je suis fou de cette ville, j'ai eu le coup de foudre. Tu as vu le nombre de petits antiquaires. J'ai trouvé un pot à lait en porcelaine, tu verras, en forme de vache qui court, avec un des bateaux de la Tapisserie sur le ventre, le lait sort par ses naseaux, un pur joyau. Ta ville de Bayeux, c'est une merveille : ces maisons du Bessin, c'est tellement plus beau que tous ces colombages, que cette épouvantable Normandie pour Parisiens, tout ce pays d'Auge frelaté avec ses pommes rouges cirées comme des mocassins ! Vive la pomme clochard, mate, cabossée, avec un bon goût un rien acide, qui crisse sous le couteau. À quelques kilomètres d'ici, c'est Cabourg, les villas, les jardinets, le Grand Hôtel repeint en blanc trop agressif, pouah ! Ici, regarde ces belles pierres, ces portails accueillants, ces sculptures couvertes de lichens, ces arbres, et la mer toute proche qui ne se voit pas, mais qu'on sent. Partout. Si j'ouvrais grand la fenêtre, on respirerait l'iode, le sel, l'horizon, la nuit.

— Tu es fou, je vais avoir froid. Tu as l'air en forme.

— On ira voir Solange ? Dis, Pénélope.

— Tu as entendu la reine à la télévision ce soir, mine déconfite, chemisier le plus moche du monde, devant le drapeau en berne : "des leçons doivent être tirées de sa vie, mais aussi des réactions à sa mort."

— Mais Solange n'est pas morte !

— Je crois qu'elle parlait plutôt de Diana. Solange est toujours à l'hôpital, je dois continuer à faire la directrice, je ne sais pas très bien en quoi ça consiste, je m'occupe surtout à demander les horaires des trains à la secrétaire. Tu l'as remarquée, ma secrétaire, plutôt jolie. Elle n'a pas l'air bête. Elle pense que le Louvre m'a chargée d'une mission importante. C'est un peu le cas d'ailleurs, d'une certaine façon. Il faudrait que je puisse parler à Solange, qu'elle me dise pourquoi il fallait préempter ce paquet de vieilleries. Solange en sait long, crois-moi.

— C'est pourquoi on lui a fait la peau. Elle avait des photos. Et la prochaine, si tu ne fais rien…

— Depuis toutes ces années où elle barbotait dans sa ville, dans leurs histoires, dans son Bessin.

— Tu balayes d'un revers de main, je vois, la thèse du complot international. Celui qui connaît bien le coin, avec ses ragots et ses histoires, c'est Pierre, l'homme à l'imper beige.

— Tu l'aimes bien, ce Pierre Érard, l'homme universel de *La Renaissance*, c'est drôle que vous vous soyez rencontrés. Il m'a envoyé des fleurs tu sais, celles qui sont sur la cheminée. Tu as vu, j'ai rapporté des vases, ils te plaisent ?

— À droite ou à gauche sur la cheminée ?

— Le bouquet de gauche, c'est mon admirateur anonyme, avec un petit lien en raphia du meilleur ton, un homme de goût qui n'a pas laissé sa carte. Encore un mystère à éclaircir, et ce n'est pas ton cher M. Érard…

— Pierre Érard est courageux, il enquête sur l'attentat de Solange alors que la planète s'intéresse à l'accident de Diana. C'est ça les petits titres de presse, la liberté superbe que permet *La Renaissance du Bessin*. C'est chic.

— Il est drôle, avec son imper, je crois qu'il a un petit béguin pour moi.

— Qui resterait insensible ?

— Il prépare sa Une. Il me laisse message sur message. Il veut me revoir.

— Cède. C'est un bon challenge, faire passer Solange à la Une, détrôner la princesse morte.

— Dieu sauve Solange ! Conservatrice des cœurs, ambassadrice de bonne volonté, téléguideuse des opprimés et audioguideuse des âmes. Solange contre les mines antipersonnel, Solange luttant contre les maladies héréditaires, Solange marraine du Téléthon. Solange contre l'enfance maltraitée. »

Wandrille se tait un peu, pour écouter un silence absolu, comme il n'y en a jamais à Paris. Il ferme les yeux, respire.

« Tu sais, ma Pénélope, je crois que les trois bouts de tissu qu'on t'a volés à Paris étaient ceux qu'avait possédés le duc de Windsor, ceux que je t'ai montrés sur la photo, tout à l'heure, au café, les motifs brodés sous les fesses de la duchesse. Tu dois passer chez le commissaire-priseur pour voir s'il a une photo et si ça correspond, je suis prêt à prendre des paris, mon intuition…

— Ta part féminine ?

— Ensuite, il faudra lui faire avouer la provenance du lot vendu, au besoin avec l'aide des flics.

— Et après ?

— Après, je continue mon enquête comparative, je veux confronter les scènes finales telles qu'elles ont été dessinées sous l'Empire dans le grand cadre de Marc et ces coussins sur la photo chez les Windsor.

— Tu as pu joindre Marc ?

— Il se cache ou il a disparu. Il ne voudra jamais rien nous montrer. Tu représentes l'État, il a peur…

— Je suis conservatrice de l'État, mais rassure-le en lui disant que j'ai accepté un premier poste dans un musée municipal…

— Il s'en moque, il veut vendre au plus offrant. Il va essayer d'entrer en contact avec le père de Dodi.

— Faire parler Marc, faire parler Solange.

— Tu as prévenu le directeur du Louvre, pour le vol et l'agression ?

— Pas tout de suite, j'ai besoin de l'épater. Je vais faire monter la sauce.

— Tu sais que tu cours des risques en ne prévenant personne. On t'a attaquée. Et tes hautes autorités ? Le ministère de la Culture ? Ils enverraient des policiers pour monter la garde rue de la Maîtrise.

— J'ai mon garde du corps personnel, Wandrille.

— Tu m'occupes à plein temps, ma chronique va prendre du retard.

— Goujat.

— Je n'ai pas regardé la télévision depuis au moins douze heures. Tu imagines ? Et on néglige le Club. Les clients vont finir par se plaindre.

— M. Richard s'en occupe, il les fait patienter, tu sais, on a eu raison de l'associer à notre affaire, il est de taille à faire tourner la boîte. Demain, samedi matin : personne ne pense ici que j'aie pu rentrer pour le week-end, alors que j'étais à Paris. Je vais aller rendre visite à cette pauvre Solange sur son grabat. Je veux du calme, du silence, la paix et l'harmonie. »

Wandrille se lève, va entrouvrir la fenêtre qu'il cale avec l'espagnolette. Il se recouche, sans que Pénélope proteste parce qu'un petit vent frais entre dans la chambre.

« Tu dors ? Pénélope ?

— Je prie. Tais-toi. Tu sais que Mère Teresa est morte aujourd'hui. C'était une sainte.

— Tu redeviens croyante de temps en temps ? Tu ferais mieux de prier saint Wandrille, tout le monde l'a oublié, le pauvre vieux frère.

— Mère Teresa, pas besoin de croire à grand-chose pour comprendre que c'est une sainte. Ça fait du bien de prier une nouvelle sainte. Les autres, sainte Geneviève, sainte Rita, sainte Thérèse, n'en pouvaient plus de m'entendre geindre et gémir. Je n'obtenais plus rien. »

19

La fontaine d'Arlette

Bayeux, nuit du vendredi 5
au samedi 6 septembre 1997

Pénélope, sur son oreiller de toile de lin, rêve en tapisserie. Champollion le Jeune rêvait en hiéro-glyphes. Quelques pensées floues viennent cerner quelques minutes de rêve, puis, elle rouvre les yeux. Elle adore cet entre-deux-eaux, comme l'espèce d'hyp-nose qui la saisit chaque fois dans le train. Elle va commencer à en avoir assez de la ligne Bayeux-Paris. Elle trouve des idées en rêvassant. Comme Napoléon gagnait ses batailles la nuit avec les rêves de ses soldats endormis, du sommeil de plomb des soldats de plomb. Elle voit, derrière ses paupières, les petits personnages de profil qui grouillent, composent des scènes inédites, viennent la narguer.

Wandrille ronfle doucement, mais cela ne la gêne pas, elle se sent un peu rassurée. Elle se dit que l'on ne sait presque rien, en réalité, de cette bande de tissu du Moyen Âge que tout le monde pense connaî-tre, qui est dans tous les livres d'histoire.

Elle entend galoper les chevaux bleus et rouges. Elle entend la clameur des soldats qui se jettent sur le sable de l'Angleterre. Elle revoit la scène de la gifle donnée à Aelfgyva.

Les volets clos, les nouveaux rideaux qu'elle vient de poser – comment a-t-elle trouvé le temps ? quelle jeune femme moderne ! – ne laissent rien filtrer de la rue de la Maîtrise, de Bayeux, de Paris, de Londres, de la musique de clavecin qui, sans doute, continue sous l'eau de la piscine du Ritz, où Wandrille l'invite de temps en temps à venir nager avec lui, il est trop bon. Rien n'entre ici en provenance du monde extérieur, qui tourbillonne comme jamais depuis l'accident de Diana. Diana s'éloigne. Aelfgyva s'avance, jeune femme dont on ne sait rien, sœur lointaine de la princesse disparue.

Guillaume avait fait un beau mariage. Il lui fallait bien cela. Lui, on l'appelait Guillaume le Bâtard. Tous ses ancêtres ducs de Normandie étaient des bâtards. Issus de noces *more danico*, « selon la coutume nordique » : les enfants nés des concubines pouvaient accéder à la couronne. Guillaume était le fils du duc Robert et d'une jolie fille de Falaise, que son père n'avait pas épousée, Arlette, fille d'un tanneur peut-être un peu embaumeur à ses heures. L'histoire des ducs qui précédèrent Guillaume est une furieuse épopée. Robert le Magnifique, appelé aussi Robert le Diable, son père, avait vaincu ses rivaux, avait fait voile vers la Terre Sainte, instauré une cour ducale, s'était entouré de grands vassaux et de légendes.

Robert avait aperçu Arlette du haut de ses remparts, alors qu'elle était à la fontaine. Une jolie scène de roman, immortalisée par un méchant bas-relief à Falaise, devant ce qu'on appelle encore « la fontaine d'Arlette ». En carte postale, c'est charmant, il faudra aller passer une journée là-bas, visiter le château et la ville qui paraît-il est une splendeur.

Comme le duc devait mourir de soif à côté de la fontaine, il avait demandé à la belle Arlette de monter.

Arlette, après Guillaume, avait eu d'autres enfants, d'un gentilhomme épousé ensuite et qui se nommait Herluin de Conteville. Leur fils, Odon de Conteville, avait été évêque de Bayeux, puis, après la conquête, archevêque de Cantorbéry, primat d'Angleterre. Le sang d'Arlette avait aussi la vertu de transmettre une forme de pouvoir.

Pénélope ouvre les yeux. Une vague idée surgit, encore un peu floue. Il faudra qu'elle y pense à nouveau demain. Une piste. Le sang d'Arlette… Et le sang de Diana ? Si elle avait donné des demi-frères ou des demi-sœurs aux enfants de Charles, quel statut auraient ces enfants ? C'est un peu la même histoire… Wandrille ronfle plus fort, elle lui donne un coup de coude. Il se tait deux minutes, elle en profite pour refermer les yeux et continue à se raconter l'histoire des ducs de Normandie.

Guillaume avait souhaité rompre avec ces mésalliances qui nuisaient au prestige des ducs normands. Guillaume, lui, avait épousé la fille du comte de Flandre dans les veines de laquelle coulait le sang des rois de France. Un couple uni comme on n'en voit jamais dans les familles princières.

Guillaume et Mathilde se sont aimés, d'un amour du XIe siècle, qui ne ressemblait à rien de ce que l'on place aujourd'hui sous ce mot. Une affaire de pouvoir et de richesse, une passion de conquête.

Mathilde et Guillaume avaient annexé l'Angleterre. Ensemble, un couple de conquérants. Pourquoi alors la reine Mathilde n'est-elle représentée nulle part dans « la Tapisserie de la Reine Mathilde » ? La pièce du puzzle s'ajustait à la précédente… Pénélope tenait un fil… Il faudrait noter tout ça, même les idées les plus farfelues, pour s'en souvenir demain matin en se réveillant… Sans rallumer la lampe, elle va bien trouver son carnet et son stylo, par terre à côté du lit. Elle va écrire ça sur une page au hasard, elle déchiffrera bien l'idée, deux mots pour la remettre sur la voie… Trop tard, elle vient juste de s'endormir.

TROISIÈME PARTIE

Les Seigneurs de Varanville

« Les îles de la Manche sont des
morceaux de France tombés dans la
mer et ramassés par l'Angleterre.
De là une nationalité complexe.
[...] Un exemplaire unique est un
descendant de Rollon, très digne
gentleman, qui habite paisiblement
l'archipel. Il consent à traiter de
cousine la reine Victoria. »

Victor HUGO,
Les Travailleurs de la Mer,
« L'Archipel de la Manche ».

20

Un meurtre à la campagne

Prunoy-en-Bessin, matin du samedi 6 septembre 1997

À Prunoy-en-Bessin, la police a déserté les lieux du crime depuis plusieurs jours. Pierre Érard aime arriver, pour ses reportages, après tout le monde. Quand il n'y a plus rien, et que chacun se souvient de l'essentiel – ce que nul n'osait dire le jour même.

Alors il n'a pas son pareil : mettre en confiance, se faire plaindre. Avec son imperméable taché et ses lunettes de travers, il attire les révélations. Un Columbo du Bocage.

Après le crime, Prunoy est redevenu un très joli village. Wandrille a raison, ce qui est beau, d'abord, dans le Bessin, c'est la pierre, cette couleur ocre clair, rayonnante. Pierre Érard n'aime pas les pays de briquettes, les pays rouges et roses, il n'aime pas non plus les pays de granit, les pays gris et vert sombre. Il aime les jonquilles et les mousses séchées aux teintes d'or vieilli. C'est la lumière de la mer qui donne le ton, qui va avec l'air vif, le ciel de vent. Quand vient le soleil, la lumière joue sur la pierre, entre deux tons, le vert fort de l'herbe et le bleu du ciel. Pierre laisse son manteau dans la voiture et part fureter, nez dans la brise. De temps en temps, entre une foule de petits sujets, il arrive à « vendre » à sa rédaction un grand papier, une page entière. Pierre aime ce pays où il est né, il aime le faire aimer. Il médite une série de l'été sur les plus beaux villages méconnus.

Pierre Érard ne sait pourtant pas quoi faire ici, ni ce qu'il va bien pouvoir raconter. Faire parler les gens n'est pas toujours facile. Surtout dans un pays où tout le monde est si bavard. Avec sa tête de bon jeune homme, il attire les bonimenteurs en mal de public. Pas beaucoup de « taiseux » dans les cafés du Bessin.

Il utilise son entrée habituelle, pas bien originale, le bistrot du village. Celui de Prunoy donne sur la place de l'église, entre deux fermes. Il s'appelle « Chez Cahu ».

Le crime est inexplicable et monstrueux. Une rareté, digne des horreurs sur fond de terrils dont se délectent ses confrères de *La Voix du Nord*. Le café Cahu vient d'être repeint, sans doute au début de l'été. La patronne a choisi du jaune et du rouge, elle salue gaiement le nouvel arrivant qui referme avec soin la porte de bois. Le café fait aussi épicerie, dans un coin s'amoncellent des packs de bière, du cidre bouché sans étiquette, des piles électriques, des bouteilles de Butagaz. Pierre Érard commande un café, la mère Cahu affiche sa déception.

Il pense à Pénélope. Il ne cesse de penser à elle. Sans elle, il s'ennuie. Pierre Érard promène un spleen baudelairien sur les haies et les bouquets d'arbres de

Prunoy. Le petit chemin qu'il aperçoit par la fenêtre va vers les champs. La maison Aubert.

Le crime n'a pas eu lieu au vieux village, c'est ce qu'explique la tenancière du café. C'est au hameau des Houches, dans la dernière maison, une grosse demeure de 1860 que Pierre a très bien à l'esprit. Pierre a préféré abattre son jeu. Il a annoncé tout de suite qu'il venait pour *La Renaissance*, le journal est aimé.

« C'est une pitié, ce qu'ils ont fait, monsieur. Et ce pauvre M. Charles, il venait tous les jours, un homme si gentil, un vétérinaire qui ne ménageait pas sa peine, toujours prêt à prendre sa voiture pour venir aider, même en pleine nuit. Il était bien dans sa jolie maison, il l'avait décorée, mais vous savez, il n'était pas fier. Juste triste après la mort de sa femme l'an dernier, mais bon, tout le village était venu à l'enterrement. Un homme comme ça, il avait du bien, il aurait pu refaire sa vie...

— Le Charles dont vous parlez, c'était Charles Aubert, le vétérinaire, celui qui a été longtemps à Bayeux ? Je m'étais demandé en voyant son nom...

— Vous le connaissiez ? Il avait des amis partout dans le coin. Vous avez des bêtes, un chien ?

— Non, je l'avais connu pour un reportage, ce n'était pas un ami. C'est affreux ce qu'on lui a fait.

— Je n'ai pas pu voir. Même pas les photos. Jean-Hugues, le gendarme, le plus brave de ceux d'ici, m'a raconté comme il a pu. Il était tout bouleversé, il en a vu d'autres pourtant. Ils l'ont retrouvé sur son lit, le pauvre M. Aubert, allongé comme s'il dormait, le visage était entièrement couvert de sang. Ils ne se sont pas aperçus tout de suite qu'il lui manquait les yeux. C'est en voyant les deux verres sur la commode qu'ils ont compris. Des verres comme ceux-là, comme les miens, enfin tout le monde a ça chez soi, du Duralex. Comme si on avait cassé des œufs dedans, des œufs rouges. Faut pas trop que ça se sache, ça peut donner des idées à tous les tordus qui rôdent, faudrait pas que ça nous écarte les visiteurs… N'écrivez pas ça, je vous le dis pour vous. L'été, les touristes qui font les cimetières aiment bien passer par Prunoy, ça leur fait une halte plus gaie, on les a tous, ici, les Américains, les Canadiens, les Anglais… Je n'aurais jamais dû vous raconter ça… »

Une seule chose est évidente. Les yeux dans un verre. Le sens, dans tous les pays où il y a des assassins, ne souffre pas de discussion. La victime avait vu ce qu'elle ne devait pas voir.

Pierre laisse parler Mme Cahu, qui n'a rien de plus à dire. Elle lui propose, une bouteille de calva artisanal en main, de lui « rincer la tasse », ça ne se refuse pas. Le Dr Aubert était un des « Fils de 1066 », il portait un nom facile à retenir, c'est le premier dans l'annuaire de la corporation.

Pierre avait rencontré Charles Aubert au dernier banquet. Un bon vivant, la soixantaine, qui était venu avec sa femme, une gentille virago hyperdynamique, supportable le temps d'un dîner. Elle avait beaucoup d'idées pour donner un peu plus de faste à leurs réunions, pour associer les Anglais, rendre ces festins intéressants, pour les médiatiser. Pierre avait expliqué qu'il ne pouvait pas grand-chose dans l'immédiat.

Il s'était dit à l'époque que ce couple était fait, au prochain renouvellement du bureau, pour être élu à la tête de la cohorte des descendants ou prétendus tels de l'équipée d'Hastings. Est-ce que l'on tue pour ça ? Sans doute pas. Sauf qu'il y a, dans le même temps, l'affaire Solange Fulgence.

Cette année, de grandes réjouissances se préparaient « au sein de l'association », pour le pur bonheur des raseurs qui faisaient les importants lors des « délibérations ». L'idée était d'envoyer tout ce petit monde à Hastings, pour rencontrer une délégation d'Anglais qui préparent une reconstitution de la bataille en costumes, avec des chevaux et des armes. Il avait fallu pour lancer le projet faire alliance avec une troupe de passionnés qui se déguisent, à Caen, à Falaise et dans les environs. Certains membres de l'association, qui se considéraient comme une petite aristocratie, avaient eu un peu de mal à faire alliance avec les bénévoles « Compagnons de Guillaume », des profs d'histoire, des étudiants, des amoureux de la Normandie, plutôt sympathiques, et surtout capables de porter les cottes de mailles et les hauberts que les respectables « Fils de 1066 », à leur âge, ne pouvaient pas vraiment arborer. L'innovation proposée, développée dans le dernier *Bulletin de liaison*, était de mettre tous ces gens dans le même autocar et les embarquer sur le ferry à Ouistreham. Une affaire d'État, qui se terminerait, à Hastings, le soir du combat, en buvant de la bière avec les journalistes. Cette fois il y aurait les chaînes de télévision, c'est sûr. Charles Aubert, en souvenir de sa femme, aurait été satisfait.

Wandrille appelle Pierre :

« Je te dérange ?

— Pas du tout, il faut juste que je m'habitue au tutoiement.

— Après tout ce qu'on a vécu ensemble, mon petit Pierre, l'affaire Fulgence, l'hôpital de Bayeux… Elle va mieux au fait, la belle Solange ? C'est une coriace…

— État stationnaire, on n'en sait pas plus. Pour le moment, je suis sur une autre affaire, le meurtre atroce de Prunoy-en-Bessin, ça va passionner mes lecteurs. Un vétérinaire, Charles Aubert, je le connaissais vaguement, un homme qui ne voulait de mal à personne… Je t'en ai parlé, le cadavre charcuté avec les yeux dans des verres en Duralex. La police n'a aucun suspect, aucune piste, du coup tout le monde va pouvoir soupçonner tout le monde, ça promet.

— Tu adores ça ! De quoi tenir en haleine des lecteurs pendant plusieurs semaines. Quand viens-tu à Paris ?

— Pas à l'ordre du jour, j'ai tellement à faire, je quadrille mon secteur, tu sais je dois tout couvrir, les photos, les interviews, le Club nautique, l'amicale des cheveux bleus, les régates, les commémorations canadiennes, la reconstitution de la colonne Patton avec des véhicules blindés d'époque, les fêtes de Notre-Dame de la Délivrande, l'été ça n'arrête pas. Ils ne savent plus quoi inventer. Si en plus ils commencent à assassiner…

— Comme je t'envie ! Chroniquer la téloche, c'est moins drôle ! Et toi tu as le bon air !

— Cet après-midi, Ouistreham, marché aux poissons.

— Je te donne le titre de ton papier : "Souriez, dites Ouistreham", ça te va ? »

Pierre aimerait le revoir, ce Parisien sympathique. Si c'est vraiment le petit ami de Pénélope, il vaudrait mieux se faire à l'idée tout de suite et s'orienter vers une option « ami du couple », tant pis pour le bonheur ! Ce qui n'empêche pas de tenir compagnie à Pénélope pendant les longues soirées de Bayeux, advienne que pourra !

Pierre marche vers le bout du village jusqu'à la maison des Aubert. Il est un peu intimidé. Deux barrières en bois peintes en blanc ferment l'accès, une grande pour les voitures, une plus petite, avec une cloche en cuivre bien brillante pour les visiteurs, le type même de la belle maison de village. Une rangée de fenêtres au rez-de-chaussée, les volets clos. Le couple n'avait pas d'héritier. Impossible d'entrer. Pierre prend au hasard une ou deux photos et rebrousse chemin.

Pierre a fait en trois lignes l'inventaire des pistes concernant Solange telles que les développe la police de Bayeux. C'est un peu comme à Prunoy, personne n'a rien vu, tout a été exécuté en une minute. Le mobile échappe, enfin presque.

Solange ne voulait de mal à personne. Elle ne semblait pas impliquée dans des affaires bocagères, des héritages normands, des problèmes de piquets de clôture. Elle n'avait pas acheté de ferme, pas hérité de sa mère, la ville la logeait dans un joli appartement de fonction, qui n'a pas été fracturé. Pierre Érard a fait parler tout le monde, au Petit Zinc et chez la marchande de journaux de la cathédrale. Le Dr Le Coulteux l'a reçu très aimablement. Il ne lui a pas permis de voir la chambre : la malade y repose encore. Une patiente comme une autre, mais le médecin n'aime pas trop que l'on fasse ce genre de publicité à son hôpital. Pierre a promis de ne rien écrire pour l'instant. Il sourit en pensant à la phrase de son neveu, interne en chirurgie : « Les voyous de la banlieue de Lisieux s'orientent mieux dans l'hôpital que les infirmiers… », mais non, ce serait déloyal. Il est sympathique ce médecin, on peut avoir recours à lui si l'affaire se complique. La malade a subi un second traumatisme, elle peut s'en sortir ou y rester, cinquante cinquante. Pronostic réservé comme on dit. Solange, le Dr Le Coulteux, par gentillesse, à moins que ce ne soit par passion pour le Patrimoine, la prenait en consultation de temps en temps, pour ses rhumes et ses angines : une vieille fille vivant entre son chat, une bonnetière, une collection de vieux cuivres, des porcelaines et des livres d'histoire. Son seul ennemi, c'était le temps qui passe : elle supportait mal de voir venir sa retraite.

Avait-elle rencontré Charles Aubert ? Bien sûr, Pierre s'en souvient : au dernier banquet des « Fils de 1066 », ils étaient voisins. Pierre s'était même dit que le vétérinaire commençait sa campagne présidentielle. De quoi avaient-ils pu parler ?

21

Les funérailles de la princesse

Samedi 6 septembre 1997, matin

« Bonjour madame, ou mademoiselle, murmure une voix lointaine et un peu blanche.

— Mademoiselle. Peu importe.

— Mademoiselle Breuil. Je me suis permis de vous envoyer un bouquet, le jour de votre arrivée à Bayeux. Vous ne pouviez pas deviner que c'était moi. Vous ne me connaissez pas. »

Elle pense : l'homme du bouquet au brin de raphia, enfin.

À sa voix, elle ne parvient pas à imaginer un visage. Un homme âgé. L'explication de certains mystères arrive d'elle-même sans que l'on ait besoin de s'en soucier, comme les objets perdus qui finissent par se retrouver tout seuls, sitôt qu'on n'en a plus besoin. Pendant qu'elle pense à tout cela, Péné perd le fil, se détache de cette voix bizarre qui continue à lui parler.

C'est le matin, elle a dû sacrifier son petit déjeuner pour montrer qu'elle arrivait tôt au bureau, directrice d'une maison en crise, patronne d'un navire qui tangue.

Elle se ressaisit, écoute :

« Moi, j'ai vu votre visage, mademoiselle. Je suis abonné, dans ma solitude, à *La Renaissance*, figurez-vous. J'aime avoir les nouvelles de la région de Bayeux, le pays d'origine de ma famille, notre berceau, vous allez comprendre… J'avais été prévenu, par une amie, de votre nomination. Je sais, c'est un peu cavalier, un bouquet sans carte, mais un homme de mon grand âge peut se permettre certaines, comment dites-vous, certaines audaces. La fortune sourit aux audacieux, *audaces fortuna juvat*. Je ne me suis jamais bien entendu avec votre collègue, Mme Fulgence. Autant vous le dire d'emblée. Quand j'ai vu dans cet excellent journal que je pourrais avoir un nouvel interlocuteur à la Tapisserie, comment dites-vous ?, au Centre Guillaume-le-Conquérant, ce cher Guillaume… Si la mort vient me prendre, je dois avoir parlé avec vous de la Tapisserie. Je suis le dernier vivant à savoir certaines choses, que vous ne devriez pas ignorer. Surtout ces jours-ci, vous voyez ce que je veux dire…. Je me permets de me présenter, je suis le marquis de Varanville, ou pour vous donner mon nom complet qui vous dira sans doute plus de choses, Arthur John Contevil, second marquis de Varanville. »

Pénélope, le matin, depuis qu'elle s'efforce de jouer les directrices, est un peu lente. Elle s'est installée dans le bureau de Solange, équipé d'une télévision – la patronne de la Tapisserie, monument brodé de célébrité planétaire, doit pouvoir être informée à tout moment de l'actualité du monde. L'inconnu parle avec un fort accent au téléphone, pas vraiment l'accent anglais, ou plutôt, un accent dans l'accent, la prononciation d'une région du Commonwealth qu'elle ne connaît pas. Un peu traînant, avec des accélérations comme des coups de cravache sur la finale de certains mots. Des tournures désuètes, sentant le vieil aristocrate, le briscard qui commandait son peloton pendant la dernière guerre et qui dicte ses Mémoires. Elle entend le nom sans réagir. Arthur, John…

Elle coupe le son de la télévision. À Londres, les funérailles nationales ont commencé. Le convoi progresse dans les avenues vides, la foule regarde avec le sentiment que c'est un moment historique – pourtant, l'Angleterre en a connu d'autres, de ces jours de recueillement national. Il y a ce matin un mystère dans l'air : la canonisation de cette jeune femme qui faisait, la semaine précédente encore, la Une de la presse à scandale. La mort venait de la transfigurer en héroïne de tragédie.

Charles passe, avec ses fils et Charles Spencer, le frère de Diana, sous l'Arche de l'Amirauté. Un plan émouvant : profitant de cet instant de calme où ils sont à l'abri des regards d'une foule en larmes, le prince de Galles passe sa main dans le dos de son fils aîné. Pénélope ne quitte pas des yeux l'écran qui lui fait face.

« Je souhaiterais rendre public, enfin, dans un premier temps, vous confier à vous, un secret de famille. Nous l'avons caché depuis des siècles, mais maintenant, je crois que la monarchie britannique, cette vieille gueuse, ne devrait pas tarder à expirer, je me fais vieux moi-même, et mon devoir est de vous livrer ce que je sais. Je n'en parlerai pas à la reine, elle sait trop d'ailleurs ce que j'ai à dire. Je ne veux me livrer qu'à vous, si vous acceptez de m'entendre. »

La reine : dès qu'on parle d'elle, la voilà qui apparaît à l'image, pas de gros plan, pour respecter l'intimité de cette famille. Pénélope regarde, en écoutant sans bien saisir l'abracadabrante histoire qu'un inconnu lui raconte au téléphone, comme s'il avait choisi ce moment d'émotion collective.

« Vous, un noble britannique, traitez la monarchie de vieille gueuse ; seriez-vous républicain ?

— Vous savez, dans notre famille, nous sommes de pure souche normande, et nous n'avons épousé que des Normandes, issues des familles du continent, des Tournebu, des Gouvets, des Achard et des Carbonnel de Canisy. Ici, nous nous sommes alliés dans les meilleures familles installées en Angleterre après Hastings, les Mauny, les Chervil, les Percy... Je ne crois guère en la pureté du sang et autres fadaises, ce n'est pas ce que je veux dire, ne vous méprenez pas. Simplement, je suis un vrai Viking et tout le monde ne peut en dire autant. Eux, ceux qui se font appeler Windsor, un nom de famille inventé en 1917 pour ne pas avoir l'air trop germanique, vous savez cela, vous qui êtes historienne, ce sont des Allemands, des boches comme nous disons, chez nous, en Normandie, des Battenberg, des Saxe-Cobourg-Gotha, moitié Wurtemberg, moitié Schleswig-Holstein-Sonderberg-Glucksberg, des espèces d'usurpateurs mâtinés de Mecklenbourg-Strelitz ! Pourquoi pas des Holstein-Gotorp ! Von und zu, archiboches, Fridolinenberg ! Des barons de Vermouth von Bock-

Bier sortis tout droit de *La Grande Duchesse de Gerolstein* ! Des Saxons, sur le trône d'Angleterre. Des gens qui n'étaient rien quand nous avions déjà une bonne quantité d'ancêtres et que nous débarquions l'arme au poing, en vainqueurs, en libérateurs, porteurs du droit et des saintes coutumes, en octobre 1066. Eux ce sont les cousins d'Harold, le félon, le parjure, le judas de la Tapisserie. Et ce sont eux qui règnent aujourd'hui sur la Tour de Londres !

— Je suis effarée, je vous comprends. »

Ne jamais contrarier les prophètes. Elle en voit assez défiler, le soir, au Club. Elle s'installe mieux, relance la conversation.

« Comme cela, par téléphone, un secret de famille ? Je vous écoute. Permettez-moi d'abord de vous féliciter pour la qualité de votre français.

— La seule vraie langue internationale, n'est-ce pas, chère mademoiselle, la langue normande. Il est évident que je ne puis vous parler par téléphone. Je serais heureux que vous puissiez venir. Je ne me déplace plus depuis longtemps.

— Pourquoi votre secret me concerne-t-il ?

— Il concerne la Tapisserie. Je m'appelle Contevil. Je vous l'ai dit, mais vous n'avez pas l'air de comprendre. Nous l'écrivons, en anglais, avec un seul l final, mais c'est un nom que vous devez connaître. Je suis le dernier des Conteville, vous saisissez ?

— Je ne savais pas qu'Odon de Conteville avait eu une descendance anglaise, je croyais qu'il était évêque de Bayeux et archevêque de…

— Venez, je vous raconte tout. Je suis bien le dernier des descendants d'Odon, votre évêque, c'est ainsi, je n'y puis rien, c'est de surcroît assez facile à vérifier. Venez ce soir, et je vous montre les dernières scènes de la Tapisserie, mais faites vite… Je ne suis pas très loin de vous, je suis certain que ma maison et l'endroit vous plairont. J'habite sur l'île de Varanville, la plus petite des îles Anglo-Normandes. Vous avez lu Victor Hugo, *L'Archipel de la Manche*… Il faut prendre le bateau à Granville, joli port… Le dernier aujourd'hui est à dix-sept heures, vous pouvez l'avoir… »

Pénélope sent poindre l'angoisse. Le descendant d'Arlette, fille d'un tanneur de Falaise et d'Herluin de Conteville… Elle se sent une héroïne de Hitchcock qui sait qu'elle doit se rendre à un rendez-vous donné par un fou au téléphone. Et qui y va.

Il a parlé des dernières scènes de la Tapisserie… Il a su, Dieu sait comment, qu'elle ne rêve plus qu'à cela, qu'elle y a pensé toute la nuit, que c'est devenu leur seul sujet de conversation avec Wandrille. Il propose de les lui montrer, aujourd'hui même, ce soir. Elle imagine un exquis marquis britannique en tweed sentant le cigare, dans un château battu par les flots.

Puis, elle passe au filtre de l'analyse critique les quelques éléments qui surnagent des tirades de ce soi-disant Contevil. Pourquoi s'est-il présenté comme second marquis de Varanville, s'il est d'une famille qui remonte à 1066, s'il descend vraiment des Conteville normands ; on aurait attendu neuf siècles pour leur donner un titre ? Certains ont de la constance.

Neuf siècles de généalogie pour finir second marquis, est-ce que ça vaut encore la peine ? Le père de Diana, lui, était huitième comte, c'est tout de même autre chose, ça inspire le respect, et le gros blond que l'on vient de voir parler du haut de la chaire de West-minster – le frère de la princesse Diana qui faisait des remontrances à mots à peine couverts face au clan Windsor – serait le neuvième. Neuf comtes, cela pose une famille. Les Conteville sont en retard.

Solange Fulgence, qui faisait partie du comité d'organisation des banquets de vétérans, les fameux « Fils de 1066 », a un *Peerage* dans sa bibliothèque, le Bottin rouge et or des familles nobles du Royaume-Uni, avec leur histoire et leurs armoiries. Si ce Contevil n'y est pas, inutile de s'embarquer dans cette aventure. Pénélope ouvre le livre. La messe des funérailles se poursuit.

En feuilletant les pages, elle se laisse porter par la musique. Et la proustienne musique des noms, qui fait passer dans ses yeux des milliers de villages, de couronnes et de petites églises.

Le téléphone sonne. C'est Wandrille. Son numéro s'affiche. Le téléphone de Solange Fulgence est équipé du « mouchard ».

Wandrille est à Paris, il sort de deux heures de sport, il vient d'allumer son poste. Il a commencé à écrire sa fameuse chronique, que le journal attend pour l'heure suivante. Le sujet du jour se déroule sous ses yeux, avec des images venues d'Angleterre. Un film qui se déploie tableau après tableau : dans les intérieurs contemporains, la télévision joue le rôle des tapisseries dans les donjons du Moyen Âge.

Dans la chambre d'une des filles de Guillaume le Conquérant, rapporte un ancien chroniqueur, était tendue une tapisserie qui montrait les exploits de son père, avec des couleurs de songe et des fils d'or. Wandrille voit s'afficher les visages des enfants de Diana et de Charles, il remarque pour la première fois que le fils aîné s'appelle Guillaume, mille ans plus tard. Le premier roi, William, et ce garçon triste, blond comme sa mère, bientôt, le dernier ? De toutes ces pensées en débandade, difficile de faire une petite chronique amusante.

« On ne plaque pas des paradoxes de salon sur la douleur de deux orphelins », lui assène Pénélope. Wandrille se tait et la laisse parler.

« Je suis décidée à accepter le rendez-vous d'un vieux fou, ça m'amuse, j'y vais !

— Tu regardes, à la téloche ? C'est beau.

— Oui, d'un œil distrait… Je suis au bureau, dans le poste de commandement de Mademoiselle Fulgence. Bien sûr, c'est très triste cette histoire, un beau gâchis, mais au fond, les Windsor, tu sais, je les trouve un peu… récents. Un peu von und zu si tu vois ce que je veux dire. J'ai eu en ligne le dernier descendant d'Odon de Conteville, évêque de Bayeux au XIe siècle, demi-frère de Guillaume le Conquérant. Un vrai de vrai, pas un membre de l'association des goûteurs de pomme cuite qui se réunit chaque année à la Saint-Michel pour écouter de la harpe celtique. Un descendant de témoin, en ligne directe, des événements, Odon, l'homme qui a commandité la Tapisserie.

— En ligne directe, je vois ça. Ne t'emballe pas, toutes ces généalogies sont bidonnées, parfois bidonnées depuis trois cents ans, mais bidonnées tout de même. Pierre Érard me l'a dit, lui qui est un Érard pur sucre, fils de Pierre Érard, petit-fils de Pierre Érard. Baptisé au cidre, fini au calva. Je viens de l'avoir au téléphone, tu sais où il était ? Sur le terrain, dans un bled qui s'appelle Prunoy-en-Bessin, là où il y a eu un meurtre la semaine dernière, il mène son enquête, c'est un fouineur…

— Attends, j'étais en train de regarder dans le *Book of Peerage*, la référence, tu as une seconde ? Voilà. Contevil s'y trouve en toutes lettres, avec la filiation depuis 1066, sans interruption, depuis Odon évêque de Bayeux, fils d'Arlette de Falaise et d'Hellouin ou Herluin de Conteville. L'évêque avait eu un fils nommé Jean ; ces époques reculées, quelle permissivité. Sans doute avant d'être ordonné prêtre. C'était surtout un évêque politique, nommé par Guillaume pour tenir le clergé de l'île. Attends, je vais à la fin de la notice, adresse dans l'île de Varanville, par Guernesey, en effet… Et ça, écoute… son père a été titré par Édouard VIII, figure-toi, ton cher duc de Windsor. Sans doute le seul que ton roitelet durant son court règne ait eu le temps de distinguer.

— Pour quel service rendu ?

— Tu crois que j'ai raison d'aller voir, Wandrille ? Ça peut même servir pour ton livre. Je suis sûre que tu n'as jamais rien lu sur cette histoire dans ta documentation sur les Windsor… »

Pénélope monte encore le son de la télévision. Dans l'abbaye de Westminster, dont les pierres ont connu Odon de Conteville célébrant l'office un millénaire auparavant, un piano noir renvoie la lumière des projecteurs. Elton John chante *Candle in the Wind*. Adieu, Rose d'Angleterre. Sir Elton John.

22

Une île au loin

Granville-île de Varanville,
samedi 6 septembre 1997

Varanville est à peine un point sur la carte des îles
anglo-normandes, cet étrange chapelet de terres qui
se rattachent autant au Royaume-Uni qu'à la Normandie ducale – et si peu à la France républicaine.
On y pratique encore le droit coutumier, on y tricote
à la main les meilleurs pull-overs du monde, en rouge
ou en bleu, Victor Hugo y faisait tourner les tables
et y invoquait les esprits des disparus, ce qui fascine
Pénélope, férue d'occultisme. Le proscrit invoquait,
la nuit, les Ombres des ancêtres et écrivait sous la
dictée de l'Océan ou de William Shakespeare. Les
orages éclatent sur la mer sans aucun signe avant-
coureur. Depuis longtemps, Pénélope rêvait d'y aller.
Varanville, c'est encore plus loin, plus exotique, un
caillou gris.

Pour se rendre dans l'île de Varanville, il faut passer, le temps de sauter d'un ferry dans un rafiot, par
Jersey, « île normande sous domination britanni-

que », dit en souriant le bon petit jeune homme gras-
souillet de l'agence de voyages de la rue Lecampion,
à Granville. Un blond couperosé aux yeux bleu-gris,
qui dans cinq ans pèsera son quintal – du bon Normand, digne de porter la blouse bleue le jour des
fêtes costumées ou d'être bookmaker à Londres en
chemise à rayures roses et costard trois boutons.

Pénélope se sent en Angleterre. Elle a déjà
l'impression d'être une petite fille au pays des fantômes, des séances spirites et des mystères. Granville,
avec son ciel perlé, est le décor dont elle a besoin.
Elle repousse l'idée d'appeler Wandrille pour lui dire
qu'elle a décidé de prendre l'enquête à bras-le-corps,
qu'elle n'a pas besoin de son aide – une manière de
penser qu'il pourrait être avec elle, que ce serait
mieux.

Pénélope se promène sur le port, sous le clocher
de Notre-Dame, en haut des remparts, dans la
brume. D'un coup d'œil professionnel, elle inspecte
ces murailles du vieux Granville : on y voit des fis-
sures. Pourvu que tout cela ne s'écroule pas, ne fau-
drait-il pas songer à une petite réfection ? La réalité,
pour des yeux de conservateurs, n'est jamais stable :
elle ne peut voir un musée sans chercher les possibi-
lités de cambriolage, un château sans s'inquiéter qu'il
ne tombe en ruine, un palais sans se dire que les
visiteurs, s'ils sont trop nombreux, finiront par avoir
raison des poutres et des parquets. Granville tient
bon, mais elle pense au bombardement de Saint-
Malo, qui a réduit à néant une des plus vieilles villes
fortifiées du littoral de la Manche. Quand son esprit
s'égare comme cela, dans le passé, Pénélope ne songe
plus à Wandrille. C'est sa chance : avoir fait de la

grande passion de sa vie, l'histoire, son travail quotidien. Le reste, elle s'en moque un peu.

À la Maison de la presse, à deux minutes du port, elle a le temps d'acheter *La Renaissance du Bessin*, – ça l'amuse de voir que l'on vend le journal ici aussi, dans la Manche – très loin, en fait. Le Cotentin, c'est déjà une île. Elle regarde les papiers de Pierre Érard et sourit en pensant à son aimable admirateur. Allez, torturons-le un peu, il le mérite ; fébrile, elle lui laisse un message :

« Très bien votre article de fond sur le concours truies et truites à Monceaux-en-Bessin, je suis une lectrice enthousiaste ! C'est Pénélope, en partance pour l'île de Varanville, fief des derniers Contevil, je vous raconterai, à bientôt ! »

Elle arrivera le soir, comme prévu. Elle a appelé Lord Contevil, il a promis d'être là et de l'attendre. Pénélope se dit qu'elle a rendez-vous avec le passé et que c'est une totale invraisemblance, sauf si ce monsieur est le cerveau caché de toute l'affaire, le chef d'une bande de truands qui tire les ficelles, et sait exactement ce qu'il veut obtenir d'elle. Qui est-il pour la convoquer ainsi, juste après la vente aux enchères et l'agression ? Possède-t-il des fragments de la Tapisserie qu'on lui a volés ? Elle n'y croit pas. Son intuition lui dit que cet étrange insulaire n'est pas son agresseur. Il a un secret, mais c'est autre chose. Au moins, il lui parlera un peu de Solange Fulgence, qu'il n'a pas l'air d'apprécier plus que ça. Ce sera le premier à en dire un peu de mal, on ne sait jamais, toute méchanceté est bonne à entendre…

Wandrille s'est un peu inquiété, à l'idée qu'elle parte seule. Elle a insisté. Elle se débrouille très bien ainsi ; à deux, on les repérerait plus, et Wandrille a quatre jours de chronique en retard à envoyer à son journal, son maximum. Il a en général, grâce aux résumés des programmes et aux cassettes que les chaînes lui envoient, quatre jours d'avance. Au-delà, sa chronique ne peut plus paraître, c'est une règle mathématique qui le lie au rédacteur en chef, à la secrétaire de rédaction, à la maquettiste. Pour avoir l'air de coller à l'actualité télévisuelle, il faut compter une avance de quatre jours, c'est comme ça, et cette semaine, le programme laisse une large part à l'imprévisible, avec tous ces événements. Les télévisions du monde entier ont retransmis l'enterrement de la princesse qui a été vu par plus de téléspectateurs, affirme en Une *La Renaissance*, que le couronnement de la reine en 1953. Pénélope a dû développer tous ces arguments pour que Wandrille accepte de rester à Paris et la laisse prendre le chemin de l'île de Varanville. « La seule chose qui les intéresse, mes ennemis, puisque j'en ai, c'est la Tapisserie, les fragments manquants. Toute seule, je ne suis pas une cible. Je suis une gentille gourdiflette, tu sais. »

Au débarcadère, pas fâchée de quitter la navette Jersey-Varanville, petit baquet partant desservir d'autres îlots, Pénélope rajuste un foulard années cinquante qu'elle a choisi pour le côté Hitchcock, et se félicite d'avoir mis un jean et pas une jupe. À cette heure-ci, le froid prend. Elle avait imaginé un vieux majordome tenant un panneau avec son nom, ou un Hindou en turban ; elle n'avait pas pensé qu'il n'y aurait qu'une personne à l'attendre, ni qu'elle serait seule à débarquer.

L'accueil est chaleureux, Lord Contevil lui-même la conduit à sa voiture, une camionnette rouge qui avait dû être d'abord verte si l'on en juge par la tôle un peu froissée de ses ailes :

« C'est tout ce que j'ai à vous proposer, ce ne sont pas les carrosses du couronnement ni les Rolls démodées de cette vieille tocarde de Lilibeth, mais pourvu que ça roule… Je n'ai pas fait armorier les portières, je vous ouvre, attendez, le maniement est délicat… »

Lord Contevil a le sourire d'un Méphisto un peu blanchi. Un manteau de velours cerise râpé, une écharpe rubis, des bottes acajou, une élégance de dandy, dans une campagne où il n'a sans doute pas besoin de se signaler pour que tous le reconnaissent. Au premier coup d'œil, Pénélope a compris que ce ne pouvait pas être son agresseur, la soirée s'annonce du coup bien plus calme.

« L'île appartient à ma famille depuis quelque temps figurez-vous, oh, ce n'est pas non plus extrêmement ancien, on nous y a relégués au XIVᵉ siècle, nous étions devenus un peu encombrants, déjà ! Nous sommes les cousins de province indésirables… Vous ne couperez pas au récit complet de l'histoire de notre famille… »

La camionnette a du mal à démarrer, son propriétaire non. Il commence à pleuvoir beaucoup.

« Il n'y a pas de mauvais temps, il n'y a que de mauvaises bottes. L'histoire officielle veut que Guillaume, quelques années après son installation en Angleterre, ait disgracié son demi-frère Odon qui tendait à prendre trop d'importance dans le nouveau royaume.

— Et ce n'est pas ce qui s'est passé ?

— Odon était évêque, mais d'abord, il était soldat. Cela a dû vous frapper dans la Tapisserie, où il apparaît dans de nombreuses scènes, en cotte d'armes. Il participe même à la bataille, ce qui est pour le moins inhabituel chez un homme d'Église. Il tient à la main, sur son grand destrier, un bâton : les historiens ont dit que c'était pour montrer qu'il ne combat pas avec des armes et ne verse le sang de personne. Nul n'a jamais osé écrire la vérité : il s'agit d'un bâton de commandement, celui du général en chef. Odon était le général de Guillaume, qui a gagné la bataille d'Hastings… qui l'a fait roi…

— Un bâton qui pouvait devenir un sceptre…

— Je vois que vous êtes aussi fine que je l'espérais, chère Pénélope, vous permettez que je vous appelle par votre prénom, je sens que vous n'avez pas besoin que l'on vous explique pour comprendre. Nous arrivons, la maison n'est pas très grande, je vous ai fait réserver la plus jolie chambre. La chambre d'Odon. »

Une vraie surprise se trouvait posée au bout de la route, un gâteau de conte pour enfants, dame Tartine à son meilleur. Le château n'en est pas un. Il ressemble à un mastaba égyptien, ou mieux à quatre ou cinq mastabas empilés comme des moules à cake : une version en pierres locales, avec du lichen vert aux jointures, de la pyramide à degrés de Saqqarah. Rien moins. Pénélope s'attendait à tout, mais ça… L'Égypte rongée de lierre et de vigne vierge. La Nubie nettoyée au Gulf Stream. Une pyramide qu'on aurait dotée d'une entrée monumentale à colonnes de marbre de style élisabéthain et complétée, à son sommet, par des cheminées Renaissance. Un caprice architectural composite, fou, très réussi et un peu à l'abandon. Pénélope cache mal qu'elle est impressionnée.

« Vous ne saviez pas que nous possédions ces joyaux d'architecture dans l'archipel. Heureusement que mon arrière-grand-père, l'égyptologue, a eu l'idée d'ajouter des fenêtres à notre pyramide familiale. Sinon, ce n'aurait été qu'un tombeau. On s'y est éclairés à l'huile de paraffine jusqu'en 1953, nous avons beaucoup hésité avant d'accepter l'électricité. C'est malgré tout assez pratique, quand le ciel est bas comme aujourd'hui, dans notre sépulcre… Une maison pour nous, qui sommes morts depuis mille ans : ce n'est pas une raison pour se morfondre. Ce palais de conte de fées possède des douches et des baignoires, l'eau courante chaude et froide, le téléphone, la télévision un peu floue car je ne me suis jamais résolu à l'antenne…

— Elle déparerait tout.

— Mon bisaïeul a voulu une maison joyeuse, et je vous avoue que j'y ai été très heureux, même maintenant que j'y vis seul.

— Et des fenêtres à meneaux de style troubadour au beau milieu de ces murailles en pierre colossales, on aurait plutôt attendu des ouvertures "retour d'Égypte", avec des sphinx griffus et des serpents. Je n'ai jamais vu ça nulle part.

— C'est que mon bisaïeul, par bonheur, n'avait pas d'architecte. Il dessinait tout lui-même. C'était vers 1880, il était l'un des membres les plus inspirés du Club des excentriques. Les architectes sont une plaie, et ils oublient toujours l'escalier, c'est Flaubert qui le dit. J'adore Flaubert, tellement supérieur à Dickens. Mon bisaïeul n'a jamais pu se résoudre à choisir un style, ni dans sa vie, ni dans ses meubles, encore moins pour sa maison : l'Égypte était le pays de son cœur, il se sentait Normand, Nordman, Viking jusqu'à la folie, passionné aussi par les vestiges celtes, collectionneur de céramiques aztèques un peu terrifiantes, un vrai archéologue à l'ancienne mode… Tout devait évoquer ici les temps les plus reculés avec le confort le plus moderne. Notre maison de Londres est trop traditionnelle, le trente-pièces-cuisines habituel. Ici, c'est une maison de campagne les pieds dans l'eau, assez modeste, à peine dix chambres, et puis, vous allez me suivre, nous avons un hall à grand spectacle. Encore une idée de mon arrière-grand-père, j'espère que vous aimerez. On m'a proposé un jour de le louer pour des films, vous pensez bien que je n'ai pas voulu ! Que de dérangement ! »

Sur le perron, un domestique en habit noir se charge du sac de voyage de Pénélope. Elle a un peu honte de son bagage, usé jusqu'à la corde par les sables de Thèbes et qu'elle n'avait pas acheté bien cher. Elle se redresse, contente d'avoir choisi un blouson de daim et une paire de gants. C'est un film. Pas besoin d'en tourner d'autres ici. Son ange gardien est un malabar, la cinquantaine, avec des poings d'assassin, pense Pénélope en riant de sa frayeur. Le genre d'homme à assommer le chien des Baskerville d'un coup de battoir, le soir, sur la lande. Contevil n'a pas besoin de donner d'ordre : Pénélope est attendue et son arrivée réglée comme un ballet. Une femme de chambre la précède et s'engage dans un escalier en colimaçon, plus proche du design Tudor que du style Akhenaton.

« Un instant, chère Pénélope, vous découvrirez plus tard la chambre d'Odon. Venez avec moi boire un verre. Voici notre grand hall. Je ne vous avais pas menti. »

23

La saga des Conteville

Île de Varanville, samedi 6 septembre 1997

« Comment a-t-on fait entrer ce char d'assaut dans votre salon ? Plusieurs tonnes de pierres. Il est descendu du ciel ? En soucoupe ?

— Devinez, vous êtes historienne. »

Elle s'était figuré un hall égyptien, une collection de cottes de mailles inspirée par la Tapisserie. Rien de tel. À Paris, les professionnels de la décoration appellent cela le « wahou effect ». Au centre, monumental, s'élève un dolmen, comment doit-on dire, un *cairn* ? Une table de pierre, de celles que les légendes populaires associent aux cultes druidiques, occupe le milieu d'une pièce longue comme un terrain de football. Haute comme un homme. Autour, des boiseries foncées, des meubles néo-romans dignes de l'Exposition universelle de 1900, des portes minuscules, presque un peu trop basses. Des ornements inspirés par les proues des navires vikings.

« Une grue, pour faire passer ces mégalithes par le toit ?

— Vous voulez rire, ils pèsent trop lourd, ce fut plus simple. Le dolmen était là, sur la lande, quand mon aïeul a décidé d'édifier la maison. Nous avons construit le salon autour. La légende familiale veut que l'ancêtre ait commencé par apporter en plein champ une table de salle à manger, des chaises, deux ou trois portraits de famille, un canapé et un piano, avant de se décider à faire construire. Il voulait juger du coup d'œil final. Regardez : la table, les chaises et le piano sont toujours là, et notre monument au milieu d'eux a l'air de présider une réunion de fantômes. Il a vu toutes nos fêtes, nous nous marions devant, nous y installons les cadeaux de Noël, on y placera ma dépouille dans mon cercueil comme on a exposé celle de ma femme il y a dix ans, surtout, c'est la porte secrète pour cacher notre chambre forte, là où se trouve notre trésor le plus précieux…

— Les fragments de la Tapisserie.

— Vous avez deviné. »

L'ensemble aurait pu être sinistre, sentir le vieux rideau et le parquet moisi. Le hall, dans un manoir classique, c'est la pièce centrale de la demeure, l'endroit où s'affiche la gloire de la lignée, haut comme deux étages, couvert par une verrière, mais où l'on a ménagé un petit coin plus intime, avec quelques paravents en laque de Coromandel, des coussins et des albums de photos. C'est l'inchauffable citadelle du clan, l'identité inexpugnable d'une maison, la cour intérieure des demeures de Pompéi.

Tous ces halls se ressemblent d'ailleurs un peu, édifiés en série sous Victoria. Rien à voir avec celui-ci. Un grand feu de cheminée jette des ombres sur la conversation. Le dolmen prend une dimension gigantesque, plus fantastique encore. Il bouge au rythme des flammes.

« C'est comme un vieil oncle qui vivrait avec nous. Il vous plaît ? Il a ses têtes, il va falloir que vous l'apprivoisiez, c'est un animal capricieux. Caressez-lui d'abord le flanc, puis les épaules, voilà, comme ça... Je lui parle souvent, je me convainc qu'il répond. Il est à la fois un ami, un témoin, un guide. Quand j'étais enfant, j'imaginais des druides célébrant leurs rites sous son ventre rond et de torrides druidesses en chemises de nuit dansant la sarabande autour, mes Sylphides et mes Vellédas d'adolescent. Depuis, j'ai étudié l'histoire, je sais que rien n'est druidique, ni même celte, dans ces pierres levées. Elles datent du néolithique, et si les druides se mirent en tête d'en construire, c'est un peu comme mon grand-père s'entichant des mastabas égyptiens, la vogue des "styles néo" au temps de la guerre des Gaules ! Cela dit, tout le monde croit dans l'île que c'est un monument gaulois, je laisse dire, cela ne fait de mal à personne. Pour beaucoup de choses, c'est ainsi, je laisse dire... Mais je ne laisse pas faire. »

Pendant le dîner, le vieil homme, qui avait revêtu une sorte de veste d'intérieur écarlate à brandebourgs, style petit théâtre de marionnettes, débita à Pénélope, avec beaucoup de charme et d'humour, la saga des Conteville. Un récit au début enluminé et à la fin saisissante. Entre les deux, rien à raconter, cela dura deux heures. À chaque génération, ils s'étaient maintenus dans la plus complète obscurité, rien de glorieux, pas de bataille, pas d'argent, pas de conquête, pas d'anecdote célèbre ni de mots historiques, surtout pas de rencontre avec le souverain. Mille ans étaient passés sur eux comme un seul jour.

Ce millénaire de farniente avait produit une énorme maison à Londres, un château farfelu dans l'île de Varanville, que personne ne connaissait et que les touristes boudaient. Le dernier Contevil pouvait expliquer pourquoi. Cette absence d'histoire devenait limpide si l'on posait le principe d'un complot.

Les diverses dynasties qui s'étaient succédé sur le trône d'Angleterre avaient nié l'existence même de cette famille royale normande. Les Contevil n'avaient été puissants que vers 1066. Il convenait, pour l'équilibre international, qu'ils ne le redevinssent jamais. Leur progression sociale avait été contrariée, leurs mariages s'étaient limités à quelques familles locales, leur fortune à quelques troupeaux. Ils avaient eu beaucoup de fils, ne s'étaient pas trop fait tuer sur les champs de bataille, ils ne s'étaient pas éteints. Le plus important était là : avoir survécu. Avoir transmis le nom. Le vieux manoir de Varanville, un cabanon amélioré, prenait l'eau quand l'arrière-grand-père de l'actuel tenant du titre, de retour d'Égypte où il servait de secrétaire à Lord Carnarvon, avait décidé de le remplacer et de faire bâtir cette folie.

« On nous avait tellement oubliés que personne ne parla jamais de mon bisaïeul dans les récits de la découverte du tombeau de Toutankhamon. Il y était pourtant, parmi les tout premiers à être entrés dans la chambre funéraire. Il a même été oublié par la prétendue malédiction, puisqu'il est mort ici, à plus de quatre-vingt-dix ans, dans son lit, sans qu'on ait vu apparaître de spectre évadé de la XVIIIᵉ dynastie. L'Égypte lui avait porté chance, il avait revendu quelques objets au British Museum, donné des momies de sa collection personnelle à la nation, on avait fini par le décorer. Il avait même réussi l'exploit, peu commun chez les nôtres, de gagner un peu d'argent. J'en vis encore.

— C'était lui, l'ami du duc de Windsor ?

— Non, c'était mon père, le premier marquis… "Ami", c'est beaucoup dire, qui vous a raconté cela ? Je vous dirai toute l'histoire, mais je veux d'abord vous montrer ce pour quoi je vous ai fait venir. Vous allez devoir descendre dans une vraie chambre funéraire. Vous allez voir comment on aménage, au cœur d'un grand salon édouardien, une crypte médiévale sous un dolmen néolithique, avec des ornements sortis des tombes de la Vallée des Rois. Mais je crois que vous êtes égyptologue, cet éclectisme va vous amuser…

— Comment le savez-vous ?

— Je vous l'ai dit, Pénélope, je suis abonné à *La Renaissance du Bessin*, je sais tout de vous. Je lis les articles de Pierre Érard. Solange Fulgence m'a toujours pris pour un vieux fou, elle n'a jamais voulu venir ici. Vous allez voir qu'elle a eu grand tort. »

Pénélope sent sa gorge se nouer, les cryptes, elle n'aime pas trop. Elle le sait, elle se méfie de celle de la cathédrale de Bayeux. Elle a eu la même angoisse en gravissant les Pyramides. Elle se force à rester souriante tandis qu'ils retournent vers le hall, quittant la salle à manger où le majordome en veste blanche souffle les flambeaux.

Sous le dolmen, au lieu d'un élégant tapis, qui aurait fait merveille à côté du piano, une trappe à lourdes ferronneries 1880 ressemble au coffre à trésor des films de pirates. La naïveté de ces seigneurs féodaux du siècle de la locomotive fait peine à voir, leur sens de la mise en scène force le respect. Le contraire du trésor caché : la chambre secrète est au milieu de la plus belle pièce, au point de convergence de toutes les perspectives, signalée en surface par un bibelot de granit un rien encombrant. Le secret qui se dissimule en se plaçant ainsi aux yeux de tous doit être considérable.

« Je vis bien, depuis que j'ai décidé de me retirer ici. J'ai loué la maison de Londres, qui vaut une fortune, à une société d'investissement, je n'y vais plus jamais. Je me contente de Granville et je m'en porte bien. Dans la City, j'aurais trop peur de finir écrasé dans un accident suspect. Vous avez vu ce qui vient d'arriver à la pauvre petite Spencer. Son père m'aimait bien, le vieux comte, lui, savait qu'il fallait me traiter comme le premier des fils de 1066. Dans l'aristocratie anglaise, nous formons une caste à part, ceux qui portent encore les noms des compagnons d'Hastings. Enfin, personne ne m'a envoyé de faire-part pour l'enterrement de ce matin, comme s'ils avaient trop peur de me voir entrer à cheval dans

Westminster. Imaginez que le peuple se mette à m'applaudir. Je monte tous les matins depuis plus de cinquante ans. Je règne sur Varanville, monarque pacifique, depuis plus d'années encore, j'y rends la justice, je n'y fais pas lever d'armée, même si j'en aurais le droit selon l'usage normand, je n'y frappe pas monnaie, je n'oblitère pas de timbres à mon profil, je fais moins de tapage que le prince de Monaco et Londres me laisse vivre. Penchez-vous un peu, la trappe n'a pas servi depuis longtemps et je m'en voudrais si elle vous assommait en retombant. »

24

Sous le dolmen du grand salon

Île de Varanville, nuit du samedi 6
au dimanche 7 septembre 1997

Quelques marches, en colimaçon bien sûr, pas
trop hautes, pas trop malcommodes, et, au bout de
ce tourniquet, après une petite échelle d'acajou,
apparaît une crypte aux élégants chapiteaux bur-
gondes stylisés, fantaisie chronologique, géographi-
que et architecturale supplémentaire. La crypte
possède un parquet au sol pour que les dames ne
gâtent pas leurs robes de bal. Dans un souterrain
médiéval comme dans un hypogée égyptien, le parquet au point de Hongrie, c'est le grand luxe. L'art
de la crypte tel qu'on le concevait sous le bon roi
Édouard VII.

La mise en scène est grandiose, pense Pénélope,
se forçant à sourire. Il faudra raconter ça dès demain
à Wandrille. Pourquoi Solange Fulgence s'était-elle
privée d'une escapade chez ce doux dingue, issu
d'une lignée bien perturbée, comme il doit en exister
quelques autres dans les pages du vénérable *Book of*

Perrage ? Elle aurait même pu l'épouser, ils auraient fait un joli couple, sous le dolmen. Parfois on peut passer à côté du bonheur. Elle aurait signé Solange Fulgence-Contevil. Elle aurait été marquise. On aurait mis la photo sur le piano, et ils seraient tous les deux, ce soir, dans les fauteuils crapauds bordés de vieilles franges, unis devant la cheminée au manteau héraldique.

Sur les murs, par commodité, on a installé des casiers à bouteilles qui couvrent tout le fond, il s'agit sans doute d'une adjonction XXe siècle due au propriétaire actuel, qui a eu l'envie bien britannique de collectionner les grands crus. Un lustre à la cathédrale est suspendu par une chaîne dorée à la voûte. Au centre, Pénélope s'arrête devant trois vitrines basses, couvertes de tapis rouge. Tout ce qui l'intéresse est là.

Lord Contevil, à son âge, a des coquetteries de vieux magicien répétant le numéro de la femme dans le coffre. Il fait voler ses muletas. Trois panaches pourpres dans les airs, il crie « Olé ! Olé ! Olé ! », éclate du rire de Méphistophélès, quel brave homme :

« Nous n'avons rien de plus précieux, voici notre Koh-I-Noor, notre couronne impériale des Indes, notre sceptre d'Ottokar. Vous voulez que je débouche une bouteille ? Je dois avoir quelques beaux verres dans un coin… Un Montrachet ? C'est mon amie Marilys qui m'en envoie. »

Pénélope se penche sur les vitrines. Elles montrent les trois fragments de Tapisserie. La fin qui manque.

Elle ne répond pas au vieux gentilhomme, qui s'empare d'un tire-bouchon en plastique orange et blanc, la touche camping sans laquelle rien n'est parfaitement chic.

Ces rectangles de toile ont l'air de reposer là depuis bien longtemps, la poussière couvre l'entrée des serrures. S'il s'agit des pièces qu'on lui a volées mardi, elles ont été replacées avec soin dans ces écrins conçus pour elles depuis un bon siècle.

Ou alors ces trois morceaux ne sont pas du tout ceux qui se trouvaient dans le carton de l'hôtel Drouot…

Il y aurait deux jeux en concurrence, deux fins possibles pour la *Telle du Conquest*… Deux fins, depuis quand ?

Pénélope sort son carnet. Contevil jubile. La conservatrice dessine à toute allure, comme si on allait à nouveau lui voler son butin.

Première scène, première vitrine : Guillaume, sur le champ de bataille, proclame la victoire. À ses côtés, reconnaissable à sa tonsure, Odon, tenant son bâton de commandement, le proclame roi, fraternel. L'inscription latine souligne le triomphe : « *Rex vincit* », le roi a vaincu. Il ne se fait plus appeler *Dux*.

Puis, deuxième morceau, scène centrale : Guillaume sacré à Westminster avec Odon toujours à ses côtés, en habits sacerdotaux, dans son nouveau costume d'archevêque de Cantorbéry, portant la mitre et le pallium. C'est la suite logique, le point d'orgue de la Tapisserie. Pénélope n'en revient pas. Si elle pouvait rapporter ces reliques à Bayeux, mettre en place ce final symphonique dans la grande salle d'exposition…

Pourquoi Solange, qui devait être informée de l'existence de ces fragments, n'a-t-elle pas opéré la transaction ? Qu'avait-elle contre Lord Contevil ? Que savait-elle de lui ? Ce diable qui boit son grand cru de Bourgogne dans un fin cristal de Bohême.

Enfin, Pénélope fronce le sourcil, troisième morceau de lin brodé, Guillaume du haut de son trône désigne Odon de Conteville avec la main. Odon ne porte plus d'habits de clerc, il est en armure, des mailles de fer. Le nœud de l'affaire, dans cette image qui, si elle date bien du XIᵉ siècle, est une bombe.

Guillaume fait de son demi-frère Odon, devant toute sa cour, son successeur. Le vieux Contevil commente :

« C'est lui, l'ancêtre Odon, qui a fait broder la Tapisserie. Ce n'était pas pour décorer sa cathédrale, ni pour chanter la gloire des combattants, il s'est donné toute cette peine pour prouver son droit à la couronne. Odon était le frère le plus doué de Guillaume, il l'aide à vaincre, il l'aide ensuite à tenir l'Angleterre par le biais des évêchés et des paroisses. Il était normal que le Conquérant le juge apte à lui succéder. Meilleur que ses imbéciles de fils, des soudards. Odon aurait su ne pas morceler l'héritage, faire de l'Angleterre et de la Normandie un seul État, réaliser le rêve du Bâtard…

— Mais il était évêque.

— Ce n'aurait pas été le seul prince-évêque de l'histoire du Moyen Âge. Il y en a eu jusqu'au XVIIIᵉ siècle, des princes-évêques.

— Il n'était pas de sang royal.

— Vous ne connaissez pas le droit viking. Sa mère était princesse, parce qu'elle avait été choisie par le duc, un point c'est tout. Elle devenait *de facto* aussi importante qu'une princesse de naissance, avec les mêmes droits, les mêmes pouvoirs. Arlette, fille de Falaise, était capable de donner la vie à des princes. Son union lui avait conféré la dignité princière, et elle était susceptible de la transmettre, à condition que l'aîné du clan reconnaisse ce droit dynastique à ceux de ses frères ou demi-frères qu'il choisirait.

— Un système clanique, comme dans certaines sociétés primitives.

— Les bases du vrai droit anglais. Qui était, comme tous les droits nordiques, très féministe. La femme, dans la société du XIe siècle, avait une place que nous n'imaginons que très mal, mais je ne vais pas vous faire un cours d'histoire, à vous, chère Pénélope. Selon les règles des Vikings, droit non écrit mais connu de tous à cette époque, Odon n'est bien sûr que le demi-frère du duc ; son père, Herluin, sire de Conteville, n'était pas prince. Mais si sa mère et son frère aîné veulent faire de lui un héritier, un dynaste, c'est possible. Il faut oublier notre droit d'aujourd'hui, et tous les systèmes d'héritage qui se sont fixés aux XIIIe-XIVe siècles. Des principes adoptés non sans mal ; regardez les controverses au moment de la guerre de Cent Ans pour savoir qui était le légitime héritier du trône de France ! Cette décision souveraine du duc-roi choisissant le plus apte parmi les princes du clan, c'est ce qui se passe dans cette dernière scène.

— Et les historiens du droit seraient d'accord avec vous ?

— Pas tous ! Même si tout le monde admet que vous ne pouvez pas appliquer au XIe siècle, et dans ces communautés issues des navires des Vikings, les principes juridiques modernes. Guillaume lui-même, à ce compte-là, n'aurait jamais dû régner. Son surnom, le Bâtard, le prouve bien.

— Voilà pourquoi, selon vous, Odon a fait réaliser la Tapisserie. Pour que les fils de Guillaume se rangent sous sa bannière, comprennent, par la force de l'image, que c'était la volonté de leur père, le Conquérant.

— Vous saisissez, chère Pénélope. L'histoire du félon qui usurpe le trône est à double entente : Harold, qui succède indûment à Édouard le Confesseur, en prétendant qu'il est plus "prince" que Guillaume, et surtout les fils de Guillaume qui veulent régner après leur père, contre le droit légitime de la dynastie issue du demi-frère du Bâtard, Odon de Conteville. La Tapisserie s'adresse à eux, la génération suivante : elle leur promet le châtiment d'Harold. »

Pénélope se tait. Elle se dit, malgré elle : s'il avait raison… Contevil conclut, superbe :

« Les Conteville, aujourd'hui relégués dans leur citadelle de l'île de Varanville, notre rocher, notre port fortifié, notre base secrète, méprisent et menacent les rois d'Angleterre depuis neuf siècles. Nous n'avons pas de parchemin pour le prouver, pas d'historien pour nous défendre, pas de troupes pour nous acclamer, mais nous possédons un document inattaquable, que je vais vous demander d'expertiser : quelques mètres de toile. La fin de la *Telle*, qui donne tout son sens à la Tapisserie de Bayeux. »

Wandrille, comme il faudrait que tu sois là ! Il revient à Pénélope le privilège d'examiner les preuves du bon droit de cette brave famille d'égyptologues déboussolés, les sires de Contevil alias Conteville, évincés depuis mille ans et conservant comme des preuves ces broderies qui montrent que leurs histoires, cent fois racontées de génération en génération, ne sont pas des bobards de bonne femme : cette fin de la Tapisserie qui manque à Bayeux et que les rois d'Angleterre ont cherché à posséder en vain. Les rois d'Angleterre et d'autres peut-être, pendant la dernière guerre, et sans doute depuis. Un trésor de guerre.

Pénélope se redresse, fière d'elle, un peu inquiète de ne pas être à la hauteur. Sur le fond des bouteilles de vin qui masquent le mur derrière lui, Lord Contevil la regarde et les moirures rouges de sa veste se reflètent dans ses yeux.

« Monsieur, si vous voulez que je vous donne mon avis sur ces trois morceaux de toile brodée, il faut m'ouvrir les vitrines et m'autoriser à les en retirer pour que je puisse les regarder d'un peu près. J'imagine que cette requête ne vous surprend pas. »

25

Les trois fragments Contevil

Île de Varanville, nuit du samedi 6
au dimanche 7 septembre 1997

« Je vous en prie, les vitrines ne sont pas fermées
à clef, je ne crains personne dans cette cave ; et dans
mon île, les voleurs ne peuvent s'échapper. Ni eux,
ni personne – et pas même moi... Pour ouvrir, il
suffit de soulever les petits boucliers sculptés. »

Silence religieux. Pas d'accompagnement de harpe
gaélique. Une bonne lumière tout de même, pense
Pénélope. Cette crypte au trésor doit servir de temps
à autre.

Les pièces d'étoffe sont devant elle, avec les
inscriptions intactes qui prouvent les droits des Conteville à l'héritage de Guillaume. *Rex vincit – Wilhelmus
Rex Angliae – Odo designatus – Odo Princeps*. Odon
prince, Odon présent à la dernière image, au premier
rang de la cour, à la tête de l'armée, héritier du duché
de Normandie et de la couronne d'Angleterre. Toutes
les scènes précédentes, où il apparaissait en chef de

guerre, préparaient cette apothéose, cette vision de gloire.

Contevil, dans sa veste flamboyante, a le visage d'un magicien, qui joue avec les branches de ses lunettes d'écaille. Pénélope ne remarque pas, tellement elle a envie d'entendre la suite, qu'il passe à cet instant, dans son regard, un éclair un peu illuminé, qu'il n'avait pas une heure plus tôt.

Elle l'écoute :

« Vous comprenez tout ce qui a lié le duc de Windsor à mon père, à l'époque où, devenu Édouard VIII, il cherchait une solution élégante pour épouser Wallis et surtout régner avec elle. Régner, c'est ce qu'elle voulait, par-dessus tout.

— Je croyais le contraire...

— Ensuite, une fois la partie perdue, ils se sont réfugiés, faute de mieux, dans la romance et – comment dites-vous en français ? – le "glamour".

— Wallis n'aurait pas pu être reine d'Angleterre...

— Elle était divorcée, et alors ? Arlette de Falaise avait-elle épousé le sire de Conteville avant ou après son aventure avec le duc Robert, Robert le Diable ? Arlette avait d'autres enfants, cela n'avait pas empêché Robert de régner, ni Guillaume leur fils ensuite. En voilà un illustre précédent pour Édouard VIII ! Nos trois bouts de tissu justifiaient son mariage. Ils justifiaient aussi, pensait mon père en son for intérieur, son abdication en notre faveur. S'il se résignait à renoncer, poussé par Baldwin, pour des raisons politiques, Édouard VIII pouvait avoir aussi envie de laisser le royaume dans la panade : abdiquer, non pas en faveur de son frère, mais pour un lord inconnu des îles Anglo-Normandes.

— Invraisemblable.

— Mon père a cru à tout cela. L'époque était troublée, puis la guerre a éclaté, tout devenait possible... La Tapisserie prouvait qu'un mariage inégal n'entache pas l'hérédité royale. Édouard VIII, en épousant Wallis Simpson, voulait, en vrai roi du Nord, faire un mariage *more danico*, comme ses prédécesseurs les ducs de Normandie. Il ne manquait pas une occasion de se faire photographier sur des bateaux, en mer, il se voyait en prince viking, avec ses cheveux blonds et ses yeux bleus, pieds nus dans des sandales achetées avant la mode, à Saint-Tropez... Si Arlette de Falaise, fille du tanneur, mère de roi, a pu faire souche de souverains, Wallis, l'Américaine divorcée... C'est le premier temps de la bonne entente de mon père avec David – vous savez on l'appelait ainsi depuis son enfance, le duc de Windsor ? Édouard n'était que son prénom de parade, pour les actes officiels. Il est même venu ici, discrètement, à Varanville... Il a osé offrir à mon père des boutons de manchettes avec l'Union Jack, j'en ai perdu un. Il a joué du piano dans le hall, notre vieux Pleyel, un clavier français, j'y tiens ! Pas de Steinway ou, pire, de Bösendorfer chez nous ! »

Pénélope pense une seconde à Pierre Érard, sourit, flatte son hôte :

« La Tapisserie, complétée grâce à vous, aurait pu connaître, avant guerre, une nouvelle utilisation politique.

— Dans l'idée de faire admettre un mariage inégal. Nous détenions une arme de poids, dans sa batterie d'arguments contre le Premier ministre. David avait prévu d'être couronné à Westminster avec Wallis et de faire figurer les trois fragments de ma tapisserie dans la nef, avec les ornements royaux... Ensuite, nous les aurions offerts à la Tour de Londres et mon père serait devenu Connétable du Royaume, rétabli dans tous les droits qui devraient être les nôtres depuis mille ans, altesse royale, prince du sang, marchant seul devant les ducs et pairs, avec le titre de "cousin du roi".

— C'est important ? C'était important pour votre père ?

— Ma pauvre petite, mais c'est capital, on m'aurait appelé non pas "Votre Grâce" mais "Monseigneur". Vous n'avez aucune notion, je le vois bien, de ce qui compte.

— C'était dangereux, je veux dire, pour lui, d'entrer dans ce jeu. Il ne s'en rendait pas compte ? Votre père s'était rallié aux Windsor ? Il renonçait à revendiquer des droits pour lui-même ? Ce séducteur mondain de Windsor l'avait mis dans sa poche ?

— Bien sûr que non, c'est là qu'apparaît bien le côté "opérette" de cette affaire. Ils n'étaient sérieux ni l'un ni l'autre, face aux professionnels de la politique et de la guerre, à l'époque ! Et face à Hitler, vous imaginez, ces complots de salon ! David, le "roi Édouard", ne voyait que l'affirmation des droits d'une fille du peuple, égaux à ceux d'une fille de roi... "La princesse du peuple", comme vient de le dire Mr. Tony Blair, arrivait un peu trop tôt... Dad était assez romantique, assez fleur bleue, mon père était un explorateur, un homme qui avait grandi à l'ombre des Pyramides, dans les récits de son père, un exalté. Tout le contraire de moi. La Tapisserie chante la gloire, à égalité, des deux fils d'Arlette, la fille du tanneur, Guillaume et Odon : mon père et David s'étaient un peu identifiés aux personnages… D'Édouard le Confesseur à Édouard l'Abdicateur…

— Guillaume avait pourtant épousé une héritière de haut rang, Mathilde de Flandre, fille d'un comte qui était un de ses plus influents voisins.

— Bien sûr ! Mais cette objection confirme notre version des faits, certifie l'authenticité de la fin que nous possédons. Ça n'a jamais frappé personne parmi les spécialistes de votre *Telle du Conquest* ! Cette vieille haridelle de Solange Fulgence la première ! La reine Mathilde n'apparaît dans aucune scène de la broderie, que les ignares appellent pourtant depuis des lustres "Tapisserie de la reine Mathilde". »

Il souligne le mot « aucune » d'un grand trait tracé dans l'air avec l'index, avant de conclure, magistral :

« Si la Tapisserie avait été exécutée sur ordre de Guillaume, pour sa propre gloire, il aurait fait mettre en scène cette fille d'un puissant seigneur, qui était devenue sa reine. Des femmes, il y en a sur la Tapisserie, regardez Édith, sœur du roi Édouard, ou la mystérieuse Aelfgyva, dont le nom est brodé en toutes lettres ! Mathilde de Flandre ne figure nulle part. La seule femme qui compte, tissée dans la trame de cette histoire, morte en 1066 mais encore si présente, n'est pas la reine Mathilde, c'est une petite paysanne qui ne vit plus à cette date que par ses deux fils, c'est Arlette la Falaisienne, mère de Guillaume et d'Odon. La duchesse Arlette, fille de la glèbe, une Wallis du XIe siècle. »

Ils se sont assis. Pénélope imagine Diana épousant Dodi et ayant de lui des enfants… La crypte est assez confortable, meublée de jolies copies du mobilier funéraire de Toutankhamon, comme on en a exécuté en Angleterre après la découverte. Des pièces aujourd'hui très recherchées par les antiquaires.

C'est sur le fauteuil du pharaon que Lord Contevil a pris la pose d'un bon grand-père racontant à sa petite-fille l'histoire de la tribu. Pénélope s'assied sur un tabouret orné de fleurs de lotus. Les fresques, qui représentent Ramsès II entrant dans les champs d'Ialou, le paradis égyptien, donnent à son récit l'allure d'une épopée légendaire. Le mur des siècles.

Pénélope, au comble de l'exaltation retenue, se dit qu'elle entre, à la suite des compagnons de Lord Carnarvon dans un tombeau plus inviolé et inaccessible que celui du pharaon, dans les vestiges d'une histoire de mille ans, le vrai tombeau d'un roi guerrier du XIe siècle. La Tapisserie, ce sont les bandelettes sacrées d'un souverain qui n'a pas régné, cet Odon, frère de Guillaume. Odon à qui les fils du Bâtard ont fait la peau sans pitié. La Tapisserie était si belle qu'ils ne l'ont pas détruite, juste amputée. De quelques mètres, et de sa signification.

Si Wandrille avait été là, il aurait été prudent, il aurait dit à Péné d'être sur ses gardes, de ne pas s'emballer. Il aurait eu tort, bien sûr, et elle lui aurait répondu de se taire.

« Vous voulez dire, monsieur (elle ne sait trop comment l'appeler)…
— Arthur.

— Vous voulez dire qu'Odon, commanditaire de la Tapisserie, n'avait pas intérêt à insister sur le personnage de Mathilde, qui avait regarni un peu en sang princier les veines des fils du Bâtard. Odon, votre ancêtre, il s'était marié ?

— Avant de devenir évêque, avec une jeune fille noble de Normandie, une fille de chevalier, dépourvue de sang royal, mais de bonne noblesse... D'où ma famille...

— Qui était-elle ?

— Vous vous doutez de son identité...

— Pas du tout, lâche Pénélope, qui se trouve nulle.

— Cette jeune fille se prénommait Aelfgyva, belle comme les elfes sous le givre, jeune Nordique au nom étrange.

— La gifle !

— La scène de la gifle, que personne n'a comprise, est son histoire. Le clerc tonsuré qui la touche, c'est Odon, encore laïc mais qui a déjà reçu les ordres mineurs, la première étape de l'entrée dans l'Église. Elle, porte une longue robe, avec des manches, et sa tête est couverte d'un voile : elle renonce au monde. L'arc qui les réunit, avec son architecture viking, c'est l'entrée d'un couvent : ils se séparent pour se donner chacun à Dieu, comme cela pouvait arriver à cette époque. Il ne s'agit pas d'une gifle, mais d'un geste rituel de promesse et d'engagement. Lui va devenir évêque, puisque la politique le requiert, et elle religieuse. Telle est la volonté de Guillaume, frère d'Odon. Mais ce n'est pas notre sujet.

— Notre sujet, c'est le XXᵉ siècle, les Windsor. Et aujourd'hui. »

Contevil se lève avec brusquerie. Pénélope sent reparaître sur sa joue la trace de la gifle qu'elle a reçue : la signature d'un pacte, qui la lierait à un homme qu'elle ne connaît pas, la marque rituelle d'une entente secrète ?

Pénélope aimerait bien sortir de ce trou, continuer la conversation dans le jardin, sentir le vent du large, aller admirer la mer et les étoiles. Contevil bouche la vue de la porte et de l'échelle qui se trouvent derrière lui. Il parle avec autant d'exaltation qu'à une tribune, comme s'il avait à convaincre une assemblée. Pénélope, face à lui, se concentre.

« Le duc de Windsor s'est brouillé avec mon père. David a cessé de le fréquenter, après l'avoir, tout de même, réparation bien tardive de la monarchie officielle, titré marquis. Mon père a accepté ce titre, il a peut-être eu tort. Édouard VIII, quelques jours avant de jeter l'éponge, a signé l'acte qui nous fait porter cette couronne, c'est dérisoire. Pour mon père, figurer comme marquis à la Chambre des lords, c'était entrer dans la clandestinité, résister en faisant semblant d'intégrer les rangs de l'ennemi. Vous voulez entendre un dernier secret ? Pas très bien gardé celui-là, beaucoup de gens après les réceptions chez David et Wallis ont eu l'occasion de s'en rendre compte pendant des années, mais personne ne le disait ni ne l'écrivait, sauf les chroniqueurs américains. Vous avez lu les Mémoires de Gore Vidal ?

— Allez-y.

— Windsor était fabuleusement bête. Sans idées, sans conversation, je ne parle même pas de la politique ou de la conduite des affaires internationales. Il n'aurait pas pu être poinçonneur dans un autobus.

Incapable de lire un journal en entier. Incapable de se souvenir de quoi que ce soit après avoir replié le journal, sauf peut-être du bulletin météo. Avec cela, l'homme le mieux élevé, le plus délicat, le plus gentil sourire du monde, entouré d'une cour qui lui renvoyait une image flatteuse. Du jour au lendemain, comme l'enfant gâté qu'il était, il n'a plus voulu voir mon père quand il a compris que notre Tapisserie faisait certes l'éloge des noces *more danico*, mais surtout disqualifiait toutes les dynasties successives qui avaient régné à Londres, les Plantagenêts, les Tudors, et la sienne ! Ceux qui se font appeler Windsor et qui sont des boches ! »

Contevil avait crié. Pénélope le voyait avec un peu d'angoisse s'exalter de plus en plus. Elle ne l'interrompit pas :

« L'argument que nous lui fournissions, à ce doux David, se retournait contre lui : il pouvait épouser son Américaine tant qu'il voulait, mais régner, non ! Le seul souverain légitime, à la généalogie non critiquable, c'était mon père, roi d'Angleterre de plein droit, du droit de Guillaume et d'Odon !

— Vous voulez dire qu'en réalité, c'est par un scrupule, fort louable à votre égard, que le duc de Windsor, ne se sentant pas à sa place puisque votre père venait de le lui expliquer avec la plus grande courtoisie, a souhaité quitter le trône.

— Ne vous moquez pas, il a abdiqué en faisant comme Guillaume sur "ma" Tapisserie : en désignant son frère ! Il aurait dû désigner mon père. Nous avons manqué la plus belle occasion qui s'était offerte à nous depuis des siècles ! Et moi, seul, ici, devant vous, ma chère petite, je le proclame : je suis le roi d'Angleterre ! »

Le marquis rouge crie une octave plus haut, au comble de l'excitation, content d'avoir trouvé enfin une auditrice. Il aurait pu ajouter qu'il était aussi duc de Normandie.

Pénélope hésite : c'est vrai que la tradition nordique au début du Moyen Âge était plutôt féministe. Le sens caché de la Tapisserie, qui aurait été de glorifier Odon de Conteville, sorte de général-évêque, pourquoi pas ? Cela n'était pas absurde... Pour Péné, peu importent ces querelles dynastiques, elle racontera tout à Wandrille, ce qui compte ce sont les trois fragments de toile.

Authentiques ou non ? Elle n'a pas encore osé les retirer de la vitrine. Une question la taraude, qui lui rappelle le coup de poing qu'elle a reçu, son agression. Et aussi les images, qu'elle ne peut s'empêcher de revoir, la nef de Westminster, le matin même : « Adieu, rose d'Angleterre... »

Elle se lance, se demande s'il va la faire taire. C'est peut-être Contevil qui, depuis le début, tire les ficelles, lui qui a commandité le meurtre manqué de Solange Fulgence, lui qui l'a fait agresser pour voler des fragments de toile – qui ne semblent pas être ceux-ci. L'histoire ancienne prend, dans les récits de Lord Contevil, une apparence plus logique, peut-être... Celle des derniers jours s'embrouille.

« Ces dernières semaines, on est venu vous voir ? Il y a eu du neuf ? demande Pénélope, prise d'une inspiration subite, et du désir de reprendre la main.

— Vous le savez ?

— À propos des fragments de Tapisserie ? Quelqu'un est venu vous en proposer une certaine somme ?

— Comme vous êtes intelligente, et en plus vous lisez la presse à sensation, vous devinez tout. Je ne vais pas m'embarrasser avec vous de convenances. La princesse de Galles, dans les semaines qui viennent de s'écouler, avait appris qu'elle était enceinte…

— Si vous en avez la preuve, cher Arthur, vous allez beaucoup intéresser les tabloïds et pouvoir entreprendre quelques travaux dans votre mastaba. Je vous conseille de faire appel à Tadao Ando ou Jean Nouvel. Cela restera chic et confortable.

— Je suis très sérieux. S'il y a autant d'argent en jeu autour de ce genre d'histoire, si certains semblent prêts à tuer pour une information ou une photo, c'est bien que ce n'est pas du jeu. Ce sont des secrets d'État, vous entendez, des secrets qui, à d'autres époques, en auraient conduit plus d'un au cachot, ou à la mort discrète. La preuve de ce que j'avance, personne ne pourra jamais la donner. Je le regrette bien. Une amie, qui appartient au premier cercle de ce qui compte à Londres, me l'a encore confirmé hier au téléphone, la "princesse" Diana venait d'apprendre qu'elle était enceinte, tout le monde le dit. Le futur roi Guillaume, fils de Charles, le "prince de Galles", et de Diana Spencer, allait avoir un demi-frère. La même situation qu'il y a mille ans, un petit Odon du XXᵉ siècle, moitié Spencer et moitié égyptien, vous vous rendez compte ! Si je révélais à tous, au moment de sa naissance, que de surcroît ce petit garçon, ou cette petite fille d'ailleurs, si l'on reprend la coutume ancestrale du temps des rois vikings et des Normands, a aussi des droits au trône... Au même rang que les autres, ceux qui pensent être les seuls légitimes. Une femme devenue princesse peut transmettre le principe monarchique ! Regardez, dans le début de la Tapisserie, Harold prétend ceindre la couronne parce qu'il a épousé la sœur d'Édouard le Confesseur : il n'est pas parent par le sang du souverain auquel il entend succéder. Cela nous semble absurde, il faut pourtant l'admettre. Les enfants de Diana auraient pu être désignés par la reine ou par Charles devenu souverain pour accéder au trône, s'ils avaient été jugés les plus aptes pour "le job" au sein de la fratrie... Et ma Tapisserie démontre que leur mère n'avait aucune raison de perdre, à cause de cette seconde naissance, ses propres droits et son rang royal...

— Mais l'Angleterre ne va pas abandonner son droit pour ressusciter de prétendues coutumes vikings oubliées depuis mille ans !

— Vous oubliez le lobby féministe, la popularité de Diana. Et l'idée que dans trente ou quarante ans, dans une Angleterre de plus en plus métissée, un prétendant anglo-égyptien pourrait apparaître comme l'héritier idéal, le seul capable de sauver la monarchie au XXIe siècle... Chaque époque choisit dans les lois du passé celles qui conviennent le mieux à l'état de l'opinion. C'est ce qu'on a fait en France au début de la guerre de Cent Ans, en ressortant cette loi salique dont personne n'avait entendu parler depuis la tribu des Francs Saliens, et qui était peut-être même une invention pure et simple ! Aujourd'hui, nous sommes à nouveau mûrs pour voir appliquer les coutumes vikings ! Tous les princes font des mariages inégaux, des noces *more danico*, et personne n'y trouve à redire ! Le roi de Norvège a épousé une hôtesse de l'air et le roi de Suède une hôtesse des Jeux olympiques, des femmes formidables que personne n'a jamais critiquées ! On ne perd plus ses droits, chez les souverains, quand on choisit des bergères ou des bergers. Et les monarchies du Nord, toujours plus évoluées que les autres, sont en train de mettre fin à la préférence masculine. Regardez la Suède, le Parlement a décrété que le trône passerait non pas au fils, Karl-Philippe, mais à la fille, Viktoria, puisqu'elle est l'aînée. Tout bouge, et plutôt vite, dans ces règles qui semblent immuables depuis la nuit des temps… »

Pénélope, peu au fait de l'actualité des cours royales, pense à ce que lui a raconté Wandrille : Marc, lui aussi, avait cette idée. Vendre la fin de la Tapisserie à Diana et Dodi. Comme une arme. Simplement, lui n'en possédait que le dessin. La copie des scènes qui se trouvent ici ?

Il faudra, d'urgence, s'en assurer à Paris. Cela fait des jours que ni Wandrille ni elle n'ont eu de nouvelles de Marc. Lord Contevil semble intarissable, lancé sur son sujet :

« Le droit monarchique se transforme, il n'est intangible qu'en apparence… On ne peut plus considérer les femmes comme des êtres de second choix, ou des héritières faute de mieux.

— Qui donc est venu vous voir ? coupe Pénélope,

agrippée à la question qui semble gêner le plus Arthur Contevil.

— Vous êtes curieuse… »

Il la regarde dans les yeux, avec le ton exquis d'un gentleman étrangleur de l'époque victorienne :

« Je veux d'abord savoir ce que vous pensez de ma Tapisserie, c'est pour cela que je voulais à tout prix que vous vinssiez sur mes terres. Regardez. Voulez-vous que j'approche la lampe ? Vous pouvez les sortir de leurs vitrines, la toile tient bien, je la manipule le moins possible… »

La stupeur de Pénélope est difficile à cacher. Le style des scènes est parfait, semblable en tout point à celui du cycle de Bayeux. L'histoire d'Odon voulant ce monument pour sa gloire est plausible. Les implications de cette histoire dans les événements contemporains plus contestables, Contevil délire, mais ce n'est pas l'important. Elle a sous les yeux les quelques mètres qui manquent à la Tapisserie de Bayeux. Une machine infernale du Moyen Âge. Elle n'ose pas prendre entre ses doigts le premier morceau de broderie. La conservatrice aimerait avoir des gants. Toucher le tissu posé à même la feutrine rouge de la vitrine. Elle se laisse porter, une fraction de seconde, par cette histoire qui l'entraîne de l'autre côté des siècles.

26

L'envers de la broderie

Île de Varanville, nuit du samedi 6
au dimanche 7 septembre 1997

Pénélope retourne le tissu. Pas de toile de renfort montée au dos. Les fils apparaissent, avec leurs couleurs d'origine. Ce qu'elle comprend, en une seconde, la fait blêmir.

Elle s'efforce de ne rien laisser paraître devant Contevil, qui la transperce du regard, comme s'il guettait ses pensées, ou plutôt, elle en est sûre, comme s'il savait exactement ce qu'elle pense.

Elle fait mine d'approcher un des fragments de la lampe, pour voir en lumière rasante ce qu'elle a aperçu tout de suite.

« Vous ne dites plus rien, mademoiselle Pénélope... »

Il a changé de ton. Il se rassied dans son fauteuil à pied de lion. Souverain de la Haute et de la Basse-Égypte. Le Royaume-Uni de l'Antiquité. Si elle lui dit qu'elle ne peut pas reconnaître ses morceaux de tissu, il est capable de tout, de l'enfermer dans sa caverne domestique, de la tuer. D'abord sortir à l'air libre, pour discuter :

« Je ne vois pas bien, je préférerais apporter les tissus à l'étage, les poser sur une table sous une lampe.

— Je vais demander à Olav de descendre une autre torchère, je préfère que ces reliques ne quittent pas la crypte. Vous comprenez, ici, la température est constante, idéale pour leur conservation. En haut, nous chauffons trop…

— Vous avez de vraies préoccupations de conservateur…

— Vous me pensiez travailliste ? Cette tapisserie est tout mon héritage, ma fortune, mon espérance, mes documents d'identité…

— Pourquoi prenez-vous le risque de les faire "expertiser", alors ?

— Pour savoir, pour être sûr, pour comprendre aussi ce que je peux en faire. »

Son ton est presque une menace. Gagner du temps, se dit Pénélope, et sortir de ce trou à rats. Elle remonte ses lunettes, se redresse, adopte un ton de réunion de direction :

« Je préférerais attendre demain, faire les choses dans les règles, prendre aussi des photographies…

— Hors de question. Vous en avez assez vu. Vous y croyez maintenant ? Non ? Oui ? »

Mentir ? Si c'est pour s'en sortir, tant pis, Pénélope commence à raconter n'importe quoi :

« À l'observation des scènes, tout me semble excellent, d'une similitude parfaite avec ce que nous conservons à Bayeux... Vous pouvez, je crois, être fier... »

Elle ment mal.

Elle sent qu'il va lire sur ses lèvres ce qu'elle s'empêche de dire : l'envers n'est pas du tout cohérent avec l'endroit. Il montre un point qui n'est pas celui de la Tapisserie authentique. Les Coptes ne sont pas des brodeurs, mais des tisserands. Au revers de la broderie, ils ont accumulé des nœuds épais, pour donner l'illusion du volume, comme sur un tapis ou une tapisserie. Cela donne bien l'effet du point de Bayeux. Au recto, la confusion est possible, au verso, le trucage devient évident. La toile est récente, enfin, pas aussi ancienne que les morceaux qu'elle a pu toucher dans les réserves, l'autre jour, avec Wandrille. Pénélope a l'habitude des textiles. Elle peut les dater les yeux fermés, du bout des doigts, elle sent et elle aime la souplesse, la fragilité des tissus très anciens. Celui-ci est encore rêche, un peu cassant, cela ne va pas. Les couleurs ne sont pas les bonnes, les pigments trop vifs, faits sans doute à partir de coquillages de Méditerranée.

Pénélope pense au Louvre, à Vivant Denon, à la lettre au Citoyen Premier consul que lui a montrée le directeur. Qui d'autre aurait été faire broder par des Coptes des scènes inspirées des dessins de Bayeux ? Denon est le seul lien entre l'Égypte et la Tapisserie. Le résultat de la lettre de Denon à Bonaparte est arrivé ici. Voici le faux fabriqué au Caire.

Les fragments Contevil seraient-ils un cadeau empoisonné, un pastiche fabriqué par Denon pour déstabiliser la monarchie anglaise, une machination franco-égyptienne, un complot monté contre Londres ? Comme l'amour de Diana et Dodi, encore une manigance ourdie en Égypte contre la monarchie britannique ! En Égypte… Tout y ramène, à chaque pas, dans cette histoire… Pénélope sourit pour elle seule. L'axe Bayeux-Le Caire ! Elle n'est pas ici par hasard.

Cela ne lui dit pas ce qu'elle doit faire.

« Vous me prenez pour un imbécile ? Votre voix tremble, éructe Arthur Contevil, vous ne me regardez plus en face. J'ai juste besoin que vous signiez un certificat, que vous reconnaissiez l'authenticité de mes morceaux de tissu, je ne vous demande pas grand-chose. En échange, j'ai pensé à un beau cadeau. Je vous offre de devenir propriétaire d'un appartement de mon immeuble de Londres. J'acquitterai les frais d'une donation. Si vous acceptez, il est à vous. Je vous communiquerai tout à l'heure le montant des loyers, il y a de quoi vivre à Paris dans le très grand luxe durant votre vie entière, et même de fonder une famille si vous y tenez, et de gâter de nombreux enfants… C'est un appartement somptueux. Mon notaire a préparé l'acte.

— Je ne m'attendais pas à être insultée. Vous ne m'achèterez pas. Je ne vous dirai que la vérité.

— Vous débutez. Vous pensez que vos collègues vivent tous de leurs salaires ? Ces salaires de misère, tellement dérisoires en comparaison de la valeur de ce que vous conservez, et des attributions que vous pouvez formuler devant les œuvres.

— Les conservateurs n'ont pas le droit de faire d'expertise, vous le savez.

— Question de mots. Ils peuvent rendre des "avis". Et pour les escroqueries, il se crée toujours une chaîne de l'amitié : un ami marchand à New York, un autre grand éditeur d'art qui fait paraître tel invraisemblable et invendable "catalogue raisonné" à la date voulue, un troisième, le conservateur, qui lance une exposition, et voilà toutes les œuvres d'un artiste naguère oublié que l'on écoule gentiment. On se partage le gâteau en allant tous ensemble passer des vacances au soleil, invités par un conservateur américain salarié grassement par son conseil de trustees, vous voulez que je vous donne des noms ? »

Arthur Contevil poursuit, cette fois très maître de lui :

« En comparaison de ces entourloupes bien connues, ce que je souhaite obtenir de vous est une broutille : vous écrivez dans une revue savante un essai descriptif des pièces que vous venez de voir et vous concluez de façon largement positive sur leur authenticité. Les titres de propriété de l'appartement dont je vous parle seront portés à l'actif d'une société anonyme dont vous...

— Ce qui est sidérant, c'est le culot avec lequel vous me proposez tout ça... Vous avez bu ? Remontons, je vous promets d'oublier ce délire et de vous aider, si je le puis, à la mesure de mes moyens, en faisant passer par le laboratoire d'analyse des Musées de France...

— Vous ne sortirez pas d'ici comme ça. Je sais ce que vous venez de voir et que vous n'osez pas me dire, parce que vous commencez à avoir peur de moi. Parce que vous êtes en train de vous dire qu'Olav est là-haut devant la porte. Que vous êtes seule, qu'il n'y a pas de bateau, que vous n'avez pas de voiture, que votre téléphone portable ne fonctionne pas dans notre île. C'est bête, depuis le temps que je demande l'installation d'un capteur. »

27

Pénélope prisonnière

Saintes vaches, me voilà faite ! Et par un vieux croûton, quelle bleue ! Nofretari capturée par Nosferatu. Elle s'évade en pensée, chez la marchande de journaux de la place de la cathédrale. Sûr que sa photo sera en Une demain, ou après-demain, quand on aura signalé sa disparition, ou la semaine prochaine, quand un morutier aura repêché ses restes entre Saint-Pair-sur-Mer et Jullouville-les-Pins, sur une jolie plage de sable du Cotentin. Des plages sur lesquelles le soleil se couche, des plages où les amoureux vont voir le rayon vert. Elle en est loin.

Arthur Contevil a rabattu la trappe. Elle n'avait pas compris qu'il reculait à pas de loup, pendant qu'elle se penchait à nouveau sur les morceaux de toile, pour tenter d'y trouver un détail qui accréditerait le mensonge, pour sortir. Pénélope ne sait pas bluffer. Elle aurait dû accepter son offre. Ensuite, elle aurait pris le temps de refuser. Faire semblant.

Elle n'a pas su. Il lui a laissé la lumière. Pénélope est captive, ce dolmen ne s'ouvrira pas.

L'humour ne réchauffe qu'au début. Avec la température idéale de conservation des tissus anciens, elle ne va pas se sentir en forme très longtemps. Pénélope, sa mère le lui dit chaque fois, est plutôt frileuse.

Au bout d'une heure seule dans cette cave, c'est à nouveau une image de son enfance qui lui revient en mémoire, nette et tranchante. L'angoisse des cryptes et des souterrains. La peur. Les tremblements qui commencent. Avec ses mains, elle appuie au creux de ses épaules, pour se détendre, tenter de se calmer.

Une sonnerie se fait entendre. Dans cette cave. Une sonnerie bien réelle, un téléphone qui ne vient pas du fond des âges. Le bruit rebondit sur tous les murs. Elle cherche le combiné. C'est un modèle actuel, caché derrière une rangée de bouteilles. Elle s'assied sur le trône pharaonique.

« Je voulais savoir si vous aviez changé d'avis. Si vous souhaitiez que je coupe l'électricité tout de suite ou un peu plus tard. Je ne crois pas qu'un petit déjeuner soit prévu demain matin. Bonsoir, mademoiselle Breuil.

— Ne raccrochez pas ! Il faut que nous parlions. Vous ne savez pas tout.

— Je crois vous avoir appris quelques éléments que vous ne soupçonniez pas.

— Ce que vous ignorez, Arthur – elle tente une once de séduction – c'est qu'en ce moment même la vraie fin de la Tapisserie de Bayeux existe, et circule.

Je l'ai eue entre les mains. Des fragments qui ont été vendus à l'hôtel Drouot la semaine dernière. Je suis la seule à pouvoir dire s'il s'agit de l'original. Cela vous concerne, nous concerne devrais-je dire. »

Qui donc est venu, ces dernières semaines, sur cette île, rendre visite à Contevil ? Pénélope a une certitude : ce visiteur a partie liée avec son agresseur, avec celui de Solange Fulgence, quelqu'un qui, depuis plusieurs jours, s'intéresse à la fin de la Tapisserie. La fin telle que Contevil en est devenu le fidèle conservateur, la fin, telle qu'elle existe peut-être ailleurs, différente – authentique ?

Pierre Érard pourrait surgir, la délivrer. Il a dû avoir le message qu'elle lui a laissé de Granville. Mais le journaliste n'a rien d'un aventurier ou d'un sauveur. Elle pense à lui, cela lui fait du bien, son seul ami ici. Elle revoit l'air d'enfant égaré de Pierre, son sourire discret, le contraire de son Wandrille qui lance des éclairs à tout bout de champ.

Contevil ouvre la trappe.

Elle n'est pas peu fière, par la seule force de la parole – Wandrille n'en reviendra pas quand elle lui racontera – d'avoir retourné l'adversaire. Arthur battu à plate couture. Pénélope a convaincu Contevil que leurs intérêts sont les mêmes. C'est elle maintenant qui le tient dans le creux de sa main, qui fixe les conditions, propose. Il y a cru tout de suite. Il a vu que ce n'était pas du bluff. Et Pénélope n'a maintenant qu'un but, qui lui donnera sans doute la solution de tout : le faire parler.

28

Sortie de crypte

Île de Varanville, dimanche 7 septembre 1997,
premières heures du matin

« Quand j'ai lu, dans *La Renaissance*, qu'une nouvelle conservatrice venait d'être nommée à Bayeux et qu'elle travaillait sur l'Égypte copte, en particulier les textiles, j'ai compris qu'"ils" avaient compris.

— "Ils" ?

— Les Musées de France, votre ministère de la Culture, pas la conservatrice de Bayeux, vous imaginez bien, cette vieille taupe modèle !

— Votre français est admirable.

— Je me suis dit que je n'avais plus mes chances. Solange Fulgence a toujours tenu mon histoire pour négligeable, elle n'a jamais répondu à mes lettres et à mes appels, mais je sais qu'elle a gardé toutes les photographies que je lui avais envoyées. Mes fragments de broderie existent. Ils sont anciens. Elle n'a aucun moyen d'en faire l'histoire. Ils la gênent. Elle n'en parle dans aucun de ses livres. Elle sait que nous possédons la fin de la Tapisserie. Avec vous, elle se donne les moyens de me faire taire. J'aimais mieux qu'elle ne me réponde pas. J'ai pensé que le gouvernement avait désormais décidé de m'abattre, parce que "ma tapisserie" pouvait redevenir une arme. Les temps changent. Il va à nouveau falloir compter avec nous. Les événements du pont de l'Alma ne m'ont, hélas, pas donné tort. Vous êtes l'espionne des Musées français nommée à Bayeux pour me réduire à néant. C'est pourquoi j'ai voulu vous faire venir. De mon propre chef, et de votre plein gré.

— Parce que je suis capable de voir au premier coup d'œil que vos prétentions reposent sur un faux, d'excellente facture certes, mais un faux, datable du XIXe siècle. Le Louvre travaille en ce moment sur un personnage des plus romanesques, Dominique-Vivant Denon, son directeur du temps de l'Empire, une tête brûlée qui a suivi Bonaparte en Égypte et parcouru l'Europe à la recherche d'œuvres d'art de toutes sortes... »

Bien qu'ils soient revenus dans le hall, Pénélope reste sur ses gardes. Ce qu'elle veut négocier, c'est le premier bateau pour partir. Le ton de Contevil redevient glacé :

« On dirait que je vous fais encore peur. Nous venons de conclure un pacte, je ne vous trahirai pas.

— C'est Denon qui a fait exécuter en Égypte les trois fragments que vous possédez.

— Mon père, qui était un des découvreurs de la tombe de Toutankhamon, avait toujours su la vérité. Il avait vécu plusieurs années en Égypte. Il savait que des couvents de brodeuses coptes travaillent sur du lin, avec des techniques ancestrales qui rappellent un peu ce qui devait se pratiquer dans les ateliers normands du XIe siècle. Les trois scènes de la Tapisserie de Bayeux que vous venez de voir sont pourtant un monument historique authentique : elles ont été commandées par Napoléon. C'est déjà cela. Après 1815, elles sont devenues possession de la famille Contevil.

— Vous espériez les vendre à Diana et Dodi, comme votre père au duc et à la duchesse de Windsor. Montrer votre force. Le seul adversaire possible, c'était moi.

— Je ne vous ai jamais voulu aucun mal. Même tout à l'heure quand j'ai un peu cherché à vous impressionner. Aujourd'hui que Diana et Dodi sont morts, pauvres têtes exaltées, cervelles de moineaux, les seuls à qui j'aurais pu faire gober cette histoire… Je vous ai fait venir pour vous demander de l'aide.

— En m'enfermant dans votre cave !

— Vous avez raison, nos intérêts sont proches. J'ignore qui possède l'autre jeu qui circule, de quand il date, je veux savoir ce qu'il vaut.

— Vous êtes certain que vous ne le savez pas ?

— Je vous le jure, sur ce dolmen qui est ce que je possède de plus sacré. Je peux vous raconter notre histoire, si vous voulez une dernière preuve de ma bonne foi.

— Je vous écoute. »

29

Où Napoléon intervient

Île de Varanville, dimanche 7 septembre 1997

« Sous la Révolution française, mon ancêtre John Contevil vivait entre la Normandie et notre île. Il avait acheté une ferme dans le tout nouveau département du Calvados, dans ce petit village qui s'appelle Conteville, sans que l'on puisse dire avec certitude s'il a un rapport avec nous. Au commencement de l'Empire, il avait prospéré grâce à une contrebande textile...

— Déjà !

— Pas encore. Il s'agissait de cachemires des Indes, dont les élégantes des années 1800 raffolaient et qui ne pouvaient pas entrer en France à cause du fameux blocus continental qui interdisait le commerce avec l'Angleterre. Mon ancêtre commença sans moyens, grâce à un réseau qu'il avait construit dans le circuit des foires normandes, la foire de Caen, et surtout la foire de Guibray, près de Falaise où toute la province venait s'approvisionner. J'ai ses livres de comptes au grenier, c'est assez pittoresque.

Les ballots de cachemires passaient par Varanville et les marchands parisiens venaient les acheter à Guibray. C'était une sorte de société secrète qui fit notre fortune. Nous n'allions pas nous arrêter en si bon chemin. »

Que savait Solange Fulgence de cette histoire ? Que savait le directeur du Louvre ? Pénélope sent qu'elle a été prise pour une petite fille par bien des gens, et se dit que cela a assez duré. On ne la manipule pas comme ça.

Quand on lance un aristocrate anglais, ou un Normand de vieille souche, sur le chapitre de son histoire familiale, difficile de l'arrêter, les noms viennent en rafales, puis en litanies chuchotées, les dates s'agitent comme des fourmis sous une motte de terre.

« J'aime beaucoup mon ancêtre, déclare Contevil, satisfait. Comme Surcouf, il faisait partie de ces aventuriers qui travaillaient pour Napoléon. Il s'est vite, la fortune aidant, propulsé à Paris. Il a mené grand train, acheté un hôtel particulier faubourg Saint-Germain et loué à l'année une loge à l'Opéra. Il a même, une saison, été l'amant de Pauline Bonaparte, la sœur de Napoléon, la princesse Borghèse. Je crois qu'il a rêvé d'un grand destin. Denon l'avait présenté à l'Empereur. Il devint une sorte d'espion chargé de faire tomber la monarchie anglaise. Napoléon a voulu conquérir la Pologne pour mettre sur le trône le maréchal Poniatowski, il n'en a pas eu le temps. Mon ancêtre a cru que si l'Angleterre tombait, c'est lui qui serait choisi pour y fonder une dynastie. Il s'est cru le roi. Il aurait administré l'Angleterre pour le compte de Napoléon, exactement comme l'évêque Odon, après 1066, devait administrer l'île pour le duc Guillaume. Odon tomba vite en disgrâce, Bonaparte ne soumit jamais Londres. Les Contevil n'ont pas de chance.

— Mais vous, Lord Contevil, vous descendez vraiment d'Odon, ce n'est pas une falsification datant de l'époque de Napoléon ça au moins ? Quand votre famille faisait le jeu des Français.

— Nous n'avons jamais fait le jeu de personne, ma petite. Vous voulez une réponse franche, une réponse d'historien ? Nous portons le même nom et une généalogie datant du XVIIe siècle a établi cette filiation. Pour le reste, je ne sais rien, et d'ailleurs je ne veux rien savoir. Nous n'avons pas vraiment d'archives ici. Tout a disparu quand ce Contevil, que nous appelons le Contevil français, s'est installé à Paris.

— Qu'est-il devenu, après la chute de l'Empereur ? Ce ne devait pas être facile pour lui de retourner en Angleterre, il était compromis.

— Et pas facile non plus de rester dans la France de Louis XVIII. Les Bourbons revenus au pouvoir ne voyaient pas d'un bon œil cet homme qu'ils considéraient comme un marchand enrichi qui s'était cru prétendant au trône... de leur allié le roi d'Angleterre.

— Il a été persécuté ?

— Il a surtout perdu sa fortune. Il a commencé une vraie descente aux enfers. Il a fini clochard. Sa mort fait frémir. Une histoire atroce... »

Varanville est battu par la mer. La pluie né cesse pas.

« ... dans une auberge du Bessin, vers 1840. On avait arraché ses boyaux et mis ses yeux dans un verre. »

Pénélope se fige. Pense à Wandrille, à Pierre Érard.

Le vieillard poursuit :

« Un règlement de comptes entre bandes, semble-t-il. Il était vieux, ne faisait plus de mal à personne. Il se promenait de village en village avec une charrette. Vous savez qui l'a retrouvé, par hasard, dans cette halte de voyageurs ? On l'a appris grâce à une lettre découverte il y a à peine vingt ans : Prosper Mérimée, à l'époque où il parcourait la France comme inspecteur des Monuments historiques. Il sous-entend que Contevil, la veille de sa mort, avait tenté de lui vendre certains fragments de tapisserie... Vous voulez lire ? »

Une lettre inédite de Prosper Mérimée retrouvée aux archives d'État de Moscou

Bayeux, 12 octobre 184. [dernier chiffre illisible]

Tu connais, ma chère Valentine, ma manie de m'adresser d'abord, dans un village inconnu, aux marchands de peaux de lapin. C'est comme cela que j'avais été mis sur la piste des tapisseries du château de Boussac, cette jolie dame avec une licorne qui sera, je l'espère, bientôt dépliée sous les yeux des Parisiens.

Hier soir, à l'auberge, j'avais fait amitié avec l'un de ces revendeurs de bric-à-brac qui connaissait par cœur ce beau petit pays du Bessin normand. Il m'avait parlé, les lampées de calvados aidant, des vieux bouts de tapis qu'il transportait.

Je ne me doutais point que mon hôtellerie fût une auberge rouge. Les gens de cette campagne sont donc pires que mes chers bandits corses ou que les amis de Carmen et de son José. Ce matin, on a retrouvé mon bonhomme, qui dormait au-dessus de moi, pendu, les yeux arrachés.

Il faut croire que mon sommeil est bon avec ce climat. Ce qui est drôle, c'est qu'on a mis ses yeux dans un verre.

Mon nouvel ami avait dû voir ce qu'il ne fallait pas qu'il vît, son assassin le fait savoir au reste de sa bande. C'est que je déchiffre assez bien la langue, toute visuelle, des brigands. On l'avait éventré, et c'est l'odeur de ses boyaux qui a donné l'alerte aux chats à l'heure du bol de lait.

On pouvait le voler sans le tuer, puisque ses affaires n'étaient pas dans sa chambre, mais dans la remise, avec la charrette. Je n'ai pas eu le temps d'éclaircir ce mystère. Il m'avait fait la description de son chef-d'œuvre, qui m'échappe donc, avec la compagnie de ce brave homme. Des bandes de tapisseries blanches, avec des personnages et des lettres. On lui a tout pris, ses coiffes de Falaise et ses manchons pour les élégantes à porter les jours de fête ; l'hiver je crois qu'il fait froid ici, malgré la mer toute proche.

Le gros gendarme était tout impressionné, quand il a vu que dans cet hôtel à trois sous logeait un envoyé spécial du gouvernement, et membre de l'Académie française. Je lui ai expliqué ce que c'est qu'un inspecteur des Monuments historiques, c'est comme si j'avais parlé en hiéroglyphes. Il me tarde de te revoir, de te montrer mes carnets, mes nouveaux dessins et quelques autres choses que tu connais déjà.

Ton Prosper

31

Contevil coupe court

Île de Varanville, dimanche 7 septembre 1997,
vers 3 heures du matin

« Ces fragments, comment sont-ils parvenus jusqu'à vous ?

— Le plus naturellement du monde. Mérimée a quitté l'auberge sans soupçonner que ce vagabond voulait lui vendre des bandes de toiles qui pouvaient avoir un rapport avec la Tapisserie de Bayeux, qu'il connaissait d'ailleurs. C'est lui qui l'a fait classer comme "Monument historique". Il est même parti en croyant que mon ancêtre avait été dévalisé…

— Ce n'était pas le cas ?

— Non. Il n'a été qu'assassiné. On en voulait à sa vie, pas à ses hardes. Les papiers du chemineau étaient en règle. La police du roi a retrouvé son fils sans la moindre difficulté. Il avait vingt ans et vivait dans la ferme de Conteville dans le Calvados. Il avait toujours la possession d'une île de la Manche, propriété de notre famille "pour l'éternité", dit un parchemin du XIVe siècle, l'île où nous sommes, où il n'y avait rien, une casemate de pêcheur, et le cairn. La charrette a été transmise au seul héritier, Alphonse Conteville, bon Normand, qui ne tarda pas à refaire fortune et à s'installer à Varanville. Dans les fripes de la charrette se trouvaient les trois morceaux de Tapisserie, les lettres de noblesse de notre lignée, notre trésor. Alphonse entama un procès pour retrouver la grande maison de Londres que nous possédions au XVIIIe siècle, il le gagna. Le petit-fils d'Alphonse est l'égyptologue, voilà, vous savez tout. Vous voulez peut-être reprendre un bateau ? Il faudra attendre l'après-midi. Votre chambre vous attend toujours à l'étage. J'ai été enchanté de faire votre connaissance. »

32

Dans la chambre d'Odon

Île de Varanville, dimanche 7 septembre 1997

Pénélope, titubante, s'effondre dans « la chambre d'Odon ».

« Je vais pouvoir piquer des idées pour la décoration du studio de la rue de la Maîtrise ! Saintes vaches, nobles filles d'Hator, déesse aux longues cornes ! Cela me convient tout à fait. »

Elle s'enroule dans un brocard bleu, orné de sphinx et de disques solaires. Le néo-égyptien triomphe dans cette pièce. Odon de Conteville, avec sa tonsure et son profil normand, a pris l'apparence d'Osiris en face d'elle sur le mur ; elle déchiffre avec stupeur le nom inscrit, selon le système alphabétique de l'Égypte tardive, dans le cartouche royal. Ce sont bien les lettres qui composent le prénom du commanditaire de la Tapisserie. Encore une facétie de ces Contevil.

Les rideaux sont semés de fleurs de lotus et de cobras stylisés. Le lit rappelle un bateau en papyrus du Nil. Pénélope s'endort, n'excluant pas de se réveiller au large de son chantier de fouilles, à Thèbes, dans le petit matin encore frais. Elle se sent une pilleuse de sépultures, avide, impunie, menacée.

Vers midi, en écartant les lotus, c'est la Manche sous la pluie qui apparaît par la fenêtre, une vue en camaïeu de gris, ciel délavé, un dessin de Victor Hugo. La campagne au milieu de la mer.

Elle a dormi tout habillée. Elle plonge dans la baignoire. Pas de balance en vue, mais elle est certaine d'avoir « minci », un peu. Elle se sent prête à conquérir, non pas l'Angleterre, mais le monde. En commençant par le dernier des confettis de l'Empire, Varanville.

Elle remarque tout de suite l'œil bordé de bleu peint, aussi, sous la grande glace. Elle plonge le pommeau de la douche sous l'eau pour que le bruit ne l'empêche pas d'entendre ce qui se passe à côté, si jamais quelqu'un profitait de ce moment pour entrer. Elle n'a même pas vérifié, hier, en se couchant, si la porte était verrouillée. Elle a fait, d'instinct, confiance au vieux diable rouge.

Bruit de voiture dans la cour. Elle se redresse, les seins dans la mousse, impossible de ne pas penser, se dit-elle, à Liz Taylor dans *Cléopâtre*. Impossible de se mettre à la fenêtre en tenue d'Isis, pas de peignoir à portée de main.

Une visite. Ici ? Les portes claquent. Du bruit dans le hall, une conversation.

On monte l'escalier. On frappe. C'est la voix de Pierre Érard. Pénélope est prête. Elle ouvre. Elle a envie de lui tomber dans les bras. Elle pense à Wandrille, se contient, embrasse sur les deux joues cet exceptionnel chevalier servant qui a pris le premier bateau pour la rejoindre. Serait-ce le moment où, dans le film de Mankiewicz, Cléopâtre balance entre César et Marc Antoine ?

« Pierre, vous avez eu mon message ! J'étais certaine…

— Je connais bien Lord Contevil. J'ai fait un reportage sur les derniers féodaux des îles anglo-normandes. Quand John Michael Beaumont, actuel seigneur de Serq, a vendu son îlot de Breqhou aux patrons du Ritz de Londres. Des histoires ! Il prétendait conserver le droit de pêche à la crevette.

— Pour la pêche aux crevettes, le Ritz est mieux. Contevil n'a qu'à vendre un bout de son rocher au patron du Ritz de Paris ! Ou lui céder à prix d'or des reliques de son glorieux passé ! »

Pénélope se tait, aux aguets. Que sait Pierre ? Il ajoute :

« Depuis quelques jours, tout le monde a lu que le propriétaire du Ritz est égyptien ! Avec ce qui est en bas, il pourrait meubler une jolie suite place Vendôme.

— Contevil serait vendeur ?

— Vous lui proposerez, je préfère que ce soit vous. Vous avez vu, il commence à ne pas pleuvoir.

— Pierre, on se tutoie ?

— Je… je crois que le marquis t'attend en bas, il m'a laissé monter seul, je voulais te faire la surprise. »

Contevil leur a servi à toute allure un déjeuner de tripes à la mode de Caen, vengeance comme une autre. Écossais, il leur aurait fait le coup de la panse de brebis farcie, toujours de bonne guerre. La navette repart tôt, au milieu de l'après-midi. Pénélope a fait contre mauvaise fortune bon cœur et s'est resservie. Elle aurait bien aimé poser d'autres questions à Contevil, impossible devant Pierre : le duc de Windsor avait-il continué à s'intéresser à la Tapisserie après l'abdication ? Avait-il à un moment ou à un autre, avant la guerre, possédé lui-même ces fragments de Tapisserie, cherché à les monnayer alors qu'il n'en était pas le propriétaire ? Avait-il eu connaissance d'une autre version, distincte de celle-ci ? Pénélope ne veut rien dire de la « découverte » de Wandrille, ces coussins photographiés chez les Windsor, dans leur maison parisienne. Les Contevil n'y avaient sans doute jamais été invités. Que savait au juste le père du marquis, avait-il laissé des souvenirs, des recommandations pour son héritier ? Que deviendra ce « trésor », qui ne vaut pas grand-chose, après la fin de Lord Contevil ?

Personne ne pose de question à personne, dans la salle à manger ornée de bannières fantaisistes un peu défraîchies et de lances de tournoi en bois blanc. Des dragons rouges, aux dents et aux griffes argentées, courent sous les frises du plafond. Pierre ne fait même pas semblant d'être en reportage, il parle comme si tout allait de soi, comme si Pénélope lui avait donné rendez-vous. Contevil, drôle et sympathique, n'a pas l'air surpris de l'irruption de Pierre, il exécute un numéro de vieille branche bien rôdé. Ils parlent de la prochaine réunion des « Fils de 1066 », qui se tiendra à Hastings. Une sorte de superproduction internationale montée par des amateurs venus de Belgique, d'Allemagne, de Suisse et des royaumes mal unis de l'Angleterre, sans compter, bien sûr, les Normands. Olav, en veste blanche, sur le perron, porte la valise de Pénélope et incline sans sourire son profil de bouledogue.

Sur le bateau, Pénélope fait raconter à Pierre l'histoire des seigneurs de Serq. Elle résiste à l'envie de tout lui confier.

Elle s'emploie surtout à ce qu'il ne puisse pas approcher sa main de la sienne sur le banc qui est à l'avant du bateau. Il a insisté pour qu'ils s'installent sur cette proue romantique, elle se méfie. Elle a raison.

Pierre est un vrai journaliste, il cherche et trouve. Il faudrait le sortir de son petit pays, que Wandrille le présente à quelques rédacteurs en chef influents, c'est justement ce que ce Normand paisible ne veut pas ! Wandrille, avec sa chronique, est un fumiste. Un paresseux. Il n'est pas venu la sauver à Varanville. Pierre agit. Pénélope se jure en elle-même qu'elle n'oubliera pas, qu'elle le remerciera. En tout cas, sur ce petit navire sans cabine, aucune possibilité de lui céder.

À Wandrille, elle n'a jamais rien promis. Mais elle ne se souvient pas, malgré les exhortations de Léopoldine, de l'avoir jamais trompé. Pierre pourrait être son premier « amant ». Cela mérite examen. Pas de coup de foudre, une expérience agréable à tenter, avec quelqu'un qui mériterait que l'on s'attache à lui.

Et pourquoi ne pas faire se rencontrer Pierre et Léo-poldine ? Au Club ? Le marivaudage intérieur, sous forme de dialogues avec elle-même, a toujours fait du bien à Pénélope. Elle ne s'est pas rendu compte que l'on arrivait déjà à Granville, et que Pierre avait fini par allonger son bras derrière elle, sur le dossier de bois verni, à quelques millimètres de ses épaules.

Pénélope, sur le port de Granville, appelle le Lou-vre. C'est le soir, les secrétaires et assistantes sont parties. À sa plus grande surprise, le grand patron décroche lui-même. Elle bafouille :

« J'ai enfin trouvé les morceaux qui manquent, dans une île anglo-normande. Je vous raconterai. La suite anglaise de notre Tapisserie. Vous aviez raison, ces trois mètres ont à l'évidence été brodés en Égypte selon une méthode ancienne, qui ne ressemble qu'en apparence au point de Bayeux ! Un examen de l'envers, même à l'œil nu, ne souffre aucun doute. Denon avait été obéi.

— Reste donc à savoir, chère Pénélope, si cette fin présentait un quelconque intérêt politique pour l'Empereur…

— Je crois que oui. Je voudrais vous écrire un court rapport à ce sujet.

— Nous le publierons avec plaisir dans *La Revue du Louvre et des Musées de France*, ce sera votre premier article non égyptologique. Mais vous me raconterez tout de vive voix avant sa parution…

— C'est un complot sous l'Empire.

— Qui n'explique pas pourquoi on a tiré sur Solange, et la vraie date du chef-d'œuvre qui est exposé dans les salles du Centre Guillaume-le-Conquérant. Vous poursuivez l'enquête ? Il est possible que chez nous, bientôt, un poste soit vacant, un départ à la retraite anticipée aux Antiquités égyptiennes… »

33

Wandrille, après l'aiguille, manie les ciseaux

Paris, dimanche 7 septembre 1997, le soir

Ce bar-tabac ouvert le soir, au bord de l'eau, sur le canal Saint-Martin, c'est le quartier général clandestin de Pénélope et Wandrille. Ils en ont fait un club de magie blanche et de divination. La passion commune qui les a rapprochés. Le premier club de ce genre à Paris. Le patron, M. Richard, leur en a un peu voulu, les premiers jours, d'envahir son domaine. Son idée était de transformer l'endroit, qu'il venait de racheter, en bistrot landais. Il a vite compris. Avec les amis de Pénélope et de Wandrille, son estaminet ne désemplit pas. Tout avait commencé dans le petit groupe d'amis de l'École du Louvre, où certains, Pénélope en tête, avaient l'habitude de tirer les cartes pour préparer les concours. La première année, Pénélope avait deviné le sujet grâce au tarot de Mlle Le Normand. Le bouche à oreille fonctionna. Une traînée de poudre.

Tous les mages en désarroi, les voyantes en panne de roulotte, les amateurs de jeux de cartes sans amis, les fondus de lancer d'aiguilles sur le parquet et de boules de cristal ne tardèrent pas à s'apercevoir que ce « terrain neutre » rassurait les gogos et faisait venir de nouvelles sortes de clients. Une spécialiste de tarots y tenait salon chaque jeudi, le vendredi une voyante mondaine un peu déchue, qui n'avait pas su voir la première guerre du Golfe et la plongée du marché de l'art contemporain, y recevait la clientèle de ses amis. Pénélope en personne réussissait à faire tourner la petite table du fond, toujours la même et surtout pas une autre, sport qu'elle pratiquait depuis l'enfance. Elle avait appris à Wandrille quelques rudiments de magie, il l'avait initiée aux arcanes majeurs et mineurs : en un an, tout ce petit monde était devenu de plus en plus professionnel et de nombreuses âmes errantes, lassées de l'autre monde, venaient s'accouder au comptoir. Personnages historiques et morts ignorés se mirent à frapper le plancher, à écrire des poèmes spirites entre les doigts d'âmes innocentes en catalepsie. Un magazine avait fait un article. Toutes les formes de divinations se donnaient rendez-vous « au Club » – mais attention, pas de sorcières ni de messes noires. Rien que de gentils devins, des dames Irma choucroutées à l'ancienne, des magnétiseurs, des marabouts, des rebouteux, des hypnotiseurs face aux dernières pythies du néo-classicisme sur les tabourets du bar. Pas d'empoisonneurs, pas de jeteurs de sorts : une charte de bonne conduite, rédigée par Pénélope, accrochée au-dessus du percolateur, le précisait.

Le Club est ouvert depuis une grande année. Désormais tout se traite dans la salle du fond et les médiums qui se succèdent là versent un léger tribut à M. Richard. La mère de Wandrille lui a dit : « Tu sais, quand tu m'avais parlé de ce Club, avec ta Pénélope, j'avais imaginé les pires choses. J'aime mieux que ce soit ça, j'ai lu la double page dans *Le Parisien*, il paraît que vous avez complètement détrôné les cafés philos et les universités populaires, je suis fière, je vais venir ! »

Ce qu'il fallait bien sûr éviter à tout prix.

Wandrille, ce soir-là, s'est installé seul dans l'arrière-boutique. Les tireuses de cartes bruissent dans la grande salle, tout le monde s'attroupe autour d'elles. Marie-Antoinette donne une interview à l'aide de petits cailloux blancs et noirs, à l'africaine. Wandrille tient à être présent au Club le plus possible ; c'est lui, le patron. Mais il a eu du mal, ce soir-là, à oublier la Tapisserie.

Il a décroché du mur de sa chambre l'accordéon de papier qui reproduit l'intégralité de l'œuvre, l'a mis dans la poche de sa veste et ne pense qu'à la bataille d'Hastings en allant à pied, de la place des Vosges au canal.

Il a fait un détour pour passer place de la Bastille, acheter un journal au kiosque qui reste ouvert tard.

Il s'est arrêté net.

Devant lui, illuminée, la colonne de Juillet, ce monument de bronze que Victor Hugo comparait à un tuyau de poêle. Au sommet, une statue d'or semblait lui parler : le Génie.

Idée lumineuse. Il n'avait jamais vu ce qui différencie la colonne Vendôme de la colonne de Juillet.

La colonne du Génie de la Bastille triomphe sans ornements ni personnages ; autour de la colonne napoléonienne, les batailles montent jusqu'au sommet, comme si l'on avait enroulé un ruban tout autour…

Il se rue au Club. Demande à Richard de la colle, des ciseaux, son aspirateur. Dans le tiroir du comptoir, il trouve même un rouleau de Scotch, tout lui sourit. Il suffit de découper avec soin les marges blanches du petit dépliant. Ce qu'il fait en s'appliquant. Ensuite, il faut le rouler, transformer l'accordéon en serpentin…

Wandrille regrette de ne pas y avoir pensé plus tôt. Ce que c'est que de prendre goût aux travaux manuels !

Wandrille remarque les bordures brodées, ponctuées de barres assez larges, en diagonale ; des chevrons, caractéristiques du style normand en architecture. Des repères prévus pour le montage ? De distance en distance, de petits anneaux cousus permettaient de suspendre la tapisserie, tous les historiens l'ont écrit : mais ils pensaient qu'elle était déployée sur une seule ligne, dans une *aula* de palais, une salle du trône, ou, comme ce serait le cas à la fin du Moyen Âge, dans la cathédrale. C'est ce que disaient les livres qu'il avait rapportés de Bayeux.

La Tapisserie s'enroule lentement autour du tuyau de l'aspirateur. Wandrille comprend pourquoi la première scène, Édouard le Confesseur trônant en son palais, est, à l'évidence, si reprisée et restaurée. Il avait fallu, sans doute au cours du Moyen Âge, refaire un angle droit, ajouter une décoration verticale, la broderie d'origine devait s'affiner en pointe. Il manquerait, au commencement de la *Telle du Conquest*, un long triangle, sacrifié sans doute quand la présentation originelle avait été abandonnée. Wandrille enroule la frise de papier comme une bandelette de lin.

Il faut de toute urgence prévenir Péné. Il assemble les deux premières bordures diagonales, un peu au hasard. Ce qu'il voit dépasse son attente. Le diamètre du tuyau, choisi au hasard, n'est peut-être pas le bon. Certaines barres obliques tracées en lisière se raccordent, d'autres non. Il faudrait essayer d'autres aspirateurs, des tubes pour affiches, des rouleaux de carton et des tringles à rideau. Utiliser les indications qui figurent sur la Tapisserie elle-même, le calibre requis pour le cylindre doit nécessairement y être matérialisé d'une manière ou d'une autre. Wandrille est émerveillé. Les chevaux et les navires montent en boucle vers le sommet. Une farandole éblouissante.

C'est lui, l'inculte, le nul, le rugbyman amateur, le chroniqueur télé, l'arbitre des élégances, qui vient de découvrir ce qu'aucun médiéviste, ce qu'aucun archiviste paléographe, ce qu'aucun conservateur du Patrimoine du corps d'État ni même du cadre d'emploi territorial n'avait jamais vu. Le vrai visage de la Tapisserie de Bayeux.

La colonne de Guillaume le Bâtard.

Le contraire d'une banderole à lire de gauche à droite.

Une colonne triomphale, lisible, aussi, verticalement.

QUATRIÈME PARTIE

Le second jeu

« Des lyres, à défaut d'épées !
Nous chantons, comme on combattrait. »

Victor HUGO, « Ode à la colonne
de la place Vendôme ».

« Français : premier peuple de l'univers. [...]
Ah ! qu'on est fier d'être français quand on regarde la Colonne (à développer). »

Gustave FLAUBERT,
Dictionnaire des idées reçues.

34

La mission Jankuhn

Bayeux, lundi 8 septembre 1997

Pénélope est épuisée. À son retour rue de la Maî-trise, la première chose qu'elle regarde c'est son lit. Elle met un disque, les tangos de Buenos Aires qu'elle aime, le rythme des années trente. Le télé-phone sonne dès la première reprise du thème, le bandonéon l'accompagne avec des accents poignants. C'est le Dr Le Coulteux, le médecin de l'hôpital, homme solide à la voix chaleureuse :

« Mademoiselle Fulgence est revenue à elle. Elle veut vous voir. Elle peut s'exprimer, elle a les idées très claires pour quelqu'un qui sort du coma. Elle est fatiguée bien sûr, mais pas en si mauvaise forme. Je crois que vous devriez venir. Vous pouvez ? »

Pénélope bondit et écoute s'éloigner le tango, qu'elle a oublié de faire taire, dans l'escalier, à travers sa porte de chêne. Elle arrive à l'hôpital, son carnet à la main. Personne ne l'arrête, ne lui demande où elle va, c'est décidément une passoire cet établisse-ment, malgré les événements récents. Dans la chambre 28, Solange a opté pour une robe de chambre en laine des Pyrénées, qu'elle a dû faire venir de chez elle, un vrai style, une attitude face à la vie.

« Mademoiselle Breuil…

— Pénélope, s'il vous plaît.

— Je vous dois la vérité. On a voulu me tuer. Et je ne sais pas qui. Je n'ai pas eu le temps de voir mon agresseur, je traversais la grande cour du musée, j'étais seule. Je n'ai rien compris. Juste une douleur, puis rien. Il devait être caché quelque part, derrière la balustrade de pierre. Il n'y a pas eu de détonation, j'ai crié, on est venu tout de suite, paraît-il. Personne n'a vu partir mon… comment dire, mon assassin ? Je voulais préempter en vente publique des fragments de broderie, très probablement ceux qui nous manquent à Bayeux. Je l'ai compris au premier coup d'œil, en voyant les photos, je la connais tellement, notre Tapisserie, après toutes ces années… On m'a tiré dessus pour m'empêcher d'aller à la vente, et on m'a volé, dans cette chambre, les clichés transmis par l'étude Vernochet-Dubois-Bouilli. Mais vous savez tout cela, bien sûr… ma pauvre enfant… »

Pénélope préfère ne pas raconter à sa directrice l'épisode de Drouot. Dans son état, mieux vaut ne pas lui dire trop vite que son adjointe, sur laquelle reposent ses ultimes espoirs, est une gourde.

« Le criminel qui nous menace peut recommencer, Pénélope, vouloir m'empêcher de parler. On peut aussi vous viser vous. Nous sommes les gardiennes d'un secret trop lourd. À deux nous serons plus fortes. Je veux vous dire ce que je sais, vous demander de diriger cette affaire à ma place. Nous n'avons guère eu le temps de faire connaissance, je préfère agir comme si nous étions des amies, de longue date.

— Bien sûr.

— Je vous ai demandée, pour ce poste, quand j'ai vu la liste des sujets de thèses sur lesquels travaillaient les jeunes conservateurs reçus au concours. J'avais besoin d'un expert en tissus orientaux. Je suis en mesure de dévoiler bientôt aux savants du monde entier une vérité qui va faire grincer : la Tapisserie que nous exposons n'est pas celle que dom Montfaucon a décrite dans ses *Monuments de la Monarchie française*, elle n'est pas celle dont l'intendant Foucault a fait reproduire des scènes en gravure sous l'Ancien Régime. Celle-là, la vraie, a dû périr à la Révolution. J'ai trouvé la preuve : une lettre, conservée à Caen, aux archives du Calvados, envoyée par Denon au maire de Bayeux. C'est le directeur du Louvre, un vieil ami vous savez, qui m'avait demandé d'aller voir si par hasard il n'y avait rien sur son grand homme. La missive est accablante, je vous la montrerai. Il parle d'une expédition montée sous le Consulat, en Égypte, pour faire broder, dans un monastère copte des environs du Caire, une toile de lin, qui, je le crains, n'est autre que celle que nous montrons aux touristes...

— La Tapisserie est restaurée, certaines pièces de toile sont des ajouts manifestes, de là à penser que l'ensemble est une falsification...

— L'hypothèse n'est plus absurde. J'en suis la première mortifiée. J'ai consacré ma vie à la Tapisserie. Nous sommes apocryphes ma pauvre Pénélope...

— Qui aurait intérêt à ce que cela ne se sache pas ? Au point de vous tirer dessus ? L'office du tourisme ?

— La Tapisserie, vous savez, n'attire pas que les historiens. Les controverses officielles, que vous connaissez par les livres et les actes de colloques, sont gentillettes. Elles portent sur le lieu de son exécution, Normandie, Sud de l'Angleterre... Elles jouent à l'infini sur le sens profond de cette histoire : chant de gloire normand ou message pro-anglais plus ou moins crypté, à lire dans les marges ? Commande d'Odon ou de Guillaume ? Du comte Eustache de Boulogne ?

— Vous suggérez qu'à côté de ces polémiques érudites, la Tapisserie représente d'autres enjeux, reprend Pénélope, qui sent que Solange pourrait être intarissable sur ce qu'elle ne veut pas raconter.

— C'est pendant la dernière guerre que tout s'est révélé. »

Pénélope s'est assise sur la chaise en plastique réservée aux visiteurs. Elle ne dira rien de son équipée à Varanville, de sa découverte de quelques mètres brodés aux alentours de 1803. Elle n'évoquera pas le grand dessin que Wandrille a vu chez Marc, dans son cadre Empire. Sa directrice estime avoir des révélations à faire, elle écoute. D'abord peu attentive, puis très concentrée.

Le récit de Solange mérite qu'on oublie qu'il est proféré par Solange. Péné se dit au bout de cinq minutes qu'elle va l'écrire pour le donner à Wandrille. Ce sera la conclusion de son livre sur les Windsor. Un beau cadeau. Elle sort son carnet.

Pendant la Seconde Guerre mondiale, la Tapisserie de Bayeux avait été un immense objet de convoitise. Une branche des SS, l'Ahnenerbe, s'y était intéressée de manière scientifique. Cet organisme délirant s'attachait à reconstituer « l'héritage des ancêtres », c'est-à-dire retrouver les traces, archéologiques, physiques, médicales, de la présence de la race germanique dans le monde entier. L'Ahnenerbe menait des missions archéologiques au Mexique comme si on avait pu y trouver des Aryens – et les mêmes effrayants « savants » faisaient mesurer les crânes des cadavres dans les camps... La Tapisserie de Bayeux contenait sans doute, de ce point de vue, la quintessence de l'esprit germanique, les Normands venus du Nord sur leurs navires avaient régné jusqu'en Sicile.

Transportée d'abord, sous l'Occupation, dans un manoir grisâtre et sans intérêt, qui n'attirerait pas l'œil, à Monceaux-en-Bessin, puis dans une abbaye de Prémontrés à dix kilomètres de là, à Mondaye, la Tapisserie fut confiée à un illuminé méthodique, le Dr Herbert Jankuhn – Pénélope notait les noms, pour le roman de Wandrille. Il commença une expertise scientifique dont pas grand-chose ne filtra, mais qui laissa des traces dans les archives sous forme de petits cahiers.

Son fils, en 1990, à la mort du méticuleux Jankuhn, devenu un respectable professeur dénazifié de l'université de Göttingen, a légué le tout à Bayeux. Solange a commencé à dépouiller cette masse de notes, de relevés, d'analyses textiles et iconographiques. L'étendard papal brandi par Guillaume le Conquérant est, par exemple, selon Jankuhn, le premier drapeau de guerre marqué d'une croix rituelle du peuple germain, et autres fadaises. Pendant des pages entières, d'une écriture maniaque, il décrit chaque détail, qu'il fait photographier en noir et en couleur. Il prélève des échantillons, tente des expériences de teinture des laines : tout est prêt pour faire exécuter une réplique du « monument » de toile, ou pour le compléter… Souvent, les cahiers de ce Jankuhn sont du pur charabia, un délire, pas inintéressant pour l'histoire de la « science » allemande sous le Reich.

Après une conférence de Jankuhn devant le gratin nazi, et une entrevue avec Himmler, les archontes de la SS avaient voulu voir la broderie, répondant à des ordres mystérieux venus peut-être du Führer en personne.

L'œuvre avait été mise à l'abri à Sourches, un château de la Sarthe appartenant au duc des Cars, où s'étaient réfugiés, avec leurs conservateurs, nombre de chefs-d'œuvre des Musées nationaux. L'organisation avait chargé un peintre, Jeschke, choisi par l'Institut d'histoire de l'art allemand de Paris, de copier la Tapisserie. Germain Bazin raconte dans ses *Mémoires*, lus par Solange, que ce Jeschke, après avoir commencé son travail à Mondaye, logeait à Sourches, à l'auberge Saint-Symphorien. Il venait tous les jours au château pour mener à bien son œuvre de copiste. À quelle fin ? Ces experts allemands étaient effrayants, peut-être pas si incompétents. Si la Tapisserie était un faux, l'avaient-ils compris ? Pénélope, aussitôt, tient pour elle-même le raisonnement inverse : si elle était factice, ces « spécialistes » l'auraient vu.

« Je n'y étais pas, racontait Solange, mais beaucoup de collègues plus âgés m'ont raconté cette équipée. Votre chère Christiane Desroches-Noblecourt,
que vous admirez tant, par exemple, a vécu tous ces
moments tragiques… et assez gais. Les châteaux de
la Sarthe, c'est merveilleux, tout un art de vivre ! Les
amis conservateurs de cette petite bande qui ont
sauvé les trésors nationaux y sont revenus souvent
après la Libération. »

« Je vois ça d'ici, répond Wandrille à Pénélope
quand elle lui racontait cette conversation, les
notables manceaux, les manoirs de la Rillette Society,
Solange au pays de l'or gras. Ça ne m'étonne pas
qu'elle t'ait dit qu'elle aimait la Sarthe, tu sais, j'y
vais souvent, chez les Graindorge, je vois parfaitement ce milieu.

— Ce que tu débites n'a aucun intérêt, mon pauvre Wandrille, tu en as plein la bouche de tes amis
producteurs de rillettes. Écoute plutôt la suite. C'est
une pure folie, historique du début à la fin. »

35

Ce que Hitler voulait sauver
dans Paris en flammes

Bayeux, lundi 8 septembre 1997

Le chef de l'Ahnenerbe était un certain Wolfram Sievers, sinistre personnage, dandy miteux, faux savant, bon à enfermer. Il fit venir la Tapisserie à Paris, très tardivement, fin juin 1944, après le Débarquement. Pourquoi était-ce si urgent ? Pourquoi cette priorité, alors que les Américains venaient de prendre pied en Europe ?

L'ordre cette fois venait au moins de Himmler, ou fut donné avec l'accord direct de celui-ci. Dès le 7 juin 1944, Bayeux avait été la première ville libérée de France. Le général de Gaulle y remportait son premier triomphe populaire. Les mieux informés des Bayeusains, dont les parents de Solange, croyaient encore leur chef-d'œuvre à Sourches. De toutes les œuvres inestimables pour lesquelles la vieille demeure ducale, belle commode XVIIIᵉ posée au milieu des prés, servait de coffre blindé, seule la Tapisserie avait été transportée à Paris, comme en urgence. À Sourches se planquaient les grands Rubens du Louvre, les *Sabines* et le *Léonidas aux Thermopyles* de David, *Le Radeau de la Méduse* de Géricault…

En racontant cette aventure à Wandrille, Pénélope s'enflamme :

« Le 15 août 1944, le directeur des Musées nationaux, Jacques Jaujard, que Solange a bien connu, et qui lui a raconté cette affaire avec force détails, très intrigué, reçoit la visite de deux officiers en uniforme, j'ai noté leurs noms pour que tu puisses les citer : le Dr von Tieschowitz, chef de ce qui s'appelait le Kunstschutz, chargé de la protection des œuvres et qui sera, après la guerre, décoré par les Français et le second, tu ne devineras jamais, le général von Choltitz en personne, gouverneur du "Grand Paris". »

Wandrille s'est allongé par terre pour écouter la suite, les yeux mi-clos. Il sent qu'il a envie de vivre avec Pénélope. Ça ne se discute pas. Il se relève sur un coude, pour protester :

« Choltitz, alors que la bataille est perdue, que les Alliés vont entrer dans Paris, et qui le sait, n'a rien de mieux à faire… que d'aller trouver le directeur du Louvre, pour lui demander à voir d'urgence la Tapisserie de Bayeux. Ma pauvre Pénélope, je crois que ta Solange, sur son lit d'hôpital…

— Elle ne délire pas. J'ai vérifié, dans les témoignages de l'époque, tout est à la documentation du musée. Solange donne un peu plus de détails, mais elle n'invente pas. Ces faits sont historiques. Et aucun historien n'est parvenu à leur donner un sens. L'ordre venait de Himmler. Il fallut que Jaujard montre la Tapisserie, et commence à préparer son emballage pour un nouveau voyage. La suite a été racontée par le général von Choltitz lui-même, et Jacques Jaujard a confirmé sa version de vive voix à notre pauvre Solange. »

Le lundi 21 août 1944, deux SS en tenue de route sont reçus sans attendre dans le bureau du général commandant Paris, à l'hôtel Meurice. À cette date, l'ordre de raser Paris a été donné par Hitler. Choltitz doit l'appliquer. Il hésite. Il ne sait peut-être pas encore qu'il va désobéir. Les deux officiers, dont personne n'a rapporté les noms, venaient directement d'Allemagne. Ils avaient avec eux deux camions, et en ces temps où l'essence était la denrée la plus rare qui soit, du carburant pour retourner d'une traite à Berlin. Leur but : exfiltrer la Tapisserie de Bayeux. Choltitz les entraîne sur le balcon et désigne la masse sombre du Louvre, le pavillon Mollien de l'autre côté du jardin. Ils entendent les mitrailleuses, une batterie cachée sous les guichets du palais, côté rue de Rivoli. Les combats ont commencé. Personne n'osera ce jour-là traverser les Tuileries pour pénétrer dans les souterrains du Musée… La Tapisserie de Bayeux a survécu parce que Choltitz décida, pour la première fois de sa vie, de désobéir à un ordre : raser Paris.

« Si je te suis, Pénélope, la seule chose que les nazis voulaient à tout prix sauver de la destruction de la ville, le seul trésor artistique français qui avait de la valeur à leurs yeux, c'était ta Tapisserie. Et on ne sait pas pourquoi ?

— Des idées ?

— Une ultime décoration pour la fiesta nuptiale de Fraulein Eva Braun dans le bunker de la chancellerie ? Je vois très bien Hitler, qui commençait à tout confondre, agité de Parkinson, criant *"Brennt Bayeux ?"*, "Bayeux brûle-t-il ?". Solange a une hypothèse ? Si j'écris ça tel quel dans mon roman, personne n'y croira. On sait ce que les nazis voulaient faire avec la Tapisserie ?

— C'est une énigme historique à part entière, que les historiens de la Tapisserie, des médiévistes, affectent de ne pas voir. Pour les nazis, en août 44, une seule chose comptait, et tout devait y contribuer : gagner la guerre. On a dit que la Tapisserie devait orner le musée de Linz, dans la région natale du Führer, comme un chef-d'œuvre de l'esprit saxon. En réalité, personne ne connaît la vérité. À cette date, qui s'occupe encore des futurs musées du Reich ? S'ils veulent la Tapisserie en août 44, c'est qu'elle doit être, à sa manière, une arme.

— Une arme peut-être encore chargée aujourd'hui.

— Après la Libération, la Tapisserie est exposée au Louvre, pour la seconde fois, comme sous Napoléon, et ne regagnera Bayeux au son des fifres et des tambours qu'en mars 1945. Elle a commencé sa vie paisible, en attendant d'être à nouveau utilisée par des timbrés. »

Rien d'autre à raconter à Wandrille de ces confidences échangées dans une chambre d'hôpital. Péné avait perçu un léger ronflement. Le récit de la Libération avait libéré Solange – qui s'était endormie sous ses yeux.

36

Suites anglaises et vieux tube

Bayeux, lundi 8 septembre 1997, fin d'après-midi

Pénélope avait trouvé Wandrille devant sa porte, un parapluie à la main. Le récit de la visite à Solange prit une petite heure. Comment pouvait-elle penser que la Tapisserie était un faux du XIXᵉ siècle, et retracer l'extraordinaire histoire de son destin pendant la dernière guerre, voilà ce que Pénélope, dans l'immédiat, renonçait à comprendre. Les aventures de la Tapisserie pendant l'Occupation, Solange les connaissait depuis toujours, l'affaire Denon, elle venait de la découvrir – la fatigue et le choc aidant, elle tricotait ensemble les deux histoires, sans chercher à y voir clair.

Wandrille en redemande. Il sent son roman lui échapper, prendre une autre direction ; le duc et la duchesse de Windsor ne sont plus que des personnages secondaires. Pénélope se tait et se lève pour faire bouillir de l'eau.

« Regarde bien, je vais te montrer un monument

que tu n'as jamais vu mais dont tu es pourtant la conservatrice !

— Ne m'en parle plus, même Solange a cessé d'y croire. Elle a été dégommée parce qu'elle allait révéler au monde et à la ville que la Tapisserie est une falsification intégrale. Aussi fausse que les fragments Contevil. Fabriquée à la même époque que ceux-ci, au début du XIX⁰ siècle.

— À vérifier. Nous sommes les seuls à pouvoir le faire. Toi, parce que tu les as eus entre les mains, ces toiles de Varanville, moi parce que je suis devenu un as de la broderie à la mode du XI⁰ siècle.

— Toi ?

— Oui, sauf que ma science vient du livret de Solange, et d'un très bon truc de la bibliothèque de ma grand-mère, le livre d'une certaine Thérèse de Dillmont, *Encyclopédie des ouvrages de dames*, un manuel de 1886, la bible du métier, où elle décrit ton point couché, dit de Bayeux, sous le nom de "point d'Orient", tu te rends compte !...

— Le livre de Solange a été rédigé à une époque où elle croyait à sa Tapisserie comme une vache à son veau. Où elle décrivait avec minutie ces deux points de broderie qui, si ça se trouve, étaient des inventions égyptiennes... Montre-moi ce que tu as fait. Ce petit chevalier, c'est toi qui as...

— En une journée de travail, on s'y tromperait, non ? Si je le laisse au soleil pour faire passer un peu les teintes... Tu vois, je ne veux pas diminuer mon mérite, c'est envisageable de copier la Tapisserie. Tu penses que tu es capable de dire si celle qui est au musée est authentique ? Si tu la retournes ?

— C'est facile à vérifier. On évacue les derniers visiteurs, on débranche l'alarme et on regarde. Tu es un dieu de l'aiguille ! Tu sais, Bayeux possède aussi le Conservatoire de la Dentelle, je crois que des stages d'été sont organisés, il y a des listes d'attente très longues, mais je pense pouvoir me débrouiller pour te faire inscrire.

— On y va ? Au musée ?

— Mais ce n'est pas de cela que tu voulais me parler ? Tu disais que tu avais fait une découverte…

— Patience ! »

Pénélope l'avoue à Wandrille : elle aime cette ville de Bayeux. Elle choisit, pour aller de chez elle au musée, le chemin le plus long, pour montrer à son visiteur les façades anciennes : l'hôtel Morel de la Carbonnière, au bout de sa rue, à l'angle de la place de Gaulle, l'hôtel du Gouverneur avec ses curieux bossages du XVIIe siècle sur une façade Renaissance, l'hôtel du Doyen, au jardin ouvert sur le flanc de la cathédrale, le premier musée de la Tapisserie avant qu'on ne la transporte, au début des années quatre-vingt, rue de Nesmond, dans l'ancien grand séminaire.

Pénélope s'arrête, à l'angle de la rue de Nesmond, pour montrer à Wandrille le vieux moulin : « Regarde, la campagne au XVIIIe siècle ! »

Cette conversion inattendue intrigue et inquiète un peu Wandrille. Elle a dû faire cette promenade avec quelqu'un d'autre.

Dans le musée, qu'ils rejoignent cinq minutes avant la fermeture, Pénélope a allumé tous les spots

de l'« espace d'exposition ». Les visiteurs sont partis ;
Péné demande, en parfaite professionnelle, au gar-
dien-chef de rester avec eux un quart d'heure, avant
de brancher l'alarme. Pour ce qu'elle va faire, elle
n'a pas le droit d'être seule. La surveillance d'au
moins un gardien est prévue durant les éventuels
travaux scientifiques nécessitant l'ouverture de l'immense coffrage.

Elle dévisse la trappe d'accès : on peut entrer dans
la vitrine, qui est un bloc, à l'intérieur duquel on
maintient une hygrométrie constante. Pénélope se
place devant la scène de la mort d'Édouard le
Confesseur. Wandrille se glisse quelques mètres plus
loin, car la première scène, très restaurée, peut se
révéler trompeuse. Il a choisi de scruter la petite
église avec deux croix sur son toit, l'une des seules
avec le Mont-Saint-Michel, la cathédrale de Bayeux
et Westminster qui soit reconnaissable, et existe
encore aujourd'hui. Bosham, dans le Sussex.

Son nom est brodé en lettres noires, *Bosham :
Ecclesia*, au-dessus de son arc très caractéristique,
ouvert sur la nef. Wandrille observe l'ingénieux système de rail, caché par la maçonnerie, qui doit permettre à la Tapisserie de glisser comme un train
électrique, de s'enrouler en quelques secondes et
d'entrer dans un caisson ignifugé à la première
alarme d'incendie. Wandrille a choisi une zone où il
n'y a que très peu de reprises et de consolidations
modernes, toutes bien visibles en lumière rasante.
Pénélope le rejoint, soulève délicatement le tissu, sans
défaire les petits anneaux qui relient la toile de sup-
port aux roulements à billes. Assez pour pouvoir
regarder et toucher l'envers.

« Quel soulagement, regarde, Wandrille, c'est parfait. L'état des fils, les couleurs des laines, les deux types de points, rien de commun avec les fragments Contevil et leur embrouillamini de nœuds. Ce travail n'est certainement pas du XIXe siècle, et n'a pas été réalisé avec des laines et du lin d'Égypte. Pas besoin d'analyse de laboratoire, la couleur et le poids de la toile quand on la prend dans les mains suffisent. Si Solange s'était donné la peine d'aller inspecter *de visu* les panneaux conservés dans la crypte de Varanville, elle n'aurait pas échafaudé cette théorie absurde. Je crois qu'elle va vite se rétablir et la vérité avec elle. Ce n'est pas pour ça qu'on a tiré sur elle comme elle semble le croire.

— Un thé dans ton bureau ? »

Dans le fauteuil directorial, Wandrille, les pieds sur la table, sort de la poche de sa veste en velours bleu électrique l'accordéon de papier qu'il a roulé en serpentin. Il sent bien qu'il aurait dû appeler Pénélope dimanche soir. Il était tellement pris par sa découverte. Il n'a pas osé téléphoner après une heure du matin, quand il est rentré place des Vosges. Elle a passé la soirée avec un Bayeusain, pas besoin de demander qui. Il déplie devant ses yeux les images de leur promenade romantique, en commentant les façades, les cours intérieures, les jardins au bord de l'Aure, le nez en l'air : Pierre qui doucement la reconduisait chez elle.

« Tu sais s'il y a un aspirateur à l'étage ?

— Placard du fond. Tu comptes casser quelque chose ? Je te préviens… »

Wandrille se livre à une extraordinaire démonstration. Une colonne se dresse sous les yeux de Pénélope, comme la colonne de Trajan, la colonne Antonine de Rome, la colonne Vendôme ! Une colonne ! La Tapisserie, monument « portatif », unique en son genre !

« J'ai beaucoup lu pendant ce week-end, pour te faire gagner du temps. Imaginer la Tapisserie suspendue en permanence dans la nef de la cathédrale de Bayeux n'a pas grand sens, c'est une pure hypothèse que rien ne vient justifier. Dans certains livres, encore plus fumeux que les autres, on est même obligé de dire que la nef était coupée, au niveau du chœur, par un jubé, ce qui explique comment la Tapisserie pouvait passer du côté gauche au côté droit sans qu'il ait été nécessaire de découdre deux lés au milieu, c'est une pure imagination. Qu'il y ait eu, barrant la nef, une de ces pâtisseries architecturales appelées jubé, je veux bien, mais rien n'indique qu'on y ait jamais fixé de tapisserie. Et les piliers de la nef, ils ont des traces de clous prouvant qu'on y attachait des ornements ? Je suis allé voir, figure-toi, car moi aussi j'aime me promener en ville : rien de rien…

— Tu sais, la cathédrale a été refaite, au XIXe siècle. S'il y a eu des clous ou des attaches au Moyen Âge… »

Pénélope devient songeuse. Wandrille poursuit :

« Ma découverte explique tout ! La Tapisserie s'enroulait sur une colonne commémorative, légère, en bois, un tube.

— Des colonnes avec enroulements en spirale, tu as raison, il y en avait au XIe siècle en Europe. Personne n'a fait le rapprochement avec Bayeux. Il en existe une en Allemagne, une colonne de bronze à Hildesheim, autour de laquelle s'enroulent sur un ruban des scènes de la vie du Christ. Une œuvre magnifique.

— Et on en voit sur la Tapisserie elle-même ! Tu as regardé de près le portique sous lequel ta camarade du XIe siècle reçoit sa gifle ? Stylisées mais très nettes, deux colonnettes ornées de spirales... La Tapisserie donne son propre mode d'emploi !

— La colonne de Bayeux aurait-elle inspiré à Vivant Denon la colonne Vendôme ? Ou alors, conclut Pénélope séduite et accablée, Solange aurait raison, les deux "monuments" ont un auteur commun, sous l'Empire, génial faussaire et organisateur de la propagande napoléonienne, Dominique-Vivant Denon !

— Nous avons ouvert la vitrine, tu l'as dit toi-même, cette histoire de falsification ne tient pas. Je viens, enfin nous venons, de faire une découverte majeure. Je te laisserai la publier dans le prochain volume des *Anglo-Norman Studies*.

— Tu connais ça ?

— Je travaille pendant que tu te promènes. Tu me dédieras ton article. Je ne t'en ai donné jusqu'à présent que l'intention générale, les prolégomènes de l'introduction. Tu veux connaître la suite ? La Tapisserie ainsi enroulée en colonne Vendôme peut être lue non plus seulement horizontalement mais verticalement. Le sens qui se révèle alors... Je me tais. À toi. Je t'écoute. Tu es la conservatrice.

— Je dois d'abord te dire…

— Quand tu étais au lycée, Pénélope, tu avais le fantasme de faire l'amour dans le bureau de la directrice ? Raconte-moi tout », conclut Wandrille – en l'embrassant.

37

Marc a disparu

Paris, mercredi 10 septembre, après-midi

Pénélope et Wandrille, de retour à Paris, ont appelé plusieurs fois Marc. Le dessin qu'il possède est capital : la fin dessinée sous Napoléon était-elle celle qui se trouve à Varanville ? Une autre version ? Et le reste du dessin, si l'on exclut, avec soulagement, qu'il soit préparatoire à l'exécution générale de la broderie au Caire vers 1800, est-il fidèle au chef-d'œuvre de Bayeux ? Cette dernière question n'intéresse pas que la conservatrice : Wandrille se prend pour un spécialiste depuis qu'il a lu cinq livres sur le sujet.

Marc a disparu depuis des jours : pas de piscine, pas de café, pas de déjeuner chez Éva, pas de rendez-vous au métro Sèvres-Babylone. Il n'a pas fait signe. Sur Internet, où il a été un des premiers à ouvrir un commerce en ligne de canapés Directoire, chocolatières en argent, dessins anciens et autres montres en état de marche et « tenant l'heure », aucune trace d'activité récente. La dernière réponse

donnée à un client dans la « zone de dialogue »
remonte à plusieurs jours.

En arrivant, Pénélope et Wandrille se sont préci-
pités rue de Sèvres. Wandrille a même charmé la
gardienne, pour qu'elle les laisse entrer. Elle leur dit
qu'elle n'a pas vu Marc depuis des jours, et qu'elle
le pensait en vacances. Ils entrent.

Chez Marc, difficile de dire si l'appartement vient
ou non d'être cambriolé. Ils se doutaient bien que
Marc n'y serait pas, mais ils espéraient qu'il aurait
laissé dans un coin la grande enveloppe kraft, la
fameuse photo. L'inventaire de l'appartement, trop
rapide, sous les yeux de la gardienne, ne donne rien.
Marc est celui qui, peut-être, était le plus exposé
d'eux tous : ce projet d'aller au Ritz, vendre son
secret, son côté tête brûlée.

Wandrille se demande s'il ne faudrait pas prévenir
la police. Il ne connaît pas la famille de Marc, ils
vivent en Espagne, inutile de les inquiéter. Sa dernière petite amie n'a pas dû le voir depuis trois
semaines, elle ne saura rien. S'il est en vacances, inutile de faire des vagues. Marc part souvent faire des
récoltes en province, ses « vendanges » : le déballage
des brocanteurs du Mans ou les ventes de photos
anciennes de Chartres. Mieux vaut attendre encore
un jour ou deux, lui laisser un autre message : « Nous
sommes chez toi, nous te dévalisons, tes stocks sont
éventrés... » En bas de l'immeuble, un bistrot
landais ! Un vrai ! Ils s'installent. L'idée de le transformer en annexe du Club leur vient aussitôt. Il faudra bien un jour que cela devienne une chaîne. Pour
l'antenne de Bayeux, le Petit Zinc serait idéal. La ville

possède à l'évidence une bonne clientèle potentielle, mages et devineresses, qui n'attend qu'un signal pour se ruer.

Ils plaisantent pour ne pas avoir à prendre de décision au sujet de Marc. Ils ne savent pas vraiment ce qu'ils doivent faire. Deux amateurs. Wandrille attaque, le regard droit :

« Tu as couché avec Pierre Érard ?

— J'aurais bien voulu.

— Tu n'as pas couché avec Pierre ?

— Il est venu à Varanville, en parfait chevalier blanc du temps de la Conquête. Il m'a sortie des griffes de Contevil. Lui. Il m'a pris la main sur le bateau. Je me suis laissé faire. Nous avons dîné à Granville, les yeux dans les yeux, un plateau de fruits de mer sur le port. Nous sommes rentrés à Bayeux ; avant de me raccompagner chez moi, il m'a entraînée et nous avons fait un tour en ville. Tu n'as pas appelé. Tu n'étais pas là. Il m'a escortée jusqu'à ma porte. Il ne m'a pas embrassée. Je lui ai demandé s'il voulait voir mon studio.

— Traînée.

— Il a répondu qu'il préférait rentrer se coucher, qu'il avait un reportage à préparer.

— Un mufle. Un type bien. Un ami. Tu me paieras ça. Tu as dû être furieuse.

— Ton hypothèse de la colonne du duc Guillaume ne tient pas.

— Et pourquoi ?

— Parce que tu imagines que ce tissu brodé a pu être exposé au ciel, à la pluie normande, aux orages d'Angleterre…

— Il est assez délavé non ? Il y a des taches un peu partout… S'il n'a servi que durant la période où l'homme fort était Odon de Conteville, cette exposition au grand air n'a pas duré longtemps, le demi-frère du Bâtard est vite tombé en disgrâce. La broderie a été rentrée dans son coffre. Qui te dit en plus qu'elle était "dehors" ? D'après mes calculs, la hauteur de la colonne devait être d'une dizaine de mètres, pas plus. Il était parfaitement possible de l'installer dans la nef d'une grande église, comme Saint-Étienne de Caen ou Westminster.

— Et comment faisait-on pour voir les petits personnages qui se retrouvaient tout en haut ?

— Dans ces églises, il y a des galeries, des tribunes… Rappelle-toi ce que tu m'as dit quand tu es revenue du chantier de restauration du portail de la cathédrale d'Amiens ? Tu avais escaladé les échafaudages, sport que je te conseille de reprendre, ça te calmera un peu les jambes.

— À Amiens, on a retrouvé la polychromie sous le badigeon marron, tu as raison, ça m'avait scotchée. Sur le tympan central, les yeux de la sculpture du *Beau Dieu*, que j'ai contemplé ce jour-là face à face, ont des pupilles et des iris dessinés, et c'est à quinze mètres du sol. On ne sait pas comment on regardait vraiment les cathédrales et les églises au Moyen Âge, entourées de maisons, de constructions de bois. Ceux qui les peignaient travaillaient pour le regard de Dieu…

— Tu ne vas pas me faire un cours, pour m'expliquer ce que je viens de te dire.

— Faut-il tout raconter à la police, Wandrille ?

— On ne serait pas ridicules. Une agression de conservatrice aguerrie, hospitalisée, attaquée derechef et cambriolée, une agression de conservatrice débutante suivie d'un vol en plein Paris, un crime à Prunoy-en-Bessin. Et la disparition de Marc. Tout est lié, nous sommes les seuls à l'avoir compris. La police n'a pas besoin d'en savoir trop. On attend encore un peu ? Ils sont assez grands. Ces pièces du puzzle, ils les ont toutes – tu leur avais fait aussitôt le récit de ta petite agression, dont tu sembles désormais bien remise. Traînée.

— Redis ce mot encore une fois, on ne se revoit plus. C'est ce que tu cherches ? »

Pénélope et Wandrille, deux coupes de champagne et une heure plus tard, se rendent chez le commissaire-priseur de la vente – comme ils auraient dû le faire depuis plusieurs jours. Wandrille laisse Pénélope entrer d'abord, pour ne pas arriver en force. Les photos des pièces devraient se trouver dans un dossier à l'étude, à leur place. Ces documents existent : Solange en avait reçu des tirages, ce qui avait déclenché l'ordre de préemption – et le vol dans sa chambre d'hôpital.

Pénélope est convaincue qu'elle ne va rien trouver, elle pousse tout de même la porte vitrée des bureaux que l'étude entretient à grands frais rue Drouot. Le jeune commis aux yeux de veau, diplômé de l'École du Louvre, est assis derrière le bureau de son patron. Maître Vernochet est en province. Le garçon lui répond, l'air encore plus absent. Pénélope le noie de paroles, affirme qu'elle est chargée de mission au Louvre et qu'elle vient de la part de la Direction des

Musées de France. Elle se lance dans un charabia administratif qui impressionne son interlocuteur.

« Vous avez des informations sur la provenance ?

— Vous savez qu'on ne les donne pas, c'est une règle, sauf accord du vendeur.

— Cela vous ennuierait de regarder, par curiosité, pour voir si c'est faisable…

— Je peux jeter un œil dans les fiches… C'est en fait un organisme officiel qui vendait…

— L'État ?

— Non. Je vous en ai déjà trop dit…

— La Ville de Paris ? »

Il baisse les yeux. Pénélope a bien joué. L'information qu'elle vient d'obtenir est capitale : quand la Ville de Paris a cédé le bail de l'hôtel particulier du duc et de la duchesse de Windsor à Mohammed al-Fayed, les greniers n'avaient pas été vidés. Des travaux ont été entrepris, dont témoignent quelques reportages photo, et même un « beau livre » devenu assez rare, que Wandrille possède. Les piles de vieux journaux, débris de gloire et hardes sans intérêt qui s'entassaient dans les combles ont fini par être discrètement écoulés à Drouot. En plein été. Rien qui permette de lancer une vente « de prestige », de la drouille. Dans le tas, trois coussins crevés.

Wandrille a rejoint Pénélope. Elle a un geste pour l'accueillir et rassurer le petit stagiaire, qui les invite à s'asseoir. La conversation devient plus détendue, Wandrille plaisante, fait le beau. Pénélope sourit, remet ses lunettes, se tait. Selon un plan médité, c'est Wandrille qui glisse, mine de rien, qu'il avait peut-être été fait des prises de vue de ces morceaux de toile brodée. Comme Pénélope les a préemptés, elle serait heureuse de les revoir, pour en parler avec le jeune expert, avoir son avis. L'heureux élu, flatté et ennuyé, se trouble.

Quelques jours plus tôt, il a reçu une visite similaire. Un homme qui s'intéressait à ces toiles. Il a eu la bêtise – c'est lui-même qui emploie le mot – de lui montrer les photos. Il s'est levé du bureau pour reclasser le dossier, maître Vernochet est assez maniaque. Le temps de se retourner, d'ouvrir le classeur, son interlocuteur – qui avait l'air de quelqu'un de très convenable – venait de partir en courant avec les photos. « Je n'ai pas osé le poursuivre, courir dans la rue. Les collègues seraient allés tout raconter à Monsieur Vernochet. Vous comprenez ? »

Wandrille prend l'air de celui qui comprend bien, qui pardonnerait cette vétille s'il était à la place du grand Maître Vernochet, de l'étude Vernochet-Dubois-Bouilli. Il ne lâche pas sa jeune proie :

« Un larcin sans importance, on vous enverra le double des photos que vous aviez fait parvenir au musée de Bayeux, pour la bonne tenue de vos archives, ne vous tracassez pas pour si peu. Vous avez vu votre voleur ? Vous avez eu le temps ? À quoi ressemblait-il ? »

Wandrille sort une photo de son portefeuille. Depuis deux heures, il a son idée. Trois stars en petite tenue. Pénélope et lui, main dans la main, bronzés à ravir, Marc, en maillot de bain, une vraie image des jours heureux, au bord de la piscine, cet été, chez les Graindorge – au cœur de la Sarthe. Très chic et très riches, les frères Graindorge, Ted et Fred. Le bellâtre regarde, secoue sa mèche, rougit, avant de dire, un peu pincé :

« Aucun doute, c'est lui qui m'a piqué les photos. Vous le connaissez ? »

38

La bataille se prépare à Prunoy-en-Bessin

Prunoy, mercredi 10 septembre 1997

« Toujours vous, monsieur Érard ! Vous venez pour *La Renaissance* ? La grande bataille est dans un mois, tout le monde est déjà surexcité. Il paraît que vous partez aussi pour l'Angleterre, avec une équipe de la télévision ? C'est vrai ?

— La télévision régionale.

— On va vous regarder ! Mon mari installera le poste dans la salle. C'est bien d'avoir choisi Prunoy pour la préparation et tous leurs exercices. Les costumes sont presque finis, les boucliers ont été peints hier, ils sèchent dans l'étable. Ça aurait fait plaisir à ce pauvre M. Aubert qu'on a tué ! C'est le président des « Fils de Guillaume » qui a décrété qu'en souvenir tout le monde viendrait ici pour la préparation avant de partir pour l'Angleterre. Enfin, ceux qui jouent du côté des Normands, pas les autres. En attendant, ils m'ont collé les haches, les arcs, les épées, les cottes de mailles et tout leur bardadrac dans mon hangar !

— Ça va vous amener du monde, madame Cahu. Si j'ai besoin de trois costumes d'époque, un pour moi et deux pour ceux de mon équipe, vous croyez qu'ils auraient encore le temps de les faire ? Le réalisateur prétend que ce serait mieux de faire le reportage en direct, et en fantassin. Ça ne m'enchante pas.

— Demandez-leur, les costumiers sont chez moi tous les jours pour les repas, si c'est en vue du reportage, ils feront tout ce que vous voudrez, suffira de leur donner vos mesures. Certains jours, ma salle est trop petite, j'ai eu un groupe d'étudiants suédois, même des Allemands. On ne s'attendait pas à les voir revenir en soldats de Guillaume, ils vont enfin l'avoir leur débarquement en Angleterre. Ils sont plutôt mauvais pour le tir à l'arc ! Et sur les chevaux, une misère ! »

Un garçon de quinze ans entre dans le café, réclame à dame Cahu, avec un accent belge bien chantant, un « livre d'insultes », elle lui tend une plaquette photocopiée qu'elle vend douze francs. Pierre en achète une. Un trésor, qu'il se promet d'utiliser sans tarder. Ça fera rire ses deux amis parisiens. Il va leur proposer de venir faire ce reportage avec lui. Les organisateurs ont établi la liste des jurons médiévaux que l'on peut dater du XIe siècle. Pierre note ceux qui lui plaisent : bastardon, culverz, ermoufle, ancelle de chien, salopier, fumellier, gouledebroc, très bien celui-là, vuletoloche, ou mieux vulebouse, pute orine, et chie-d'en haut, pour les nouveaux riches du XIe siècle.

Pierre, pliant sous ces salves d'insultes, s'appuie sur le comptoir, la tête dans les mains. Cela l'aurait fait rire tout seul il y a quelques mois, plus maintenant. Pierre n'a aucune envie d'accompagner en Angleterre cette troupe d'allumés en costumes. Un an plus tôt, il se serait battu pour décrocher un reportage pareil, en direct dans la mêlée d'Hastings. Devant la mère Cahu, il fait encore semblant de sourire et boit son verre de calvados pour qu'elle ne se vexe pas.

Pierre n'aurait pas dû revenir à Prunoy. Il ne peut plus supporter les images de l'assassinat du vétérinaire Aubert. L'énucléation dans la chambre, cette boucherie. Depuis qu'il est allé rôder du côté de la maison, ces images le hantent. Il s'était juré de ne pas remettre les pieds à Prunoy, tant pis pour dame Cahu et ses informations toujours de première main. Sans y avoir réfléchi, au volant de sa voiture, il est revenu. Il s'est garé devant l'église. Il sait qu'il retournera, tout à l'heure, errer du côté de la propriété du vétérinaire.

Le président de l'association des « vétérans d'Hastings » comme dit Wandrille, les « Fils de 1066 », le radotant comte de Sartilly, a décidé de suivre à la lettre les idées de feu Charles Aubert – qui probablement voulait sa place – et de se lancer dans la plus grande reconstitution jamais entreprise de la bataille, avec l'aide des bénévoles de l'université de Caen, les troupes fraîches du Centre de recherche en archéologie médiévale. Ils ont aussi la complicité du patron du haras d'Etreham. Ce sera la première fois qu'il y aura des cavaliers pour les commémorations d'Hastings. Harnachés comme sur la Tapisserie. Depuis un an, une dizaine de chevaux s'habituent à ces curieuses selles normandes, massives et lourdes, à pommeau haut.

Les étudiants travaillent depuis deux ans à cette entreprise d'« archéologie expérimentale ». Ils sont même allés en Norvège, pour rencontrer d'autres passionnés qui ont reconstitué un navire viking : les boucliers pouvaient-ils vraiment tenir sur les bords du bateau ? La manière dont la Tapisserie montre l'évacuation des chevaux est-elle crédible ? Toutes les réponses ont été positives. Non seulement les harnois représentés à Bayeux datent bien du XIᵉ siècle ou du début du XIIᵉ, mais ils sont utilisables. La sortie des « esnèques » se fait aussi simplement que sur la *Telle* : les chevaux ont enjambé sans hésiter les bastingages. Tout ce monde s'embarquera, mais sur un ferry, dans quelques semaines, à Ouistreham, en grand équipage, les hommes d'armes et leurs montures.

Pierre va les suivre la mort dans l'âme.

Il aimerait oublier ces histoires. Il est obligé de s'embarquer. Il ira sur le champ de bataille, puis dans l'église de Bosham, pour le rendez-vous.

Il aurait voulu appeler Pénélope, la voir. Lui expliquer ce qui se passe, ce qu'il ressent. Ce qu'il a failli lui avouer, quand il était sur le pas de sa porte, l'autre soir, au retour de Varanville.

Il a préféré se taire.

39

Un soir au Club

Un mois plus tard, Paris, samedi 11 octobre 1997

Pénélope a marché à grands pas sous la pluie. Une soirée tranquille, au Club, avec Wandrille, comme autrefois. Depuis un mois, elle n'avait guère quitté Bayeux. Elle était accablée par le travail. Solange se rétablissait doucement, Pénélope avait dû tout faire seule : appels d'offre pour une nouvelle porte d'accès, changement des emplacements des extincteurs, négociations avec les deux syndicats qui se partagent gardiens et secrétaires, recrutement de trois nouveaux guides… Ses études d'histoire de l'art l'ont menée à un poste de chef d'établissement, elle ne sait pas encore si elle va y prendre goût. Pierre Érard, curieusement, ne s'est manifesté qu'une ou deux fois, pour ne rien dire, comme s'il voulait s'effacer de la vie de Pénélope, avec discrétion. Avant-hier il a appelé, pour lui proposer, en associant Wandrille, une aventure : participer, en cottes de mailles, à la reconstitution d'Hastings. Elle a immédiatement dit oui, pour eux deux. Pierre est d'une délicatesse extrême, il a même fait mettre de côté des panoplies. Pénélope, excitée comme une petite fille, a aussitôt averti Wandrille, qui en fera une chronique à tout casser, « de notre correspondant au XIe siècle, envoyé spécial dans la plaine d'Hastings ».

Wandrille a fini par appeler les parents de Marc en Espagne, qui ont prétendu qu'il était en vacances, qu'il ne fallait pas s'inquiéter. Wandrille, souverain, a accordé à leur ami le bénéfice du doute, au nom de leurs heures de piscine et des déjeuners chez Éva. Sur les bords du canal Saint-Martin, Pénélope sourit au visage de Mère Teresa, encadré dans la devanture d'une boutique.

Le patron, M. Richard, exulte : « Le seul bistrot où le marc de café vaut plus cher que le café ! On va faire fortune, les amis, si ça continue. On a de nouvelles spécialités qui s'annoncent pour la semaine prochaine, le plomb fondu dans l'eau, pas encore essayé ça ; et aussi, j'ai tout noté : la rabdomancie, la lampadomancie, la captromancie, la théphramancie, ils ont téléphoné ce matin, je leur ai fait épeler, ça vous dit quelque chose ? On m'a demandé aussi si on acceptait des phrénologues, pas su trop répondre ! Ils vont venir vous voir pour se présenter. »

Wandrille accueille Pénélope à bras ouverts. Elle espérait une remarque, quand il la verrait, qui ne vînt pas. Il n'a même pas pensé à la regarder. Il a fait déménager la graphologue qui consultait dans l'arrière-salle, a installé à sa place ses aiguilles, son tambour, ses torchons et ses tapisseries de papier découpé. Pénélope lui apporte la preuve de la commande aux brodeuses coptes. Un texte retrouvé aux archives du Louvre, qui complète le document découvert par Solange. Signé Denon.

Il a bien été commandé à un couvent du Caire, par Dominique-Vivant Denon, esprit duplice et astucieux, un « double jeu » de broderies. Tous les officiers de l'armée d'Égypte n'étaient pas rentrés, les ordres avaient été transmis sans peine au contingent français qui se maintenait à l'autre bout de la Méditerranée. Wandrille s'étonne de ces deux versions. Était-ce par précaution, parce qu'on ne pouvait pas contrôler sur place le travail de l'atelier ? Deux versions, « différentes » écrit Denon – et les deux, une lettre en réponse en atteste, ont bien pris le chemin de Paris. L'une a fini chez les Contevil, après avoir failli disparaître au XIXe siècle, sous les yeux d'un inspecteur des Monuments historiques nommé Prosper Mérimée. C'est la version qui proclame l'existence d'une dynastie normande de substitution, prête à monter sur le trône, à Londres, dans les fourgons de l'armée française, avec les aigles d'or et les grognards.

L'autre version brodée en Égypte a été la propriété du duc de Windsor. D'où la tenait-il ? Du trésor secret de la famille royale ? Un stratagème de Napoléon : il avait fait parvenir à Londres cette fin de l'histoire montrant la défaite d'Albion, une composition destinée à saper le moral des ennemis. La collection royale l'avait acquise, pour la cacher. Le duc l'avait montrée à Hitler et à Himmler, qui en avaient compris l'intérêt.

Ces trois scènes capitales donnaient la clef de la lecture cachée du monument de toile.

Wandrille a pris entre les mains le rouleau de carton sur lequel, après une dizaine d'essais peu convaincants, il a collé la reproduction de la Tapisserie. Le diamètre est selon lui le bon : pour le déterminer, il a calculé la dimension moyenne des « séquences », des scènes de la Tapisserie, souvent séparées par des monuments ou des bouquets d'arbres ; la largeur de base des « cartons » qui avaient dû servir de modèles aux brodeurs du XIe siècle. En choisissant un rouleau de ce diamètre, il constatait que les deux premières hachures de la bordure, au-dessus de la scène montrant le roi Édouard dans son palais, se prolongeaient exactement par les hachures inférieures qui se trouvent sous le bateau d'Harold, portant l'inscription « *navigavit* ». Les angles formés avec les bords du tissu sont « raccord ». Selon Wandrille, c'est ce repère simple et commode qui permet la mise en place. Une fois ces deux traits en diagonale bien ajustés, il suffit d'enrouler le reste de la Tapisserie sur la colonne, en maintenant bien le tissu bord à bord.

Pénélope a essayé, dans son bureau, de refaire l'exercice, elle n'y est jamais arrivée. Tout se mélangeait, sans donner aucun sens à l'ensemble. Elle avait collé des photocopies, acheté et récupéré tous les rouleaux imaginables. Wandrille a découvert de nombreuses lectures verticales vraisemblables. Il place devant sa colonne un cache en papier aussi haut et de la largeur d'une séquence : il suffit de regarder comment les scènes se répondent de bas en haut.

Le doigt de Dieu, brodé dans les nuées au-dessus de Westminster, se retrouve dans l'axe de la scène du serment d'Harold, le message est clair. Pénélope exulte : voilà sans doute pourquoi l'enterrement du roi a été brodé avant la scène de sa mort, détail dérangeant que les historiens, jusqu'à aujourd'hui, expliquaient faute de mieux en disant que les brodeurs avaient dû se tromper et intervertir deux cartons.

La mort d'Harold, l'œil crevé, à Hastings, se retrouve à la verticale exacte de son palais et de son église de Bosham. Sur cette ligne, des scènes cruciales de son histoire : la gifle d'Aelfgyva, son couronnement royal, l'apparition menaçante de la comète.

Et au sommet, l'espace qui manque pour que la fin du ruban se retrouve à l'aplomb de son début représente exactement ce qui manque à Bayeux, les trois derniers mètres du lé de toile de lin.

Cette lecture verticale, Denon en avait certainement trouvé le secret, il en avait placé la clef sous les yeux de tous, au cœur de Paris, la colonne Vendôme.

Les trois scènes finales contenaient le sens caché que Denon avait inventé. Elles étaient capitales. Un jeu destiné à égarer, une fausse piste, les fragments Contevil, l'autre...

Le duc de Windsor pensait-il que ce qu'il détenait était authentique ? En avait-il convaincu les nazis ? Ou étaient-ce les savants détraqués de l'Ahnenerbe, qui avaient lancé cette mission d'étude de la Tapisserie, la mission Jankuhn, qui avaient compris que le prince possédait l'inestimable point final de cette énigme, sans s'en rendre bien compte. Pour les nazis, il fallait savoir si ces fragments Windsor étaient authentiques, compatibles avec le reste de la toile. Ensuite, s'emparer du trésor de Bayeux, recoudre la fin.

Cela devait être fait, en secret, à Berlin, durant l'été 1944. Le Débarquement avait tout bouleversé. La Tapisserie avait d'urgence été conduite à Paris, dans les caves du Louvre. Voilà pourquoi, juste après avoir donné l'ordre de brûler la ville, Hitler avait pris les dispositions, qui devaient tellement étonner les historiens, pour que la *Telle du Conquest* des Nordmen survive à la défaite allemande. Il savait Windsor toujours disposé à lui donner son trésor, en attendant son rétablissement sur le trône.

« Il faut retrouver le "second jeu", voir ce qu'il explique – une fois la Tapisserie, serpent d'airain, enroulée autour de son âme.

— Ce que veulent ceux qui ont tiré sur Solange, la femme qui en savait trop, qui avait presque tout deviné, et qui m'ont agressée en sortant de Drouot. Depuis un mois, ce "second jeu", ils l'ont.

— Première question : la Tapisserie était-elle à l'origine présentée en colonne ? Réponse affirmative, forte présomption, mais j'en ai conscience, aucune preuve.

— Seconde question : Denon, avant toi, avait-il eu cette idée géniale ?

— Réponse : certainement. Qu'en avait-il fait ? À quoi devait servir cette découverte ?

— On le saura quand on aura vu les toiles. Tu veux une troisième question ?

— Vas-y !

— Pourquoi le duc de Windsor voulait-il à toute force conclure une sorte de pacte avec le père de Lord Contevil ? Pourquoi semblait-il ajouter foi à ces mauvais pastiches conservés dans l'île de Varanville, s'il possédait son propre jeu ?

— Éliminer un concurrent. Rester seul maître de la négociation avec Hitler. Nous, nous savons que les deux jeux sont faux, tous les deux commandés par Denon. Windsor pouvait-il le savoir ? Avait-il compris qu'il ne possédait, en fait d'arme de guerre, qu'un pétard mouillé ? De quoi faire monter les enchères, mais pas très longtemps. Si Windsor avait bien caché son jeu ? Le père de Contevil le prenait pour un imbécile, c'était peut-être le plus intelligent de tous…

— Regarde qui entre ! Cache les rouleaux. Vite. À cheval ! »

40

Un jeune couple

Paris, samedi 11 octobre 1997

Entre Marc. Pénélope et Wandrille l'agressent. Il comprend tout, s'assied, les regarde :

« Ce n'est pas moi qui ai attaqué Pénélope. Tu m'aurais reconnu, Péné, si je t'avais sauté dessus sur les boulevards. Cela n'a aucun sens. Ce n'est pas moi non plus qui ai tiré sur la conservatrice de Bayeux, vous me prenez pour qui ?

— Et les photos volées à l'étude du commissaire-priseur, ce n'était pas toi, peut-être ?

— Le nouveau commissionnaire de Vernochet avait des airs tellement condescendants, je ne me suis pas privé. Vous voulez en avoir le cœur net ? J'ai les clichés chez moi. Cette Tapisserie a deux fins possibles. Les fragments arrachés à Pénélope ne sont pas ceux qui figurent sur le dessin Empire que j'ai acheté ; je vous montre ? »

Chez Marc, Pénélope et Wandrille – entre un tas de linge sale et un smoking sous une housse – comparent le grand dessin, qu'il vient d'accrocher au mur avec les trois photos marquées au dos du tampon de l'étude Vernochet.

Marc a rapporté de la banque son dessin de la Tapisserie, et leur explique, en souriant à Pénélope : « J'aimerais un appartement un peu plus grand, mais bon, tu vas vite voir que je ne dois plus trop compter sur ce machin... »

Les photographies montrent trois scènes, une version inédite, un finale d'opéra inouï. Wandrille ne peut pas en détacher ses yeux. Pénélope, pieds nus, debout sur le lit de Marc, confirme : « Le dessin correspond à ce que j'ai vu à Varanville, la même scène, avec cette inscription sans équivoque, capitale pour le parti pro-contevilien : *Odo designatus. Odo Princeps.* »

Sur les morceaux vendus à Drouot, le récit s'achève autrement. Guillaume est sacré seul à Westminster, sans personne à ses côtés, puis le duc-roi couronné est assis en majesté devant le portail distribuant des étendards à ses soldats, et la troisième partie brodée montre le départ de ceux-ci, ultime frise de cavaliers harnachés et majestueux. Leurs destinations sont indiquées au-dessus d'eux : Italia, Sicilia, Scotia, Francia, Germania. Les bases d'un Empire normand – qui se développera bien après 1066. Un pannormandisme dans lequel les nazis avaient dû voir l'annonce du pangermanisme. Les étendards à épaisse bordure noire carrée marqués d'une croix de même largeur rappellent même quelque symbole plus récent. Il suffirait de découdre une demi-barre sombre par côté pour voir apparaître le plus exécré des emblèmes.

Wandrille veut les photocopier, les réduire, les coller à la fin de son serpentin. Pour comprendre. Mais le sens est déjà assez fort comme cela, et les invraisemblances historiques, commises à dessein par Denon, énormes. Il suffit de rapprocher ces deux « tableaux » des grandes compositions de Jacques-Louis David, peintes pour glorifier le sacre de Napoléon Bonaparte, le *Couronnement* et *La Distribution des aigles*.

Pénélope charge :

« Pourquoi avais-tu disparu ?

— Parce que j'étais amoureux, et je ne voulais pas que ça se sache...

— C'est nouveau, interrompt Wandrille, gros lourdaud, toi qui t'es toujours vanté de tes succès. Qui est la nouvelle ?

— J'ai bien peur que vous ne la connaissiez déjà. Je craignais que nous ne soyons pas bien faits pour aller ensemble, à vos yeux. Nous sommes partis pour la Sicile. Une expédition normande ! Sur le chemin du retour, passage par les Pouilles, région magnifique. Vous connaissez la cathédrale d'Otrante, avec un pavement de mosaïques du début du XIIe siècle.

— Ne détourne pas la conversation.

— Le style est absolument celui de la Tapisserie, même manière de dessiner les personnages, un artiste typique du style normand de cette époque...

— Pourquoi nous racontes-tu cela ?

— Parce qu'il faut redire une évidence : penser que la broderie conservée à Bayeux pourrait ne pas être un travail anglo-normand du XIe siècle est absurde. Et j'ai bien compris que mon dessin était une pure création du XIXᵉ. »

Pour Marc, tout s'effondre. Il ne possède que le relevé d'un faux, certes ancien et intéressant, mais sans valeur pour la succession au trône d'Angleterre, qui n'aurait eu aucun intérêt pour les amoureux du Ritz – le 31 du mois d'août. L'enfant de la princesse et de son charmant Égyptien n'avait peut-être jamais été mis en route, nul n'en saura jamais rien. La princesse Diana est morte, son ami Dodi avec elle – ces malheurs sont une autre histoire.

« S'il ne s'agissait pas de falsifications, Pénélope, tu accepterais d'étouffer l'affaire, de dire à la face du monde que les fragments Contevil et le dessin Denon sont vrais ? Que ta Tapisserie avait une fin qui remettait en cause des siècles d'histoire anglaise ?

— Je laisserais agir Solange. Je ne suis que son adjointe. On sonne chez toi, tu attends ta belle ? Je crois que tu vas être obligé de nous la montrer. »

Entre Léopoldine. Pénélope défaille. Elle attendait une dame plus âgée, une actrice connue, une femme politique, elle avait tout imaginé. La confidente de Pénélope, sa presque sœur. Avec beaucoup de grâce, elle vient s'asseoir à leurs côtés. Elle félicite immédiatement Péné pour ses lentilles. Wandrille se tait. Léopoldine est en poste à Épinal, elle doit avoir une « permission », comme disent entre eux tous ces jeunes conservateurs en « premier poste ». Léopoldine se tourne enfin vers Marc. Elle l'embrasse. Ils s'enlacent, attendris. Wandrille détourne le regard.

Il ne reste plus à Pénélope et Wandrille qu'à se faire à cette alliance monstrueuse – en commençant, en douceur, par les photos du « voyage de rencontre » du nouveau couple. Les vacances des autres sont toujours une épreuve. Pas cette fois. Marc sort des photos faites à Otrante. Le rapprochement est évident : l'art normand, des Pouilles au Sussex ! La lumière qui entre par le grand portail de la cathédrale italienne joue sur les tesselles, les coiffures des personnages sont les mêmes qu'à Bayeux, les profils, jusqu'à la forme des haches et la boucle des ceintures.

« Tu sais, Pénélope, j'ai convaincu Marc de préparer le concours des conservateurs. Je lui passe tous nos cours, ceux de l'École du Louvre et surtout ceux qu'on piratait à la prépa de la Sorbonne, de l'or en barre, et toutes nos fiches…

— Courage Marc, tu es bien certain ? Souvent l'amour égare.

— Je sais. Nous étions partis pour Florence et nous nous sommes retrouvés dans les Pouilles. Alors qu'à Florence, nous aurions pu loger chez Konrad, vous vous souvenez de lui, un blondinet qui était chez les Graindorge l'été dernier ?

— Bien sûr. Écoute, il est à Florence à longueur d'existence, vous irez le voir pour votre voyage de noces, quand vous serez un brave petit couple de conservateurs. Le Ciel vous garde. »

41

Le scandale du donjon de Falaise

Falaise, dimanche 12 octobre 1997

« Qui a osé construire un bunker de béton au milieu d'un donjon du Moyen Âge ?

— Un architecte en chef des Monuments historiques bien sûr. Il s'appelle Bruno Decaris. Il a signé son œuvre, c'est le scandale de cette année. Tu n'aimes pas, Wandrille, la noblesse du béton brut accouplé à la pierre de taille ?

— On a pensé à l'écorcher, en versant du sel dans les plaies à mesure que la peau se détachera ?

— Je vous propose un tour de ville, et ensuite, on essaye ces maudits scaphandres, les cottes et les broignes sont sur le stand des « Fils de 1066 », place de Guibray, c'est assez coloré. »

Ce dimanche, Falaise est en fête. Les cloches sonnent en grandes volées, une kermesse héroïque. Les troupes qui vont partir pour Hastings ont revêtu leurs costumes, les rues ont des allures de téléfilm à gros budget : une série de prestige de la BBC. À la demande de Pénélope, Pierre les a conduits à la fon-

taine d'Arlette et devant la statue de Robert le Magnifique. Les ducs normands de la dynastie, statufiés
debout, entourent ce cavalier de bronze qui est à
Falaise ce que Pierre le Grand, face à la Neva, est à
Saint-Pétersbourg. Les mains des premiers ducs sont
vides, leurs épées de bronze ont été volées depuis
longtemps. Robert n'a plus son escorte d'honneur.

Pierre fait entrer ses amis dans l'hôtel de ville. Sur
le mur d'une salle vient d'être installé le « Mémorial
de Falaise », autrefois au cœur du donjon et que
l'architecte en chef a voulu éliminer de son ridicule
ensemble postmoderne. Les noms sacrés des compagnons de 1066 sont inscrits dans la pierre. Deux
gerbes de fleurs fraîches sont posées au pied du
monument, l'une porte la banderole « Les Fils de
1066 », c'est celle que l'association fait porter tous
les ans aux environs de l'anniversaire de la bataille.
Sur l'autre, on lit : « Berceau de Guillaume le
Conquérant ».

Pierre explique : « C'est nouveau ça. C'est la première fois que l'association "Berceau de Guillaume"
ose s'afficher. Il s'agit d'un groupe de Falaisiens qui
existe depuis longtemps, on ne les aime pas beaucoup à l'association, je vous expliquerai. Mais pour
cela, il faut que vous compreniez d'autres petites histoires. Cette seconde gerbe est une déclaration de
guerre. Vous voulez voir un peu à quoi ils ressemblent ces compagnons du duc à la sauce 1997, je veux
dire, les officiels, ma bande d'amis du Moyen Âge,
qui ont organisé les festivités de demain ? »

Après une dizaine de minutes de marche, ils arri-
vent au faubourg de Guibray, qui jouxte la ville. Sur
une place, devant l'église, un marché en costumes.

Une tente installée par l'association abrite le comité d'organisation, où Pierre est attendu. On y trouve les fameuses tenues de combat que tous les figurants du lendemain sont invités à essayer. La foire de Guibray existe, au même endroit, depuis le Moyen Âge. C'était une des plus grosses foires de France ; aujourd'hui, sur ce carré de pavés pointus, un marché de produits régionaux. Wandrille a envie de tout acheter, demain, ce sera le combat, il faut prévoir du ravitaillement : le stand du « cochon de Bayeux » retient toute son attention, il se décline en rillettes, jambons, boudins et petits pâtés en croûte. À côté, ce sont les andouilles de Villedieu, copiées en vain depuis des lustres par celles de Vire et celles de Guéménée, les caramels de Tinchebray, presque aussi fondants que ceux d'Isigny, diverses sortes de teurgoules. Wandrille achète. En un regard, il balaye les camionnettes ouvertes rangées un peu plus loin pour ne pas briser le coup d'œil historique, il inspecte les sacs qu'il a en main, lit les papiers à beurre et les affichettes.

Il se fige. Fronce le sourcil :

« Péné, toute cette charcutaille nous attend depuis des siècles. Gouledebroc ! Regarde leurs noms, c'est incroyable, ce sont ceux du Mémorial. Je ne plaisante pas, ils sont ici, les soldats d'Hastings devenus crémiers et charcutiers : *beurre Fromentin, domaine d'élevage Quesnel et Musard, Chez Pontchardon on fait l'andouille de père en fils (Villedieu-les-Poêles, Manche), Maison Ravenot, Tinel porc fermier, Cidrerie du domaine de Pistres…* c'est une hallucination, je t'affirme que tous ces noms, sans une exception, je viens de les lire sur la pierre gravée à la mairie.

Tu trouves ça normal, dis, Péné ? Un ou deux, d'accord…

— Là ! C'est lui, ne te retourne pas. »

Wandrille se retourne aussitôt :

« Le marchand de cochons ?

— Il n'est pas marchand de cochons. C'est lui, tais-toi, j'en suis sûre.

— Qui ?

— L'homme qui m'a agressée à la sortie de Drouot. Aucun doute. »

Wandrille s'est rué sur lui. L'homme part au quart de tour. Wandrille sur ses talons. Deux femmes le bousculent. Pénélope crie. Wandrille qui a voulu éviter les deux Falaisiennes fait un écart, glisse dans la boue. Pénélope, une seconde fois, a perdu de vue son adversaire. Pierre, figé au garde-à-vous, comme s'il était un des ducs normands autour du socle de la statue de Robert le Diable sur son cheval cabré, n'a pas bougé.

42

Qui a gagné la bataille d'Hastings ?

Abbaye de Battle, mardi 14 octobre 1997

Pierre Érard n'a pas raconté grand-chose sur le ferry. Il se sent mal. Les marchands de la foire de Guibray sont tous membres d'une association un peu louche, qu'il connaît, « Berceau de Guillaume le Conquérant », des Falaisiens exaltés qui se rassemblent pour défendre le rattachement de la Normandie à l'Angleterre. Cette secte de séparatistes est l'une des plus anciennes de France, le préfet en signalait déjà l'existence sous Napoléon. Celui qui a attaqué Pénélope à Paris était-il l'un des leurs ?

Ils n'ont rien à voir avec les « Fils de 1066 », inoffensifs organisateurs de banquets. Les autres sont de vrais hooligans, qui ont montré qu'ils pouvaient être violents. Des marchands ambulants, des forains, des fils de gros fermiers aux crânes rasés...

La plaine d'Hastings amuse Pénélope, qui commence à se détendre un peu au milieu du brouhaha, à mesure que l'ordre d'attaque approche : d'un côté, une molaire cariée, le donjon médiéval, de l'autre, l'épave d'un navire, sans toit, ouvert à tous vents, les ruines de l'abbaye de Battle, construite par le Conquérant en action de grâces. Disséminées entre ces éléments de land art, sur un gazon digne d'un golf, les troupes normandes forment une ligne sinueuse face à un front saxon tiré au cordeau, théorie de fantassins brillants comme des soldats de plomb sortis du moule. Pas assez de chevaux pour que l'on y croie, trop d'archers, très occupés à respecter les consignes de sécurité, deux tribunes de stade bondées de public hurlant des insultes en vieux normand, en moyen-haut allemand ou en ancien danois. Derrière des barrières de bois, des enfants, des passionnés de festival interceltique et autres joutes galloises. Le tout un peu confus : les *supporters* « anglais », qui devraient soutenir les soldats d'Harold, s'exaltent en proclamant qu'ils sont les descendants des hommes de Guillaume.

Pierre est venu avec une suite de valets d'armes portant son matériel de haute technologie, un preneur de son habillé en jongleur et une technicienne en survêtement rouge que l'on s'efforce de cacher. Érard a retardé le moment de se chausser, et de revêtir le *battle dress* ad hoc. Les câbles qui le relient au camion de télévision n'ont rien à envier aux harnachements des cavaliers. Si l'on retrouve son cadavre, il passionnera les archéologues expérimentaux de l'an 2900. Sérieux comme l'archevêque de Cantorbéry, il articule en fronçant les sourcils, accent sur la première syllabe de tous les mots, devant les caméras, casque à nasal sur la tête. Hastings, « appréciée des visiteurs depuis 1066 » comme dit la brochure de l'office du tourisme, est ce jour-là la capitale du délire britannique, avec des Français bien partis pour remporter la palme. Les chevaux s'élancent, le galop résonne sous les clameurs. Pénélope en cotte de mailles, les seins bridés, éclate de rire, elle se sent à Hastings comme Fabrice del Dongo à Waterloo.

Une heure plus tard, les Saxons s'ébranlent en une ultime attaque, les Normands frappent sur leurs boucliers, reculent, un stratagème.

« Tu as vu, crie Wandrille, empêtré dans son baudrier, comme ils sont prudents !

— Personne ne pourra gagner cette bataille tant que les archers ne tirent pas de flèches, que les épées garderont leur bordure en caoutchouc et que les chevaux continueront à éviter de piétiner la piétaille.

— Tu vas voir, couche-toi, ils s'élancent à nouveau ! C'est comme sur la Tapisserie !

— C'est le dernier assaut d'Hastings !

— Celui auquel Hercule Poirot finit par succomber ?

— Idiot, tu ne respectes rien ; regarde, le duc brandit son drapeau ! »

Le duc est un gros lard, étudiant en histoire à Caen, qui s'est rasé l'arrière du crâne, coupe normande dont témoigne bien la broderie de Bayeux. Il arrache son casque pour se faire reconnaître. Les soldats de la Tapisserie ont tous de fines silhouettes ; ici, avec les protections exigées par la sécurité, sous le haubert, ils ont l'air de tonneaux prêts à rouler en bas de la pente. Une vingtaine de chevaux s'élancent à grand fracas, dans le ravin.

C'est alors, au milieu des hurlements, que le portable de Pénélope sonne : sa mère.

« Je te dérange ? »

Difficile de répondre la vérité, quand on est en cotte de mailles, portant un bouclier, au milieu d'hommes d'armes qui crient « Dieu aide ! » et « Téléphone ! ». De guerre lasse, Pénélope se plaque à terre, l'oreille sur le portable. Sa mère vocifère :

« Tu aurais pu au moins donner des nouvelles ! Tu sais que tu nous as laissé un message ahurissant l'autre jour, tu avais dû te tromper, j'aurais voulu t'appeler plus tôt, mais tu avais l'air d'être toujours en ligne. Tu m'as félicitée, moi ta mère, pour un concours "Truies et truites", ça ne s'invente pas, dans je ne sais quel village de campagne.

— Une erreur, pardon…

— Je t'entends mal. Tu es dans un café ? Sors me parler dans la rue, je te rappelle si tu préfères ! »

Pénélope vient de comprendre. En voulant joindre Pierre Érard depuis le port de Granville, elle a fait par réflexe le numéro de ses parents, son numéro de téléphone d'enfance. Le répondeur est rudimentaire, sans annonce préenregistrée. Elle a appelé Villefranche-de-Rouergue à son secours.

La conséquence est simple. Pierre, quand il est venu à Varanville, ne répondait pas à son appel comme elle l'avait cru, sans même se poser la question. Il ne venait pas la sauver. Il venait chez Contevil. Ils se connaissent mieux que Pierre ne l'a dit.

43

Le dernier fils d'Odon

Bosham (Sussex), nuit du mardi 14
au mercredi 15 octobre 1997

L'arc monumental de l'église de Bosham est l'un des plus beaux d'Angleterre, un des plus anciens aussi. Un arc de triomphe de style roman. L'église n'est éclairée que par les cierges que Pierre vient d'allumer sur l'autel. Sur celui-ci, une médiocre broderie – au goût de Wandrille – évoque la *Telle du Conquest* : on y retrouve, au milieu d'un patchwork d'éléments empruntés à l'original, la représentation de l'église, avec son grand arc en plein cintre très reconnaissable et un toit orné de deux petites croix.

Des symboles, explique Érard, qui tient encore en main la clef de la chapelle, qu'il portait suspendue à sa ceinture tout à l'heure, aux yeux de tous, devant les caméras. Une provocation. Un aveu. Les croix sont là pour les deux tombes. Un homme est inhumé sous une dalle au pied du chœur et à côté de lui, une petite fille, sa sœur.

À Bosham, Harold avait son palais, sa famille

– c'est là que l'on a transporté son corps, relevé parmi les morts au soir d'Hastings. Les honneurs lui ont été rendus en secret.

Wandrille comprend pourquoi la mort d'Harold, à la fin de la toile, se retrouvait exactement à la verticale des images représentant Bosham. La petite croix brodée au-dessus de la charpente au début du récit de Bayeux était déjà le signe de la mort à venir. Et une autre croix, pour une petite fille innocente, dont aucun livre n'a parlé, et dont les chroniqueurs ne donnent même pas le nom – retrouvée par les archéologues du XXᵉ siècle.

Pierre leur a tout avoué. Contevil, le vieux fou, le tient. Il a payé les dettes du journaliste, qui n'a jamais pu vivre de sa plume. Il lui a acheté une maison à Bayeux. Il l'a mis sous contrat. Contevil est vraiment très riche. Il a utilisé Pierre pour essayer de circonvenir Pénélope, à peine nommée. Pénélope, à qui Arthur Contevil, de la même façon, a proposé de l'argent.

Il n'avait pas prévu que Pénélope plairait à Pierre. Le journaliste l'avoue, avec simplicité, la voix brisée, les yeux clos.

Contevil a été furieux de voir arriver Pierre à Varanville, à l'improviste. Ce jour où Pierre a dix fois hésité à tout raconter à Pénélope. Il a été lâche : le journaliste venait proposer au marquis de rompre le pacte, de le rembourser ; il a trouvé Pénélope, il s'est tu, pour la protéger. Il est reparti avec elle.

Arthur Contevil a continué à lui réclamer des informations, à utiliser ses sbires, les membres de cette secte nommée « Berceau de Guillaume le Conquérant », tous à sa solde. Un ramassis de ratés, d'aigris, de pauvres naïfs qui se rêvent un destin parce qu'ils portent un nom qui ressemble à un de ceux qui figurent sur le Mémorial – des noms dont Pierre confirme qu'ils sont presque tous sans valeur historique. Les membres de la secte « Berceau de Guillaume le Conquérant » sont douze. Cela suffit. Ils tuent. Ils agressent. Ils cachent des armes. Ils voient en Arthur Contevil le futur roi d'Angleterre, celui qui pourrait renverser la reine et le prince de Galles, si la monarchie venait, comme ce fut le cas après la mort de Diana, à vaciller.

Wandrille a écouté, troublé. Pénélope s'est mise au volant pendant la petite heure qui leur a permis d'atteindre Bosham, en traversant à toute allure Brighton et Chichester – pendant que Pierre vidait son sac. Pierre Érard et Lord Contevil, deux comparses ? Qui exécute ? Qui pense ? Pierre ment-il encore ? Qui arrache des yeux pour les mettre dans des verres ? Le respectable marquis de l'île de Varanville ou le sympathique journaliste de *La Renaissance du Bessin* ?

Pierre répond aux questions que Wandrille ne pose pas, se justifie. Le boucher de la troupe est celui qui a pratiqué l'énucléation. Il le connaît bien. Un exalté, un malade mental, qui ne rêve que de guerre et de revanche. Le boucher itinérant d'une dizaine de communes autour de Falaise. Charles Aubert a été éliminé parce qu'il voulait mettre son nez dans les affaires du groupe, et prendre la direction des « Fils de 1066 ». Contevil avait donné la recette pour l'assassinat : les méthodes qui avaient été employées pour son propre aïeul, vers 1840.

C'est le président d'une petite société de chasse

du côté de Versainville, aux environs de Falaise, un des douze, qui a tiré sur Solange Fulgence. Elle allait publier un article sur Denon et la fabrication en Égypte de morceaux de la Tapisserie, elle était à deux doigts de dater les fragments Contevil, elle avait fait la bêtise de lui écrire pour l'alerter – elle allait déclarer fausses les reliques qu'il avait montrées à ses « barons », sur lesquelles il leur avait fait jurer fidélité.

Pierre sait tout cela, depuis le début.

Il est l'un des douze. Un des mauvais parrains penchés sur le berceau de Guillaume. Il a prêté serment, dans la crypte de Varanville, six ans plus tôt. Il est au courant de tout ce qu'il se passe au Centre Guillaume-le-Conquérant, par la secrétaire de Solange Fulgence, qui lui dit tout. Il avait su que la vente aurait lieu à Drouot, que la version Windsor réapparaissait. Il était allé prévenir Contevil à Varanville. Contevil avait fait remonter Pénélope de la crypte parce qu'elle l'avait convaincu qu'elle seule pouvait expertiser le second jeu, la nouvelle arme.

Dans l'église de Bosham, Pierre, arrivé le premier, sait où cacher Pénélope et Wandrille : dans la chaire de bois qui est à gauche du chœur. Ils verront entrer Contevil par le porche qui se trouve du côté droit de la nef.

Au bout de la nef, les maçonneries de la tour saxonne du Xe siècle sont comme de vraies reliques des temps obscurs. Pénélope pourtant ne frissonne pas. Elle n'a aucune angoisse, comme si elle était guérie de ses frayeurs de petite fille. Elle sait ce qu'elle doit faire. Enregistrer, avec un des petits appareils du journaliste, le dialogue qui va venir. Pierre a promis de faire avouer Contevil.

Pénélope est touchée par la manière dont Pierre leur a tout dit, dont il est allé déposer à la police de la ville d'Hastings, en termes sobres et clairs. Il n'en pouvait plus. Wandrille, lui, en esthète et cinéphile, craint la pire des mascarades, les douze conspirateurs en robes noires à capuchon, le serment des poignards et autres images qu'il tournerait en ridicule, sans pitié, dans la chronique de son journal – si c'était un film.

Contevil entre seul, vêtu d'une veste pourpre. Il porte une sorte de baluchon, comme un rôdeur. Chaque année, le soir d'Hastings, celui qui se prétend l'aîné de la famille du Conquérant vient, comme son père l'avait fait avant lui, rendre hommage au vaincu et se recueillir sur la tombe d'Harold le félon. Il a fait publier, ce matin, la petite annonce habituelle dans le carnet du *Times*.

Il serre la main de Pierre. Il ouvre le sac qu'il a apporté.

« Regardez, ce crétin de Ravenot en aura mis du temps à me rendre les scènes brodées qu'il est allé voler à Paris. Il aurait pu la cogner plus, cette pauvre fille. Il a fallu qu'il emporte ça ici, il avait tellement peur d'attirer l'attention en France, la petite garce a semble-t-il signalé le vol, elle a dû décrire les toiles à la police. Vous voulez les voir ? Vous allez accomplir demain, sur le bateau du retour, une mission difficile. On a éliminé Charles Aubert, on a manqué de peu Solange Fulgence, c'est la plus dangereuse qu'il faut abattre maintenant. Cette Breuil, et vous êtes le mieux placé des douze pour agir seul. Vous rachèterez vos bévues de l'autre mois. La récompense sera à la hauteur. »

Il déplie les bandes de lin. Au sol, sur les tombes. Pénélope et Wandrille ne peuvent rien voir. Ils savent ce que cela représente. La distribution des étendards, pour que les Normands partent à la conquête de l'Europe. Pierre parle :

« Que comptez-vous en faire ? C'est assez gênant. On voit sans peine que celles-ci sont fausses.

— Vous allez m'aider, ici. La révolution va commencer en Angleterre, personne ne supporte plus cette famille royale. La libération est en marche, c'est le sens de l'histoire. Je me prépare depuis mon enfance. Pour ces morceaux de tissu, ces espèces de serpillières héroïques, on va en finir ici, ça fera plaisir au vieil oncle Harold. Les officiers nazis, pauvres types, se réclamaient de lui, le roi saxon, ils voulaient cette scène finale, Guillaume accomplissant les projets d'Harold, reprenant le flambeau de son ennemi vaincu. Nous allons accomplir le sacrifice. Ce sera la flamme de la révolte, le pays va s'embraser aussi vite que la chapelle de Bosham. »

Pénélope sourit. Au moins, Contevil n'est pas néonazi, c'est déjà cela. La police tarde tout de même un peu. Surtout s'il commence à vouloir mettre le feu. Elle continue à enregistrer. Elle n'entend plus rien.

Contevil a sorti une bouteille, arrose les toiles. Il se tourne pour aller chercher un des cierges de l'autel. La porte s'ouvre, trois hommes en uniforme bloquent l'entrée. Contevil les voit, poursuit son travail, il approche le cierge de la toile. Les flammes montent aussitôt. Les trois policiers se précipitent pour éteindre le feu, avec Pierre. En une seconde, Contevil a fait claquer une porte sur le côté.

« Il s'enfuit par la crypte ! » crie Pierre, qui connaît les lieux.

La crypte possède un autel, et un soupirail ouvert. Le vieux marquis, parfait athlète, monte sur l'autel, bouscule le lutrin, passe par l'ouverture. Les trois policiers ont commis l'erreur d'entrer ensemble dans l'église. Personne n'est dehors.

Une seconde plus tard, Arthur Contevil, assassin sadique et gentleman, avait disparu. Il abandonnait derrière lui un faux trésor à demi dévoré par les flammes, ses aveux et un jeune journaliste normand qui, de toute cette histoire, ne raconterait jamais rien. Un cheval gris attendait dehors le dernier marquis de Varanville. Contevil l'avait enfourché et, en une seconde, avait filé en sautant la première haie qui le séparait des champs. À l'anglaise.

44

Épilogue pour une égyptologue

Bayeux, jeudi 16 octobre 1997

Depuis son installation à Bayeux, Pénélope a contourné la cathédrale. Le lendemain de la bataille, elle a demandé à Wandrille de l'accompagner. La seule idée d'entrer avec lui dans une église lui donne des angoisses de mariage. L'orgue ronronne un air de Pergolèse qui jure avec l'architecture. L'église n'est plus celle que le puissant évêque Odon inaugura en 1077 et qui a brûlé au XIIᵉ siècle. Seules les hautes tours du portail restent les témoins de l'état primitif corrigé par le XIXᵉ. Pénélope sait où il faut aller pour retrouver l'esprit des premiers temps, fouler le sol qu'ont connu Guillaume et Mathilde. C'est à gauche du chœur que se trouve l'entrée de la crypte.

Elle était certaine que cela se produirait. Elle défaille au bas de l'escalier. Entre les piliers, des peintures rouges, sur les murs. Des anges peints sur les voûtes. Des monstres accrochés aux chapiteaux. Un sarcophage vide. Pénélope est secouée de spasmes. Lâche la main de Wandrille. S'assoit à même le sol, sur les dalles froides. De larges pierres blanches, comme des miroirs.

Wandrille éclate de rire :

« Tu vas arrêter ton cinéma ! Ce sont des anges musiciens, très bienveillants, peints à la fin du Moyen Âge. Tu n'as plus l'âge de frissonner dans les cryptes.

— Je suis déjà venue ici.

— Arrête, j'ai l'impression d'être dans un thriller. Tu as été battue dans cette crypte ? Attachée ? Quand tu étais enfant ? Tu ne te rends pas compte que ces clichés sont assommants ! Le concours que tu as passé brillamment était bien pire, dans le genre traumatisme crânien. Tu ne mesures pas à quel point tu es devenue une forte femme. Tu avais quel âge, tu te souviens ?

— Un voyage scolaire. À la fin de l'école primaire. J'avais dix ans.

— On va en avoir le cœur net. Je vais appeler ta mère.

— Ne fais jamais ça !

— On remonte ! »

Wandrille aime bien les parents de Pénélope, il les a rencontrés cet été, à Villefranche-de-Rouergue. Il veut savoir s'ils se souviennent de ce voyage à Bayeux, quand elle était petite. Pénélope le regarde téléphoner, dans la rue, devant l'ancien évêché. Il rit aux éclats, s'assied sur une margelle pour bavarder tranquillement. Elle entend Wandrille qui les embrasse, raccroche. La vérité est épouvantable :

« Pénélope, ils se souviennent de ton voyage scolaire ! Ils en rient encore ! C'était devenu proverbial, dans ta famille, au collège aussi. L'institutrice t'a abandonnée dix minutes, le groupe était sorti de la cathédrale, tu étais restée dans cette crypte. Tu les as rattrapés en courant. Il faut préciser qu'à l'époque, ma chérie, tu étais la première de la classe et tu en imposais à tout le monde, tu vois comme la roue tourne ! Et tu as hurlé : "J'ai faillu être perdue !" Celle qui avait été première en français pendant toute l'année, et en activités d'éveil, celle qui avait fait l'exposé sur la Tapisserie de Bayeux ! Ça les a mis en joie, les cancres se sont régalés, c'est devenu une chanson dans le car, tu as été la tête de Turc pendant un bon mois. C'est la première bonne histoire que l'institutrice a racontée à ta famille une fois ce petit monde revenu à Villefranche. Je crois que cette jolie rime a été la première vraie grande humiliation de ta vie. Tu ne t'en souviens pas ?

— Tu es pénible.

— Il le faut. Je le fais pour toi. Tu vois, ça revient. Je t'ai fait économiser un ou deux ans de travail analytique. Pour exhumer un souvenir pareil, orgueilleuse comme tu es, tu imagines le temps que ça aurait pris. Je ne veux pas me mêler de ce qui ne me regarde pas, mais je trouve que vous ne vous parlez pas assez en famille. Ils sont si gentils tes parents. »

Pénélope a réussi à faire taire Wandrille. Ils sont passés derrière le chevet de la cathédrale. Heureusement que sa mère ne lui a pas parlé de sa paire de bottes rouges. Il faut qu'elle pense à appeler le Louvre tout à l'heure, à propos de ce poste qui se libérerait peut-être, l'an prochain, aux Antiquités…

Elle voit défiler, encore et encore, les chevaux d'Hastings, ces chevaux bleus, orange et verts, cabrés, à la bataille, lancés à toute allure, ces chevaux qui se redressent dans le ravin.

La vraie fin de la Tapisserie existe. Pénélope en a la conviction. Wandrille et elle se sont assis un instant sous l'Arbre de la Liberté.

La dernière scène de la *Telle du Conquest* n'est ni à Varanville, ni à Bosham. Elle n'a jamais été à Berchtesgaden ni à Berlin, ni au château de Sourches, ni dans les caves du Louvre aux jours de la Libération, encore moins dans le refuge parisien des Windsor ; tous ceux qui ont cru en posséder des bribes se berçaient d'illusions. Ils défendaient les chimères qui les faisaient vivre. Au point de tuer.

Une flèche d'or lui crève les yeux. Elle aurait pu en avoir l'idée le premier jour, quand elle a été embarquée à bord de la grande nef de cette histoire vieille de mille ans, ce petit matin du mois d'août, dans le bureau du directeur du Louvre.

Si les brodeuses coptes ont su, à la demande de Vivant Denon, se défaire de leur style pour imiter celui de la Tapisserie, du moins pour ce qui concerne sa face visible, c'est qu'on leur avait fourni un modèle. Et quel meilleur échantillon pouvait-il y avoir que la vraie fin, celle qu'il s'agissait de remplacer par une autre – ou deux – au nom de l'efficacité politique. D'où la déchirure, sur laquelle se brise la toile exposée dans la sombre salle du musée. La blessure du tissu, qui s'était peut-être produite accidentellement, dans ces années de la fin de la Révolution, quand on avait voulu utiliser la Tapisserie pour recouvrir une charrette. Il avait suffi de détacher le fragment abîmé, que Lambert-Léonard Leforestier avait sauvé avec le reste, et de le faire « réparer », « refaire », « restaurer » – comme Napoléon allait, l'année suivante, « restaurer » l'empire de Charlemagne. Un couronnement brodé à la demande de Denon et un autre, en tuniques brodées d'or et lourds manteaux de velours rouge, que peindrait David. La vraie fin de la Tapisserie avait dû voguer vers l'Égypte aux alentours de 1804.

Ce qui secoue Pénélope à cet instant, elle en pleure, ressemble à un éclair de bonheur pur. Elle sent, sur sa joue, la chaleur du sable et le vent du désert, les froids réveils sous la tente, son chantier de fouilles au bord du Nil. Si la fin de la toile se trouvait encore là-bas, dans ce pays qu'elle aime ? Les couvents, en Égypte, sont des mondes fermés, nombreux sont ceux qui n'ont pas beaucoup bougé depuis deux siècles. Des dédales de greniers et de cellules, où personne n'a jamais fait d'inventaire, avec des coffres qui contiennent de vieux modèles de tissages, étoffes d'Orient – et d'Occident parfois – trop peu anciennes pour intéresser les historiens et les musées, toiles roussies dont les religieuses ne se servent plus depuis longtemps et que toutes ont oubliées.

C'est ainsi que Pénélope et Wandrille, la semaine suivante, accrochés l'un à l'autre, erraient sans guide ni plan dans le souk el-Fustat. Seuls au monde, perdus dans leurs songes au milieu des enfants perdus, heureux, ils dérivaient au hasard dans ces ruelles ocre et roses qui enserrent, au centre du quartier copte du vieux Caire, l'église suspendue d'al-Moallaqah, petite tache blanche en face du soleil.

PRÉCISIONS HISTORIQUES ET REMERCIEMENTS

Même si tout, dans l'intrigue de cet ouvrage, relève de la plus pure fantaisie historique, l'auteur tient à signaler qu'il a puisé aux meilleures sources, en particulier pour les faits qui peuvent sembler les plus incroyables et les plus « romanesques ». Les quelques références bibliographiques données ci-après permettront aux lecteurs soucieux de vérité d'approfondir, au-delà du roman, les points les plus surprenants.

Ceux qui veulent lire les résultats de la recherche actuelle sur la Tapisserie se reporteront, parmi les ouvrages récents, à la nouvelle édition du grand classique du professeur Lucien Musset, *La Tapisserie de Bayeux*, Paris, Zodiaque, 2002 ; au volume fondamental *La Tapisserie de Bayeux, l'art de broder l'histoire*, actes du colloque tenu à Cerisy-la-Salle en 1999, publié par Pierre Bouet, Brian Lévy et François Neveux, Office universitaire d'études normandes, Presses Universitaires de Caen, 2004, et au volume collectif dirigé par Gale R. Owen-Crocker, *King Harold II and the Bayeux Tapestry*, Woodbridge, Boydell Press, 2005.

La dernière biographie du duc-roi est celle de Philippe Maurice, *Guillaume le Conquérant*, Flammarion, 2002.

L'étude d'Andrew Bridgeford, *1066, l'Histoire secrète de la Tapisserie de Bayeux,* Anatolia-Éditions du Rocher,

2005, défend la thèse d'une Tapisserie secrètement pro-anglaise, exécutée à la demande de commanditaires du continent. Elle s'oppose aux thèses antérieures, défendues avec talent par Mogens Rud, *La Tapisserie de Bayeux et la bataille de Hastings 1066*, traduit du danois par Éric Eydoux, Copenhague, Christian Ejlers, 4e édition, 2001, et au livre de référence de Wolfgang Grape, *La Tapisserie de Bayeux, Monument à la gloire des Normands,* traduit de l'allemand par Valérie Agéma et Patrick Maubert, Munich, Prestel, 1994.

Reste bien sûr plus que recommandable, à lire sur place, au Centre Guillaume-le-Conquérant à Bayeux, le très précieux petit guide à couverture rouge de Simone Bertrand, qui ressemble beaucoup au volume dont se moquent bêtement Pénélope et Wandrille, *Livret Guide, Tapisserie de Bayeux*, Bayeux, Imprimerie de La Renaissance du Bessin, sans date [1976 ?]. C'est dans ce livret que se trouvent de surcroît les meilleurs conseils et schémas susceptibles de rendre de vrais services pratiques aux amateurs, même néophytes, de travaux d'aiguille.

Sur Dominique-Vivant Denon et l'affaire de l'exposition de la Tapisserie à Paris sous le Ier Empire, voir, dans le catalogue publié sous la direction de Pierre Rosenberg, de l'Académie française, *Vivant Denon, l'œil de Napoléon*, Musée du Louvre-RMN, 1999, la remarquable notice du professeur Daniela Gallo pour le n° 138, p. 148, « Notice historique sur la tapisserie brodée par la reine Mathilde épouse de Guillaume le Conquérant, Paris, an XII ».

La lettre de Denon à Bonaparte intitulée *Note sur la statue de Guillaume le Conquérant* est historique. On en trouvera, de manière facilement accessible, le texte complet, bien connu depuis les travaux de Pierre Lelièvre (*Vivant Denon, homme des Lumières, « ministre des arts » de Napoléon*, Picard, 1993) dans l'anthologie rassemblée par Patrick Mauriès, *Vies remarquables de Vivant Denon*, Le Promeneur, 1998, pp. 77-79.

Sur les aventures de la Tapisserie durant la Seconde Guerre mondiale, son séjour au château de Sourches et l'incroyable convoi organisé par les SS en pleine Libération de Paris pour la faire transporter en urgence à Berlin, tout ce qui est raconté dans ce roman est parfaitement authentique. Voir Rose Valland, *Le Front de l'art*, Plon, 1961, rééd. RMN 1997 ; Germain Bazin, *Souvenirs de l'exode du Louvre*, 1940-1944, Somogy, 1991, et les Mémoires du commandant du « Grand Paris » le général Dietrich von Choltitz, *Un soldat parmi les soldats*, traduit par A.M. Bécourt, Martin Briem, Klaus Diel, Pierre Michel, préface de Pierre Taittinger, Aubanel, 1965.

Une étonnante photographie de la Tapisserie de Bayeux durant son bref passage au Louvre en 1944, présentée sur les bobines déroulantes conservées encore aujourd'hui à Bayeux, cliché sur lequel on reconnaît Jacques Jaujard, se trouve reproduite dans les actes du colloque organisé en 1996 par la Direction des Musées de France, sous la présidence de Françoise Cachin, *Pillages et restitutions, le destin des œuvres d'art sorties de France pendant la Seconde Guerre mondiale*, Adam Biro-DMF, 1997, p. 139.

Voir aussi, sur cette période complexe le travail pionnier et toujours utile du père René Dubosq, professeur au grand séminaire de Bayeux, *La Tapisserie de Bayeux dite de la reine Mathilde : dix années tragiques de sa longue histoire 1939-1948,* préface de Jean Verrier, inspecteur général des Monuments historiques, Caen, Ozanne, 1951.

Sur les études scientifiques de la Tapisserie effectuées à la demande des nazis, voir l'article indispensable de Sylvette Lemagnen, fondé sur des sources inédites (le fonds

Jankuhn du musée de Bayeux, en cours de dépouillement),
« L'histoire de la Tapisserie de Bayeux à l'heure allemande. Un nouvel éclairage sur la mission dirigée par
Herbert Jankuhn pendant la Seconde Guerre mondiale »,
dans *La Tapisserie de Bayeux, L'art de broder l'histoire*,
op. cit., pp. 49-64.

Sur l'histoire sinistre de l'Ahnenerbe, voir M. Kater,
Das « Ahnenerbe » der SS : 1935-1945. Ein Betrag zur Kul-
turpolitik der Dritten Reiches, Munich, R. Oldenburg,
1997.

Un chercheur sérieux a réellement osé écrire que la
Tapisserie de Bayeux ne pouvait avoir été réalisée avant
1772 puisqu'on y représentait une dégustation de brochettes à Hastings, événement impossible selon lui avant
l'établissement de liens avec le Maroc et l'introduction de
ce plat en Europe – dont il précise ainsi la date. Il s'agit
de Robert Chenciner. Voir R. Chenciner, P. Beaumont et
P. Levy, « Bayeux Tapestry may be a fake, says textile
expert », *The Observer*, 30 septembre 1990.

Sur la crédibilité historique de la présence d'un Étienne
Érard, ou Étienne fils d'Érard – nom écrit parfois avec la
graphie, d'origine viking, « Airard » – parmi les compagnons de Guillaume, voir Jean Le Melletier, *De la Manche*
vers l'Angleterre au temps de la Conquête, préface de
Lucien Musset, Cahiers de l'ODAC, n° 3, Mortain, 1989,
p. 91. Étienne fils d'Érard est en outre mentionné dans le
Domesday Book comme tenant en chef d'un domaine dans
le Berkshire. Pour la liste « canonique » des compagnons
de Guillaume, voir Jackson M. Crispin et Léonce Macary,
avec ajouts et corrections de G. Andrews Moriarty, *Falaise*
Roll : Recording Prominent Companions of William Duke
of Normandy at the Conquest of England, réimp. Baltimore,
Genealogical Publishing Co., 1994.

Sur l'usage des colonnes entourées de bandes spiralées dans la sculpture anglaise du XIe siècle, voir Lucien Musset, *op. cit.*, p. 128, et E. Fernie, « The spiral piers of Durham Cathedral », *Medieval Art and Architecture at Durham Cathedral,* British Archeological Association, III, 1986, p. 51.

Sur les sociétés secrètes à Falaise sous le Ier Empire et celle qui s'intitula en effet « Berceau de Guillaume le Conquérant », voir le livre d'érudition locale du Dr Paul German, *Histoire de Falaise*, Condé-sur-Noireau, Charles Corlet, 1993, pp. 314-315. C'est dans cet ouvrage que l'on trouvera aussi une histoire minutieuse des foires de Guibray, que l'on complétera par l'étude de Marie-Anne Freson, *L'Estampe falaisienne autour de la foire de Guibray, ibid.*, 1997.

Sur les chevaux représentés dans la Tapisserie, les polémiques sont nombreuses : harnachement, types de selles, vraisemblance des mouvements notamment lors de la sortie des navires, posent aux historiens une infinité de questions. Les deux études de référence en ce domaine sont anciennes, mais pas dépassées ; il s'agit de l'essai du chef d'escadron Louis Champion, commandant du dépôt de remonte de Caen avant la guerre de 1914, *Les Chevaux et les Cavaliers de la Tapisserie de Bayeux*, Caen, Jouan, 1907, et l'article du commandant Lefebvre des Noëttes, « La Tapisserie de Bayeux datée par le harnachement des chevaux et l'équipement des cavaliers », *Bulletin monumental*, tome LXXVI, 1912, pp. 213-241. Les reconstitutions récentes organisées par des passionnés sur le champ d'Hastings ont un peu négligé cet aspect, reculant devant la difficulté et le coût de la recréation de selles normandes du XIe siècle, auxquelles les chevaux devraient être habitués et dont le pommeau haut présente de surcroît un danger pour le cavalier. On s'est contenté bien souvent de

donner une allure « médiévale » aux tapis de selles et aux
étriers.

Sur le problème du mystérieux tombeau de l'église de
la Trinité de Bosham sur la côte du Sussex, qui abrita
peut-être les restes d'Harold, et qui pourrait servir encore
de lieu de rassemblement à ses « partisans », voir John
Pollock, *Harold : Rex, Is King Harold II Buried in Bosham
Church ?*, Selsey, Selsey Press, 1996 ; Geoffrey W. Marwood, *The Stone Coffins of Bosham Church*, Chichester,
Regnum Press, sans date, et G.W. Marwood, *The Story of
Holy Trinity Church Bosham*, *ibid.*, 1995.

La maison parisienne du duc et de la duchesse de
Windsor est décrite et photographiée dans Hugo Vickers,
The Private World of the Duke and the Duchess of Windsor,
Londres, Harrods publishing, 1995, traduction française
par Florence Austin, *Le Royaume secret des Windsor*, New
York-Paris-Londres, Éditions Abbeville, 1996, avec une
introduction de Joseph Friedman et, en guise de postface,
le texte de l'allocution du maire de Paris lors de la remise
de la Grande Plaque de la Ville à M. Mohammed al-Fayed
en 1989.

Enfin, pour étudier soi-même la « Tapisserie » et
confronter le roman à ce chef-d'œuvre, une vision « dérou-
lante » réalisée à partir de très bonnes images existe depuis
plusieurs années sur Internet :
http ://panograph.free.fr/BayeuxTapestry.html

Les événements imaginaires qui composent ce récit sont datés de 1997. Cette année-là, le Louvre avait un président-directeur, les Musées de France un directeur, la Tapisserie de Bayeux un conservateur, *La Renaissance du Bessin* et *Ouest-France* des journalistes et des correspondants locaux, l'hôpital de Bayeux des médecins et des infirmières, le marché de Falaise des marchands... À toutes ces personnes, qu'il connaît parfois assez bien, l'auteur présente ses excuses : les personnages qui jouent ces rôles dans son livre n'ont évidemment rien à voir avec elles.

L'auteur remercie ceux qui – parfois malgré eux, au cours de promenades et de longues conversations, à Bayeux, à Caen, à Falaise ou à Paris, de la place Vendôme à la place de la Bastille – l'ont aidé :

Xavier Alexandre, Benedikte Andersson, Violaine Bouvet-Lanselle, Laurence des Cars, Jean-Christophe Claude, Adélaïde de Clermont-Tonnerre, Béatrice de Durfort, Côme Fabre, Christine Flon, Moncef Follain, Bruno Foucart, Marike Gauthier, Élisabeth et Cyrille Goetz, Hélène Guichard, Stéphane Héaume, Jacques Lamas, Jean-Sébastien Lay, Frédéric Lecointre, Christophe Leribault, Hélène et François Macé de Lépinay, Marc de Mauny, Jean-Christophe Mikhaïloff, Timothy Z. Parsa, Christian Poncet, Nicolas Provoyeur, François Reynaert, Laurella et Bruno Roger-Vasselin, Laure et Jean-Marc Sabathé, Thierry Serfaty, Milovan Stanic, Diane et Bernar Venet, Frédéric Walter, Johannes Wetzel et Sarah Wilson.

Table

1. POINT DE BAYEUX

1. Les yeux dans un verre 11
2. La colonne Vendôme 25
3. L'œil de Napoléon 33
4. Bâtardise et conquête 45
5. Le pont de l'Alma 52
6. « Les Fils de 1066 » 59

2. LA GIFLE D'AELFGYVA

7. Le tombeau de la reine Mathilde 75
8. Les bottes rouges de Pénélope 81
9. Drôle de trame 86
10. La Gifle 91
11. Pénélope retrouve Wandrille 96
12. Audioguide 101
13. Déchirure 109
14. Dans les réserves 116
15. Heil Édouard ! 120
16. Au petit point 129
17. Face à face au Louvre 137
18. Sur l'oreiller 143
19. La fontaine d'Arlette 149

3. Les Seigneurs de Varanville

20. Un meurtre à la campagne 155
21. Les funérailles de la princesse 163
22. Une île au loin 173
23. La saga des Conteville 182
24. Sous le dolmen du grand salon 189
25. Les trois fragments Contevil 196
26. L'envers de la broderie 210
27. Pénélope prisonnière 216
28. Sortie de crypte 219
29. Où Napoléon intervient 222
30. Une lettre inédite de Prosper Mérimée retrouvée aux archives d'État de Moscou 226
31. Contevil coupe court 228
32. Dans la chambre d'Odon 230
33. Wandrille, après l'aiguille, manie les ciseaux 237

4. Le second jeu

34. La mission Jankuhn 245
35. Ce que Hitler voulait sauver dans Paris en flammes 252
36. Suites anglaises et vieux tube 256
37. Marc a disparu 264
38. La bataille se prépare à Prunoy-en-Bessin 272
39. Un soir au Club 276
40. Un jeune couple 283
41. Le scandale du donjon de Falaise 288
42. Qui a gagné la bataille d'Hastings ? 292
43. Le dernier fils d'Odon 296
44. Épilogue pour une égyptologue 303

Précisions historiques et remerciements 309

Composition réalisée par PCA

Achevé d'imprimer en septembre 2009 en Espagne par
LITOGRAFIA ROSÉS S.A.
Gava (08850)
Dépôt légal 1re publication : septembre 2008
Édition 03 – septembre 2009
LIBRAIRIE GÉNÉRALE FRANÇAISE– 31, rue de Fleurus – 75278 Paris Cedex 06

31/2342/9